Arvid Leyh

Wenn die Liebe Kopf steht

LiebesLeben zwischen Herz und Hirn

www.wenndieliebekopfsteht.de

Arvid Leyh

Wenn die Liebe Kopf steht

LiebesLeben zwischen Herz und Hirn

Junfermann Verlag • Paderborn
2004

Covergestaltung: Maria Bauer, Heidelberg

Layout & Satz: www.poly-form.net

Bibliographische Information der Deutschen Bibliothek
Die Deutsche Bibliothek verzeichnet diese Publikation in der Deutschen Nationalbibliographie; detaillierte bibliographische Daten sind im Internet über http://dnb.ddb.de abrufbar.

ISBN 3-87387-591-8

INHALT

Denn wer Beziehungen probiert, Gefühle investiert
Hat meistens von Anfang an Angst, dass er verliert
Und diese Angst führt dazu die Liebe skeptisch zu sehen
Wir wissen ja genau wie solche Dinge ausgehen ...

Die Fantastischen Vier

EVOLUTION

Bei genauer Betrachtung erweist sich das Leben als unnötig störrisch und kompliziert. Regelmäßig stellt es uns vor Entscheidungen und Probleme, komplex in der Lösung und oft unverschämt im Zeitaufwand. Quälend, wie die Frage nach dem richtigen Rechner. Aufreibend wie der Umgang mit bescheuerten Kollegen. Sinnlos wie die Diskussion mit einem 14jährigen. Es gibt Millionen Probleme und ihre Gesamtheit definiert den Begriff *Alltag*: Ein Großteil des Lebens nervt.

Unterbrochen wird dieser Trott durch die Zeit von der einen oder anderen Verzweigung, wie dem Karrieresprung scharf rechts, einem auffällig süßen Lächeln links, weiter vorn der Frage nach Kindern oder nicht, und wenn ja, wirklich mit ihr?

Nah am Mittelstreifen des problematischen Daseins finden sich grundsätzliche Standpunkte zu Mitmenschen und Situationen. Wie sehe ich meinen Chef? Wie sieht er mich? Welche strategische Position beziehe ich klugerweise in der Diskussion um Abwasch und Staubsaugereinsatz? Welches ist eine vernünftige Struktur meines sozialen Umfelds und wie gehe ich mit denen um, die durch mein persönliches soziologisches Raster fallen - den Arschlöchern?

Es sind Denksportaufgaben wie diese, die unsere Großhirnrinde fast vollständig auslasten. Offensichtlich sind sie wichtig, denn unsere Befindlichkeit hängt von ihnen ab und Kollisionen mit ungewünschten Aussagen, Meinungen und Handlungen können uns den ganzen Tag versauen. Aber auf eine andere, seltsame Art sind sie nur ein Zeitvertreib.

Dann und wann belohnt uns das Universum mit echten Highlights, vor deren Strahlkraft alle anderen Einträge in der Biographie verblassen. Diesen Höhepunkten ist eines gemeinsam - sie haben irgendwie mit Liebe zu tun: Die massive Überschwemmung mit Liebe und Glück, wenn wir uns völlig überraschend und mit Erfolg verlieben. Die Geburt eines Kindes, das unsere Probleme relativiert und uns vor die großen Fragen von Leben, Sinn und Tod stellt. Wenn eines unserer beruflichen Projekte zündet und der Beruf zur Berufung wird. Wann immer uns Partner, Kind und Lebensaufgabe mit solchen Quantensprüngen verwöhnen, wird uns kurzfristig alles klar und wir wissen: Es gibt einen Gott. Und es ist ein guter und gerechter.

Im Licht dieser Lieben betrachtet, ist der Alltag mit seiner Vorliebe für Problematisches ein simpler Ablauf von Notwendigkeiten, die sich erstaunlicherweise oft von selbst erledigen, wenn wir nicht lange darüber nachdenken. Das ist wahr, aber nur so lange, wie wir rund mit uns selbst auf der Welle der Glückseligkeit surfen. Läuft diese aus, erweisen sich häufig die gerade besungenen Gründe unseres Glücks als neue Schlaglöcher im Lebensweg.

Wir empfinden das als Betrug.

Zu Recht.

→ PRAKTIZIERTE INTELLIGENZ

So verläuft das Leben abhängig von den Begebenheiten der Welt. Meint sie es gut, schickt sie uns die nächste Portion akuten Glücks und Seelenfrieden. Teilen wir unsere Dosis nicht vorausschauend ein, fallen wir auf die Nase und warten jahrelang auf den nächsten wohlgesinnten Wind, der uns in erfreulichere Gewässer treibt.

Doch nicht hilflos stehen wir dem Drama gegenüber. Mit der Zeit gewinnen wir an Vernunft, Geduld und Überblick. Wir lernen die Strömungen zu begreifen und gewinnen zunehmend Kontrolle über uns und unsere Reaktionen. Je älter wir werden, um so größer wird der Blickwinkel. Das Kleinkind lernt, mit der restriktiven Süßigkeitenbevorratung der Eltern umzugehen. Der späte Twen wird nicht mehr auf Knopfdruck eifersüchtig, der Mittdreißiger entdeckt die Geheimnisse des Loslassens. Wir sind dumm, aber lernfähig. Aufgrund unserer Erfahrung beurteilen wir einen Reifenschaden auf dem Weg nicht mehr als maximal mögliche Katastrophe. Wir wissen, dass Ähnliches geschah und wieder geschehen wird. Das Bewusstsein, dass wir vergleichbare Probleme schon früher gelöst haben, zementiert unsere Zuversicht. Wir lernen zwischen *abfinden müssen* und *ändern können* zu unterscheiden und begreifen so den speziellen und allgemeinen Einstein im eigenen Leben.

Das ist praktizierte Intelligenz.

Die Entwicklung der praktizierten Intelligenz braucht viel praktizierte Dummheit. Denn der Mensch lernt durch Fehler. Je größer der Patzer, desto größer der Lerneffekt. Und große Fehler machen wir nur bei ganz großen

Nur Liebe vermag überhaupt jemanden am Leben zu erhalten.
Oscar Wilde

Themen - womit wir wieder bei der Liebe sind. Kaum eine Dummheit in anderen Bereichen hat vergleichbar katastrophale Auswirkungen, weil uns kein anderes Thema so nahe kommt. Der Geliebten vertrauen wir bedingungslos und um so größer ist das Entsetzen - ob zu Recht oder nicht -, wenn sie etwas tut, was wir so nicht erwarten.

Als Fehlerquelle ist jede Liebesbeziehung lehrreich: Den Eltern zeigt das Kind die Grenzen, fordert Klarheit und testet die Fähigkeit zur Selbstlosigkeit. Ein geliebtes Thema verlangt Konzentration, Durchhaltevermögen und ein gut gepolstertes Selbstwertgefühl bei Rückschlägen. In der Liebe ist die Freude genauso groß wie die Enttäuschung. Krise und Euphorie liegen nah beieinander. Liebe fordert extrem viel Aufmerksamkeit und extrem viel Energie. Und gibt uns so die Chance, uns auf einer Ebene jenseits der alltäglichen Fakten und Begebenheiten weiter zu entwickeln.

Beispielsweise erkennen wir irgendwann, dass wir Liebe nicht festhalten können. Sollte der Partner morgen den anderen *einen* Menschen seines Lebens treffen, wird ihn nichts am Gehen hindern können. Im nächsten Denkschritt erweist sich Eifersucht als zwar romantischer, aber auf Dauer doch sehr zerstörerischer Liebesbremser. Eine Erkenntnis führt zur nächsten, und plötzlich führen wir ein anderes Leben: offener und verletzlicher, aber auch freier und leichter.

USER'S MANUAL

1. Dieses Buch ist keine Bedienungsanleitung für Beziehungen.
2. Es bietet nur Impulse. Einige mögen für Sie stimmen, andere nicht. Nehmen Sie was passt, vergessen Sie den Rest.
3. Nichts in diesem Buch ist wirklich neu. Alles haben Sie irgendwann schon mal gehört, gelebt oder befürchtet. Aber angewandte Liebe ist wie die binomischen Formeln - grundsätzlich ganz einfach, aber im Zugriff mit der Zeit immer schwerer.
4. Dieses Buch ist nur ein Buch und der Autor nur ein Schreiber. Im realen Leben klaffen Anspruch und Umsetzung oft meilenweit auseinander, was weder bei Ihnen noch bei mir für erhöhten Druck sorgen sollte. Wir sind Menschen.
5. Von der Grundausrichtung bin ich männlich-hetero, daher bezieht sich die Ansprache auf männliche Kollegen. Diese Fraternisierung soll Leser anderer sexueller Präferenzen nicht ausschließen, zumal sich alle Fragen in der Beziehung begründen - und die wird von Menschen geführt. Gleichwohl kann ich mir selbst am besten in die Karten schauen.
6. Dieses Buch dreht sich um Liebe, nicht um Liebeleien. Es richtet sich an Leser, die neugierig sind. Die Frustphasen genauso tapfer-verzweifelt erleben, wie sie sich ihre Utopie bewahrt haben und nach geistigem Neuland streben. Die also ganz normale Menschen sind.

Komm ich zeig dir wie groß meine Liebe ist / und bringe uns beide um.
Die Toten Hosen

Das hört sich kopfgesteuert an und tatsächlich ist es das auch. Wie bei jedem anderen neuen Instrumentarium müssen wir uns erst mit Hebeln und Schaltern vertraut machen. Jeder Schaltprozess konzentriert uns auf Kupplung und Gas. Wir versuchen uns geistig auf der Spur zu halten und haben oft genug den Impuls, die emotionale Bremse zu treten. Denn wir brechen mit vielem, was vorher als einzig mögliche Reaktion erschien. Und entgegen aller Gerüchte ist der Mensch gar kein Freund von Veränderungen. Doch wer durchhält und mit dem neuen Konzept spielt, dem rutscht es vom Kopf in den Bauch und erlaubt so das stressfreie Befahren neuer Wege.

Aber aller Anfang ist schwer und fordert Energie. Die mag und kann nicht jeder investieren, zumal das Leben schon anstrengend genug ist. Außerdem lohnt sich die Investition - durchaus im evolutionären Sinn - nicht in jeder Beziehung. Einige haben ihren eigenen Zeithorizont und sind darin wertvoll, aber nicht darüber hinaus. Was durchaus o.k. ist.

Aber es gibt diese anderen Beziehungen, von denen wir wissen, dass sie mehr sind als das Spiel mit Lust und Liebelei. Dass sie größer sind, nicht nur Zukunft haben, sondern Zukunft sind. Auch und besonders diese Beziehungen werden anstrengend. Sie fordern alles. Von beiden. Aber Herz und Bauch melden uns, dass diese eine Beziehung es wert ist.

→ VIELSCHICHTIG

Das Leben spielt auf drei wichtigen Ebenen. Die erste betrifft den Körper, die Sicherung des biologischen Überlebens: Nahrung, Unterkunft, Kleidung. In unserem westeuropäisch-luxuriösen Kontext ist dies momentan kein wirkliches Thema.

Die zweite Ebene ist das soziale Umfeld, uns vorzugsweise freundlich gesinnt, und damit dem Überleben dienlich. Sie beginnt bei entfernten Kollegen und Nachbarn, kommt näher über Freunde und wird gekrönt durch die Liebesbeziehung. Hier liegen die emotionalen Minenfelder, hübsch eines neben dem anderen. Doch gleichzeitig kennen wir uns hier am besten aus. Denn all die Jahre unseres Daseins haben uns an vermeintlich Unvermeidliches gewöhnt.

Die dritte Ebene wird häufig von Problemen der zweiten verdeckt, ist aber fast wichtiger - diffus, verinnerlicht, noetisch. Sie richtet sich nach unserer Befindlichkeit und unsere Befindlichkeit sich nach ihr. Auf dieser Ebene wissen wir sehr genau, wann wir uns treu sind und wann wir uns verraten. Seelisch, mystisch oder tief psychologisch, wie auch immer wir diese Facette

Es gibt keine aufrichtigere Liebe als die zum Essen.
George Bernhard Shaw

unserer Persönlichkeit nennen, es ist ein spiritueller Bereich, ein fragender: *Wer bin ich? Warum bin ich hier? Wo geht's lang?* Die Fragen sind groß und pathetisch, und immer wieder stolpern wir darüber, nicht nur durch Verlust- und Verliebtheitsszenarien.

Das ist gut so, denn weiße Flecken auf der Karte unserer Seele haben manchmal fatale Folgen - zwar hört sich *spirituell* für manchen etwas extraterrestrisch an, aber die resultierenden Fragen haben sehr praktische Auswirkungen. So führt eine Unsicherheit in der Frage, ob ich als Mensch nun liebenswert bin oder nicht - eine Frage, die uns alle bisweilen befällt - zu regelmäßigen Eruptionen in den Beziehungen. Maximal verkompliziert wird dies durch den Faktor der Bewusstheit: Je nachdem, durch welche Ebene des Seelenlebens die Frage hallt, ist uns ihre Präsenz mehr oder weniger bewusst. Manchmal verdeckt Stress B Grund A - Knoten im Geist, Finten des Unbewussten.

Und wir haben keine Ahnung ...

➜ VORAUSSCHAUEND

Für manche Menschen besteht das Klassenziel in der Weiterentwicklung auf dieser spirituellen Ebene - der Synapse zwischen Herz und Hirn. Und an genau dieser Schnittstelle spielt dieses Buch. Wir beginnen mit den Definitionen der Liebe im ganz Allgemeinen und ihrer praktischen Anwendung in Form einer Beziehung, sowie dem Sinn des Lebens.

Tiefer tauchen wir in die Psychologie: Die Fallstricke und Komplikationen wie Eifersucht, Zahnpastatuben und andere epochale Nichtigkeiten, die eine durchschnittliche Beziehung so produziert. Hier geht es um's pure Überleben, wahlweise das der Beziehung oder der dazugehörigen Partner.

Höher bewegen wir uns in den Möglichkeiten der Selbsterkenntnis in Beziehungen: Freiheit, Vertrauen und übersprungene Grenzen. Beziehung als spiritueller Parcours, Trainingslager mit Spin-off im restlichen Leben.

Im letzten Kapitel transzendieren wir das gesamte Thema. Denn jenseits von Zwist und Eitelkeiten stellt sich Liebe ganz anders dar, vergleichbar eher einem Bewusstseinszustand und erstaunlich unabhängig von anderen.

All das ist fürchterlich theoretisch. Es ist auch nicht wichtig. Nichts, worüber Sie lange grübeln oder womit Sie Löcher im Leben mit Ihrer Liebsten diagnostizieren sollten. Denn die perfekte Beziehung wird es nie geben. Zwar erreichen wir phasenweise inneren Frieden, doch landen wir immer wieder, vorzugsweise auf dem Bauch. Es scheint dies Teil des Lebens zu sein.

Manchmal denken wir, der andere sei für unser Glück zuständig. Manchmal denken wir, wir hätten desaströs versagt - nur um Monate später den Sinn im Scheitern zu entdecken. Mal denken wir zuviel. Mal zu wenig. All das ist genauso wichtig wie unwichtig. Und dieser Zen-Aspekt schreit nach Umsetzung, nach ein, zwei Tritten in den eigenen mentalen Hintern.

Hier beginnt dann auch die Utopie. Die Utopie, dass wir zu etwas Größerem geboren sind. Dass wir unser Leben verändern können. Uns verändern können. Man beachte an dieser Stelle die Formulierung: *Verändern können* im Gegensatz zu *verändern müssen* - Utopie gegen Alptraum.

Am Ende ändert sich nichts, wenn Sie beschließen, an bestimmten Stellen mehr Licht in Ihr Hirn zu bringen. Es wird nur einiges so, wie es sein sollte. Sie werden lernen, umsetzen, vergessen, kassieren. Immer wieder, immer wieder von vorn und mit jedem Zyklus etwas mehr. Diesen Weg der gezielten Dehnung der Persönlichkeit nennt der Yogi *Karma-Yoga*. Auch diverse andere Kulturen kennen ihn und haben ihn begangen - er ist ausgetreten, aber nicht immer bequem.

VERSCHWÖRUNGSTHEORIEN

Bisher hat noch kein Verschwörungstheoretiker auf den offensichtlichen Bezug zwischen den Worten *lieben* und *leben* hingewiesen. Das ist schlichtweg skandalös und spricht für ein grundsätzliches Komplott, vom Universum bereits bei der Konstruktion seiner selbst ausgeheckt. Vielleicht war die Entwicklung von Atomen, Einzellern, Säugetieren und passenden Nervensystemen nicht spannend genug. Dauerhaftes Entertainment entsteht vielleicht erst durch die Psychologie der Biologie. Vielleicht war das Ziel auch, etwas Chaos in die gepflegte Ökologie der Welt zu gießen.

Aber vielleicht gab es zur Liebe auch keine Alternative. Wenn wir verliebt sind, wenn sie uns am Kragen hat und beutelt, verstehen wir auch, warum: Liebe ist der effektivste Attraktor im Universum. In der Phase der Annäherung an das geliebte Wesen erleben wir mehr Euphorie als zu jedem anderen Zeitpunkt. Und das ist erst der Anfang.

Vielleicht macht es dem Universum Spaß, sich ausführlich von außen und innen zu betrachten, was wir als eher simple Molekülkonstrukte mit dieser göttlichen Energie anstellen. Unter Umständen ist das Universum nicht nur eine sehr neugierige, sondern auch eine ziemlich lernfähige Angelegenheit.

Lernen und nicht denken ist unnütz. Denken und nicht lernen ist zwecklos.
Konfuzius

LIEBE IST ...

Die Rationalisten hör′ ich schrein: *Wovon redet er? Soll er doch tunlichst definieren, wovon er bitte spricht.* Sie schreien zu Recht. Und die Antwort ist nicht einfach - sobald wir anfangen zu denken, übersehen wir wichtige Aspekte, obwohl der Einstieg trügerisch einfach ist: Liebe ist gemäß der Wissenschaft eine *Basisemotion*, ein angeborenes Gefühl - ein ziemlich großes, manchmal alles bestimmendes. Vielleicht das Wichtigste auf Erden. Und bestimmt das Komplizierteste.

Oft schwimmen wir mitten in diesem Ozean, ohne ihn wirklich zu bemerken. So wurde manche Mutter bei ausgiebigem Geschimpfe über ihr Kind angetroffen. Genau diese Mutter würde sich bedenkenlos für das Kleine vor den Bus werfen. Paarbeziehungen sind vergleichbar, aber weniger selbstlos, arbeitsintensiver und facettenreicher.

Sagen wir mal, Liebe ist auch das größte Gefühl, ein Amalgam aus ästhetischer Begeisterung, Neugierde, Glück, Ehrfurcht, Lust und Bewunderung.

Neurologisch entscheiden Gefühle über unsere Wahrnehmung, daher ist Liebe auch eine irgendwie poetische Art zu sehen. Betrachten wir die Geliebte, erscheinen uns Unterschenkel als dynamisch, Blicke als intelligent. All ih-

PFAUENSCHWÄNZE

Aus biologischer Sicht ist Liebe die Verpackung, in der wir Menschen die Evolution kaufen: Wir sind Transportmittel, auf denen Gene durch die Zeit reiten. Sie träumen von Romantik und Seelenverwandtschaft? Keine Chance - sogar der menschliche Geist ist bei Evolutionspsychologen einer Schmuckfunktion verdächtig. *Schmuck* in diesem Kontext ist alles, was die Vertreter des weiblichen Geschlechts auf ein männliches Exemplar aufmerksam machen soll. Wie beispielsweise ein besonders prächtiger Pfauenschwanz.

Tatsächlich ist die vergleichsweise hohe menschliche Gehirnausnutzung - die zu Kultur und Wissenschaft und so fuhrte - nur ein Zeichen, dass weibliche Frühmenschen Intelligenz als sinnvolles Merkmal eines potenziellen Reproduktionskandidaten ansahen ...

re positiven Aspekte erfüllen uns mit stillem Glühen, sogar Stolz. Stolz deshalb, weil sie uns so nahe steht, ein Teil von uns ist. Wo immer Liebe im Spiel ist, erscheinen diese vergoldeten Facetten: Stundenlang könnte ich über Raffinesse und Drolligkeit meines Hundes parlieren, die Klarheit der Linienführung meines Macs monologisieren und über Geist-Gehirn-Korrelationen schwadronieren. Liebe ist das Erkennen der Perfektion im Detail.

→ WISSEN UND DENKEN

Liebe ist auch ein Wissen, in seiner Größe nicht zu übertreffen. Sie ist der eine Fixstern, um den unser kognitives Universum kreist. Wenn wir lieben, wissen wir mit einer Intensität um Tiefe und Wahrheit und Ewigkeit dieser Liebe, die an Verblendung grenzt. Das könnte uns klar sein. Aber Klarheit ist banal angesichts unserer Überzeugung. Liebe als Wissen ist enorm tragfähig, macht unverletzlich, unfehlbar und unendlich mutig. Sie befreit das Hirn von der Schwerkraft.

Aber Wissen ist schnell überholt. Was gestern noch galt, gilt heute nichts mehr: Liebe wird normal, versackt im Alltag. Wir schauen nicht mehr hin, vergessen, was uns wichtig war. Meist vergessen wir passiv, die Liebe scheint uns zu entgleiten bis wir sie plötzlich an die Wand fahren. Dann hilft es, sich wieder aktiv zu erinnern. Darauf kommen wir noch. Manchmal aber vergessen wir auch aktiv: Wir verdrängen und fliehen, suchen Trost in anderen Angeboten. Je nach aktueller Befindlichkeit wirkt das sehr befreiend, *richtig* oder *falsch* liegen in der Entscheidung des Einzelnen. Wobei richtig und falsch in der Liebe die falschen Konzepte sind - übertriebenes Denken verdampft oft das sichere Wissen.

→ AUFFÄLLIGES VERHALTEN

Vielleicht ist Liebe ein Grund - ein Grund, Dinge zu tun: Gedichte zu schreiben, Rosen und Präservative zu kaufen, eine Lebensversicherung abzuschließen und sich endlich um einen ernsthaften Job mit eingebauter Zukunft zu bemühen.

Dann ist Liebe auch ein Grund, Dinge zu lassen: den Gang zu der lockenden Versuchung an der Bar; das Rauchen in der Schwangerschaft; das eine oder andere böse Wort.

Der Grund dieser Gründe liegt in der Liebe, und natürlich können wir hervorragend begründen, warum wir genau diese eine, ganz besondere Person lieben - die Millionen Details sind offensichtlich.

Die Liebe ist so unproblematisch wie ein Fahrzeug.
Problematisch sind nur die Lenker, die Fahrgäste und die Straße.
Franz Kafka

Nach den Evolutionsbiologen ist Liebe gar der Grund aller Zivilisation. Nur weil wir Buben irgendwelche Mädels beeindrucken wollen, geht es voran. Ob direkt oder indirekt, es ist immer Liebe oder die Suche danach, die uns bewegt, etwas zu bewegen.

Auch die Grundhaftigkeit der Liebe ist nur ein Teilaspekt. Denn genauso ist Liebe eine Entscheidung. Ein Versprechen. Ein Abenteuer. Eine Gefahr. Ein biologischer Trick. Ein Rätsel. Im Laufe dieses Buches werden wir die Liebe an einigen ihrer reizvollsten Stellen berühren. Nie aber werden es alle sein.

→ VOLLER FACETTEN

Liebe ist häufig, aber nicht immer, zwischenmenschlich. Sie findet statt zwischen Mann und Frau, Frau und Frau, Mann und Mann. Mann und Hund, Frau und Mann und Kind. Mann und Computer, Mann und Fußball, Mann

DIE PSYCHOLOGIE

steht der theoretischen Definition von Liebe oft ziemlich ratlos gegenüber. Eines der interessantesten Modelle stammt von *John Alan Lee*. Er unterscheidet sechs Liebesstile, die er nicht als exklusiv, sondern eher als *Farben* der Liebe versteht:

- **Eros** - die romantische Liebe voller Begehren und sexueller Erfüllung
- **Storge** - die kooperative Liebe als Ergebnis gemeinsamer Interessen und Gewohnheiten - angenehm entspannt und konfliktfrei
- **Agape** - die altruistische, hingebungsvolle Liebe. Das Wohl des Partners ist wichtiger als das Eigene
- **Mania** - besitzergreifend und eifersüchtig, die emotionale Achterbahn
- **Ludus** - das spielerische Ausleben sexueller Freiheit, von einer Blume zur nächsten
- **Pragma** - weitgehend gefühlsfrei liegt die Betonung hier auf Vernunft und Nutzen einer vorteilhaften Beziehung

Im Westen dominiert Eros als Ziel einer Zweierbeziehung, während der Chinese diese Form zwar schätzt, die pragmatische und altruistische Liebe aber häufiger lebt. Noch 1996 erreichten Ostdeutsche auf fast allen Skalen höhere Liebeswerte als Westdeutsche - offensichtlich schafft eine öffentliche Unterbewertung des Individuums die private Aufwertung der Zweisamkeit. Nur bei Ludus führen die Westdeutschen - und Ludus allein macht nicht glücklich.
Frauen lieben lieber eifersüchtig, aber in einer erfolgreichen Beziehung tendieren beide Partner zum selben Liebesstil. Spätere Änderungsversuche am anderen sind meist sinnlos, aber zu Anfang können sich die Partner aufeinander einschwingen.
Romantische, spielerische und freundschaftliche Liebe scheinen eher auf den jeweiligen Partner bezogen, während pragmatische, eifersüchtige und altruistische Liebe unabhängig vom Gegenüber stattfinden. Trotzdem ist letztere besonders dauerhaft.

When I'm holdin' your wheel / All I hear is your gear / When my hand's on your grease gun / Oh it's like a disease son / I'm in love with my car
Queen

und Auto, Motorrad, Hobby xy. Mensch und Beruf. Mensch und Wissen. Kirche und Gott (was umgekehrt nicht bewiesen ist). Universum und Individuum. Und, und, und ...

In einigen dieser Kombinationen haben die Beteiligten Sex, in anderen nicht. Vom Grad der Komplexität macht das kaum einen Unterschied, Liebe ist schon so verwirrend, dass ein wenig Körpereinsatz das Chaos kaum vergrößert. Trotzdem ist Sex ein herausragender Aspekt der Liebe. Und ein hervorragender Verstärker. Ein anderer Aspekt ist Zuverlässigkeit, wobei diese sogar gegen Vorkasse erhältlich ist: Liebe ich vorab, kommt das Gewünschte zurück. Ich liebe meinen Mac und bin zutiefst davon überzeugt, dass er deshalb so wenig muckt. Auch die menschliche Variante funktioniert, aber erst im späteren Kapiteln.

Andererseits neigt Liebe zur Überforderung. Auch wenn es gerade zwanzig vor drei in der Nacht ist, muss da doch noch Raum für ein Leben jenseits der Schreiberei sein. Mich selbst zu bremsen fällt schwer, aber gleichzeitig ist mir klar - wenn ich diese Liebe überstrapaziere, kommt nichts mehr zurück. Lauthals über Missbrauch schimpfend wird mich meine Muse gekränkt verlassen. Wie auch jede andere eingepferchte und überstrapazierte Frau.

➜ GEHEIMNISVOLL

Liebe ist mitnichten geheimnisvoll. Im Gegenteil, wahrscheinlich ist Liebe das einzig rationale Ding im bekannten Universum. Sie hat logische Prinzipien, einen klaren Nutzeffekt, und die Bedienungsanleitung ist jedem gemeinen Haushund bekannt - er denkt nicht darüber nach. Das ist wohl ein erstes Geheimnis der Liebe. Ein anderes ist dieses: Indem wir lieben, heben wir das Objekt unserer Liebe aus dem Einheitsbrei der Realität. Wir überschütten es mit Empfindungen des Gebrauchtwerdens, des Selbstwertes, der Sinnhaftigkeit im Leben. Das kann nicht ohne Folgen bleiben. Wer ein solches Geschenk erhält - und nicht übermäßig viele Alternativen hat -, liebt schon aus purer Dankbarkeit zurück. Das macht Liebe zu einem Akt der Selbstverteidigung - nicht nur ökonomisch gesehen ein Wunder.

Ein Kind im Team mit seinem geliebten Teddy besteht jedes Abenteuer. Der Teddy eines liebenden Erwachsenen schlummert in dessen Herzen und ist als Hintergrundrauschen permanent abrufbar: *Ich bin nicht allein.* Das ist wohl das nächste große Geheimnis der Liebe: Indem wir lieben, bilden wir eigene kleine Rudel. So wissen wir genau, wo wir stehen. Nämlich hier. Manchmal tauchen wir in die Außenwelt ein, manchmal steht die ganze Welt auf der anderen Seite, aber das ist nicht mehr wichtig.

Einen Menschen zu lieben heißt:
ihn so sehen, wie Gott ihn gemeint hat.
Fjodor Dostojewski

Ziemlich sicher ist Liebe eine Gabe, wenn auch eine zwiespältige. Sie verheißt Glück und Zufriedenheit und entpuppt sich als die Kombination von schlimmstem Alp und schönstem Traum. Die Gabe will gepflegt werden. Einer gibt sie dem anderen, aber sobald dieser sie als Ding, Eigentum oder Schmuckstück im Regal der erlegten Herzen hortet, verkümmert sie und geht ein. Entgegen aller landläufigen Weisheiten gibt es kaum Gefahren für den Geber. Selbst wenn der Partner geht und die Gabe abzieht - oder fallen lässt und sie zerspringt in 1000 Stücke -, so ist doch nichts verloren. Nach der Trauerphase fließt sie zurück, bis irgendwann erneut das Herz überläuft. Allerdings ist Liebe eine Fähigkeit, die trainiert werden muss. Das ist das dritte Geheimnis.

Nach so viel Rosabrillensicht die andere Seite: denn Liebe ist auch Zerstörung, bis hin zur ungesunden Abhängigkeit von Personen und Substanzen. Und von der enttäuschten Liebe zum Hass ist es ein verdächtig kurzer Weg - Hass als erkrankte Liebe?

Fragen über Fragen, aber keine Definition. Daher unke ich zurück in Richtung Rationalisten: *Abhauen könnt Ihr!* Liebe ist rational nicht erfassbar. Und das aus ganz einfachem Grund: Liebe ist das einzig Göttliche an uns. Sie allein weckt in uns den Glauben an eine Zukunft, an die Menschheit als solche, eine Seele und damit womöglich auch an einen Gott.

Große Inhalte für ein kleines Wort mit nur zwei Silben. Und immer noch sind wir keinen Schritt weiter, wobei ein ordentlicher Wissenschaftler noch das eine oder andere zu sagen hätte, und sei es auch nur über meine stümperhafte Methodik. Unbeeindruckt ignoriere ich den Zwischenruf und kümmere mich statt dem *was* um das *wo*:

GOTTGEWOLLTE BEZIEHUNG

Jede Liebe ist gottgewollt - immer gibt es zu viele Zufälle, ist das Ergebnis zu groß, der Plan zu offensichtlich. Das ist eine fundamentale Wahrheit, die uns die Verliebtheit offenbart.

Genauso wahr ist, dass Liebe erst wächst, wenn wir hinschauen. Zwar wird ein möglicher Gott genau wissen, warum er uns mit der Dame vom Dienstag, 20.36 Uhr, und nicht der vom Mittwoch, 13.15 Uhr, verbandelt. Aber auch das ist wahr: Liebe wächst, wo sie kann. Und jede Beziehung bringt ähnliche Probleme - die wir als Einzelperson einbringen, auch wenn sie erst im Team geschaffen werden. So gesehen ist es nicht wichtig, mit welcher Frau wir zusammen sind.

Und gleichzeitig ist es alles entscheidend und von langer Hand geplant.

→ DER ORT DER LIEBE

Liebe macht blind, so zumindest die allgemeine Behauptung. In der Anfangsphase blind für Alternativen, in der Endphase blind für Lösungen. Wer liebt, ist Opfer seiner Gefühle und damit seines limbischen Systems. Der Gehirnforschung ist inzwischen wohlbekannt, dass in dieser Gehirnstruktur - evolutionär angesiedelt zwischen Reptilien und höher entwickelten Säugern - die Quelle aller Emotion zu suchen ist.

Hier kriecht die Kälte des Wissenschaftlichen in die verklärte Welt der Romantik: Tatsächlich verfügt das Gehirn über zahlreiche emotionsbetonte Areale. Emotionen sind sogar der zuverlässigste Weg in unser Gedächtnis. Sie gewichten den Prioritätsstatus einer Information. Erinnern Sie sich kurz an den Beginn einer Liebesbeziehung in Ihrem Leben - Juwelen im Tresor für besondere Erinnerungen, gut verwahrt und behütet. Liebe lebt im Hirn.

Aber gespürt wird Liebe im Herzen. Das Herz sagt uns sofort, ob wir in dieser Beziehung glücklich oder unglücklich sind. Es springt vor Freude und zerbricht am Elend. Kein anderes Erleben hat diese heftigen Auswirkungen auf unseren Organismus. Sollte ich morgen als Pepsimanager die Colakriege gewinnen - mein Triumph wäre ein banaler Abklatsch gegen die Endorphinwellen, die ich mit dem frischverliebten Blick meiner Frischgeliebten reite.

Rein physisch gibt es kaum einen Unterschied zwischen *Leben* und *Lieben* - das Herz bekommt via hormonellem Dialog vom Gehirn mitgeteilt, dass hier

EMOTIONAL GESEHEN

Für manche Menschen sind Emotionen eine Krankheit, unter der sie leiden. Oder andere. Häufig Frauen. Die das feststellen, sind meist Männer. Zu den wissenschaftlich anerkannten Emotionen gehören *Angst, Zorn, Widerwille, Vertrauen, Freude, Erwartung* und *Lust*. All diese Stimmungstönungen sind fest im Hirn verdrahtet. Und alle haben den Sinn, uns das Überleben zu erleichtern: Für eine Maus im Angesicht einer Katze ist eine gehörige Portion Angst exakt das, was zwischen Leben und Tod entscheidet. Der Körper reagiert automatisch, der Verstand holt ihn erst wieder ein, nachdem die Zugbrücke am Mauseloch hochgezogen wurde. Die allererste Reaktion auf Ungewöhnliches ist immer Angst.

Emotionen sind auch - neurologisch erwiesen - das Fundament von Entscheidungen. Sie sagen uns, wen wir wählen, welchen Job wir erlernen und in wen wir uns verlieben. Emotionen unterscheiden zuerst zwischen gut und böse, bzw. auf ganz rudimentäre Art zwischen *dem Überleben abträglich* und *dem Überleben förderlich*.

Aus der Perspektive vieler spiritueller Weiser stehen sie zwischen uns und der Welt. Aus der Sicht der Evolution erhalten sie uns in der Welt.

Kann man Herzen fragen / ein Kind darunter tragen
kann man es verschenken / mit dem Herzen denken
Rammstein

eine kleine emotionale Eruption stattfindet und man doch bitte die Taktzahl erhöhen möge. Hinsichtlich der Intensität des Impulses unterscheidet sich diese Botschaft nicht von einem Sechser im Lotto, dem Bären direkt vor mir oder der Nachricht, dass genau dieses geliebte Wesen gerade mit mir Schluss macht. Im Gehirn produzieren all diese Botschaften andere Neurotransmittercocktails, nicht aber im Herzen. Trotzdem (zer-)springt dieses im ersten und vierten Fall.

Keine Frage, Liebe ist eine Herzensangelegenheit. Vielleicht gilt das Herz deshalb als Sitz der Seele. Noch vor wenigen Jahrzehnten war jeder Hirnforscher, der sich mit Liebe auseinandersetzte, ein verheißungsvoller Kandidat für die Doktorandenstelle in Sibirien. Denn was wir hier besprechen, sind die körperlichen Effekte eines geistig-seelischen Komplexes. Hormone und Neurotransmitterrausch in allen Ehren, aber in den Geist des Menschen blickt doch am besten der Psychologe. Und der stellt fest, dass die Wülste und Buchten, mit denen sich die beiden Beziehungspuzzleteilchen ineinander verhaken, in ganz alten Wurzeln zu suchen sind: In der Art, wie der Vater roch oder dem Mädchen über das Haar strich. Wie groß die Füße der Mutter waren und wie sie lächelte, wenn sie glücklich war. Dies sind die Konditionierungen, die aktiv werden, sobald ein potentieller Kandidat eine größere gemeinsame Schnittmenge in Aussicht stellt.

➜ PURE MAGIE

Viel weiter oben haben sich die Rationalisten lautstark und besserwisserisch zu Wort gemeldet. Rüde habe ich ihren Einwurf gekontert und sie seitdem elegant ignoriert. Das ist nicht nett, denn im Grunde müssen wir froh sein, dass es noch Rationalisten gibt - gehören sie doch zu einer bedrohten Art. Denn auch ein Rationalist geht in die Kantine. Und da steht sie, die Frau seines Lebens. Zufällig. Sie mag die selben Filme, liest ähnliche Bücher. Ihr Musikgeschmack ist anders, aber interessant. Sie liebt Hunde. Er beginnt zu ahnen, dass sie es sein könnte: SIE - die Traumfrau. Sie ist wunderschön. Sie ist superintelligent. Und sie wird nie nein sagen.

Jenseits aller irdischen Fingerzeige auf allen körperlichen und geistigen Ebenen gibt es noch tausende esoterische Verwandtschaftsbeweise: Die Familienstruktur ist ähnlich, Kindheit und Schule haben zahlreiche Parallelen. Beide waren bei Pink Floyd in Venedig oder den Stones in Leipzig. Sie arbeitet mit dem selben Betriebssystem.

Nach einer Woche denken sie dieselben Dinge.

Nach zwei Wochen sagen sie dieselben Dinge.

Liebe ist die Fähigkeit,
Ähnliches an Unähnlichem wahrzunehmen.
Theodor Adorno

Nach drei Wochen sind ihrer beider Seelen so ineinander verwoben, dass jeder als Individuum aufhört zu existieren. Niemals - NIEMALS! - hat er solch eine Nähe zu einem anderen Wesen empfunden. Hinter dieser Liebe den großen Plan zu finden, ist nicht schwer: Die Menschheit ist nach Dualseelen aufgebaut und nach einem langen und steinigen Weg, vielen Koinzidenzen und massiver Hilfe verschiedener Engel haben sie sich gefunden.

Jeder Mensch erlebt eine signifikante Anzahl von Synchronizitäten in der ersten glücklichen Phase. Das ist eine Tatsache. Dieses Erleben konvertiert auch den schärfsten Rationalisten zeitweise zum Schicksalsgläubigen. Wahrscheinlich ist es die zerbrochene Liebe, die den Fortschritt rettet. Darüber soll er mal eine wissenschaftliche Studie machen, der Rationalist.

➜ FAZIT

Wissenschaftliche und evolutionäre Erklärungsmodelle sind nur Quatsch und Liebe entspringt einem geheimnisvollen Plan des Gottes Ihrer Wahl, um den Menschen weiterhin nach seinem Bilde zu schaffen. Aber das ist eine Hoffnung, und obwohl ich direkt am Busen der deutschen Romantik lebe, will ich nicht allzu parteiisch sein. Zumal wir der Definition von Liebe immer noch nicht näher gekommen sind.

Eine der wenigen guten Definitionen stammt von Kindern und ist im Grunde ganz einfach: Sie sind *froh*, wenn sie den geliebten Menschen sehen. Froh hat hier eine komplexere Bedeutung als in unserer naiven Alltagserwachsenenwelt. Kinder beginnen zu strahlen, innerlich zu glühen, am ganzen Körper kribbelt es und weitere Beschreibungsversuche sind illusorisch.

Serge Kahili King - westlicher Psychologe und hawaianischer Schamane - nennt eine weitere wundervolle Definition von Liebe: *To love is to be happy with.* Ich finde sie sehr bemerkenswert, da sie das Gefühl als solches nicht zu hoch hängt, sondern in etwas ganz Alltägliches verwandelt. Und umgekehrt das ganz Alltägliche mit einem Zauber versieht.

TREUE UND HORMONE

Nur fünf Prozent aller Säugetiere bleiben dauerhaft zusammen. Dafür sind die wenigsten so anfällig für Verliebtheitseuphorien, wie der Mensch. In dieser Phase reiten wir auf Wellen von *Dopamin* - einem Neurotransmitter, der dem Kokain verwandt ist. Übersteht die Beziehung den Entzug der Verliebtheit und wächst zu einer größeren Liebe, sorgen Endorphine - Glückshormone - für ein Gefühl von Sicherheit , Ruhe und Frieden. In beiden Fällen ist es ein Hormon namens *Oxytocin*, das die sexuelle Liebesfähigkeit steigert und Mutterinstinkte fördert - auch beim Mann. Der übrigens in einer festen Beziehung eine höhere Lebenserwartung hat.

Nenn's Glück, Herz, Liebe, Gott!
Gefühl ist alles; Name ist Schall und Rauch.
Johann Wolfgang von Goethe

BEZIEHUNGSCHAOS

Sobald Energie von Punkt A nach Punkt B fließt, entsteht kybernetisch gesehen ein System. Im Zwischenmenschlichen heißt dieses System *Beziehung* und dieser Begriff ist für den Anfang völlig wertfrei zu verstehen. Beziehungen gedeihen zwischen Freunden, Verwandten, Nachbarn. Bürger haben eine Beziehung zum Finanzminister, was umgekehrt eher selten der Fall ist. Vergleichbar besteht eine Beziehung zwischen zwei Menschen, von denen einer ohne bewusstes Wissen bereits vom anderen geliebt wird - was tatsächlich in 20% aller Fälle der Fall ist. Selbst die kalte Schulter ist verbindender Bestandteil einer Beziehung.

Trifft die Energie auf entsprechende Resonanz am Punkt B, entsteht die klassische Liebesbeziehung: der Himmel auf Erden und ein völlig chaotisches System - im streng wissenschaftlichen Sinn. Denn nichts ist vorhersagbar, schon gar nicht von welcher Seite zu viel oder zu wenig Energie fließt. Diese Energieverteilung ist ein extrem wichtiger Punkt, aber nur einer von ungefähr 228.754 extrem wichtigen Punkten einer Beziehung.

Es gibt Professoren für Astrophysik.

Es gibt keine Professoren für Liebesbeziehungen.

RELATIVITÄTSTHEORIE

Alles im Leben ist relativ. Jeder Schmerz, jede Freude, jedes Erleben und jede Einstellung wächst auf gemachten Erfahrungen und aktuellen Gegebenheiten. Tatsächlich bedeutet Relativität *in Beziehung zu.* Auch Beziehungen sind relativ, sie sind quasi Relativität^2.

Jede Facette der Beziehung erleben wir *im Bezug auf* die Geliebte, im Guten wie im Schlechten. Der Alltag der Beziehung resultiert aus der Überlagerung zweier individueller Sinuswellen. Das schafft erstaunliche Hochs und erschreckende Tiefs.

Relativität bedeutet im Prinzip nur eines: Was wir erleben, ist vergänglich und entspricht einem ganz normalen Zyklus. Also sollten wir jedes Hoch ausgiebig feiern, aber kein Tief zu ernst nehmen.

Sie liebten sich beide, doch keiner wollt es dem anderen gestehen, sie sahen sich an so feindlich, und wollten vor Liebe vergehen.
Heinrich Heine

Dabei ist Liebe in Beziehung ein ganz einfach Ding, dazu gedacht, den Menschen emotional und genital zu erfreuen. Liebe sucht immer nur das Beste für den anderen, heiligt ihn aufs höchste oder geniest ihn auch nur ganz banal, ist aber immer irgendwie fürsorglich und ausdauernd verzeihend.

Reale Beziehungen sind anders. Sie schaffen fest umrissene Heimstätten für Herz und Hirn, an denen der Mensch Sicherheit erwartet, das Paar gemeinsame Pläne ausheckt und auch mal das eine oder andere Kind zeugt und großzieht. Manche Beziehungen haben Behördencharakter - gut gemeint, aber schlecht gemacht. Doch wer genauer hinsieht, für den bieten sie Trainingsstunden des Lebens, in denen der Mensch sich selbst so gut kennenlernt wie nirgendwo sonst.

→ EIN ZWEIZELLER

Eine Beziehung lässt sich durchaus als eigenständiges Wesen betrachten. Sie hat Mutter und Vater, entwickelt eigene Vorlieben und Stärken genauso wie Traumata und Empfindlichkeiten. Eine Beziehung will umsorgt werden wie ein kleines Kind. Auf dass sie wächst, blüht und gedeiht, müssen die Eltern sich kümmern, sie hegen und pflegen, regelmäßig streicheln und - das wird gerne übersehen - sich selbst immer wieder selbst überzeugen, wie besonders sie doch ist.

Werden Beziehungen vernachlässigt, gehen sie ein. Manche tun dies klanglos wie die Primel. Sie verschwinden einfach aus unserem Leben, mutieren aber vielleicht in der übernächsten Saison zu einer ausbaufähigen Freundschaft. Andere hauen nochmal ordentlich auf den Putz, sorgen für Stress und Ärger und viele, viele nervenzehrende Gespräche. Manchmal sind Beziehungen Kannibalen. Um überhaupt zu existieren, frisst dann die eine die andere. Liebe ist auch grausam. Das haben wir weiter oben wohl ausgeblendet.

→ BEWEGUNG FÜR DAS EGO

Ego ist latein für *ich*. Wie in *ich bin, ich weiß, ich will*. Der Psychologe verwendet Ego als Überbegriff für alles, was uns ausmacht, mit unserer Individualität zu tun hat, bewusst und unbewusst. Und das ist verdammt viel. Die Aufgaben des Egos sind abwechslungsreich - es organisiert unseren Alltag, arbeitet Probleme ab, kommuniziert mit der Welt. Das ist anstrengend, daher patrouillieren an seinen Grenzen Wachmannschaften, bewaffnet bis an die Zähne. Tagesbefehl: Erst schiessen. Wird die Mauer durchbrochen und damit jemand in seinem Ego verletzt, kann alles passieren.

Wir sind alle allein.
Es ist nur leichter zu ertragen in einer Beziehung.
Richard Fish

Die Aussage, jemand habe ein starkes Ego, ist möglicherweise ein Kompliment. Dieser Mensch kann sich durchsetzen. Er weiß, was er will. Ist die Bezeichnung gerechtfertigt, ist er auch mit einem Selbstwert ausgestattet, der andere Meinungen zulässt. Hat jemand ein dickes Ego, ist das im Fachwortfundus dieses Buches nicht wirklich positiv. Verwandte Worte dieser Ecke wären *Ego-mane* und *Ego-ismus*. Aber diese Begriffe treffen natürlich immer nur auf andere zu.

Manchmal bekommt das Ego Urlaub: In der Phase der ersten Verliebtheit steht es ungewöhnlich weit hinten. Das Ich löst sich auf im Wir, lebt und stirbt notfalls für das geliebte Wesen. Je nach Situation - Bindungsangst, Torschlusspanik, göttliche Fügung - mutiert Verliebtheit in Liebe, oder eben nicht. Gelingt der Sprung, holt uns auch irgendwann das Restleben wieder ein: Alte Freunde erwarten ein Update, der Stapel auf dem Schreibtisch fordert Beachtung, und das erste Opfer dieser wiedererstarkten Realität ist die traute Zweisamkeit. Der Partner, der noch vor zwei Monaten ohne stündlichen Koitus keinen Meter gehen konnte, überlebt plötzlich drei Tage ohne Kuss. Begegnungen beschränken sich aufs Telefon.

Nun beginnt das Ego, sich zu sorgen. Ihm widerfährt von Seiten des Partners nicht die gebührende Aufmerksamkeit. Allein die Tatsache, dass es mit der sexuellen Abhängigkeit wohl doch nicht so weit her war, trifft es tief. Vier Tage seit der letzten verschmusten Mail - *Wir sind wohl nicht mehr gut genug? Wir werden wohl zu viel?* Aussagen wie diese poppen an die Oberfläche unseres Bewusstseins. Die dazugehörige Stimme ist enttäuscht und verletzt, versetzt mit einem Schuss Besserwisserei. Und sie treibt uns zum Wahnsinn. Der Experte nennt diesen Prozess *Mindfuck*.

Jeder Außenstehende mit Überblick erkennt sofort, dass es hier um die Rückzahlung geliehener Zeit geht. Nicht so das Ego. Denn das Ego steht im Mittelpunkt seiner Wahrnehmung und bezieht grundsätzlich alles auf sich. Menschen blicken scheinbar böse in meine Richtung - was habe ich wohl getan? Der Chef grüßt nicht - oje, Gehaltskürzung, Kündigung, Exekution? In gewissem Sinn ist das Ego ein kleines Kind und tatsächlich gibt es einen Teil unserer Psyche, der als inneres Kind bekannt ist. Dieses Kind fühlt sich zwischen Liebe und Alltag extrem unterversorgt und wird zunehmend stinkig. Themen wie Freiheit und Verlassensängste, Vertrauen und Symbiose werden aktuell. Denn das Ego will alles. Gleichzeitig. Jetzt.

In der Verliebtheit dagegen ist es angenehm ruhig in unserem Kopf. Genau deshalb lässt sich diese Phase bei allen Nachteilen - wie temporäre Blind-

Jedermann ist ein Mond und hat eine dunkle Seite,
die er nie jemandem zeigt.
Mark Twain

heit und der Ausfall der meisten höheren Gehirnfunktionen - auch als semi-erleuchtete Zeit betrachten. Das macht das Leben natürlich auf Dauer zu einfach und Erleuchtung beginnt mit dem Tod des Ego. Daher drängt es mit Macht ins Leben zurück.

→ IMMER WIEDER DU

Die andere Hälfte des Wir ist ein Du - genauso verblasen und high wie ich, genauso erlöst, verängstigt und bedroht in seiner Existenz. *Verblasen, high* und *erlöst* erfüllen uns mit Freude und deshalb können wir sie sehen. *Verängstigt* und *bedroht* ignorieren wir nach Kräften. Für uns manifestieren sich im Du alle Ziele unserer Wünsche, unser persönliches Glück, unser gesamtes Sein liegen in ihren Händen. Mit der Zeit machen wir sie gar verantwortlich für unsere Befindlichkeiten.

Doch ihr Ego aber hat möglicherweise ganz andere Pläne, die in der Euphorie der ersten Nächte nicht zwangsläufig zur Sprache kamen. Irgendwann stellen wir dann fest, dass die Beziehung sich verändert hat. Natürlich nicht, weil wir uns geändert hätten, sondern weil sie irgendwie distanzierter, anhänglicher, oder x (Zutreffendes bitte eintragen) wurde. Es gibt immer ein aber. Es gibt immer ein x. Und es liegt immer am Partner. Wir wittern Verrat

SEXUELLE EVOLUTION

Sie leben in einer Beziehung? Gut für Sie. Machen Sie sich keine weiteren Gedanken, ignorieren Sie alle Probleme und feiern Sie Ihr Dasein: Ein Weibchen hat Sie erwählt und damit können Ihre Gene überleben. Merkmale, die vielleicht nur bei Ihnen zu finden sind, haben eine Zukunftsperspektive. Ihrem Daseinszweck ist Genüge getan.
Sollten Sie das ganz anders sehen, haben Sie sich vermutlich noch nicht mit der Theorie der *sexuellen Evolution* beschäftigt. Sie lässt vermuten, dass sogar Sprache nur eine erweiterte Form der sozialen Fellpflege ist. Vielleicht übersehen Sie, dass die meisten anderen Tiere ein Leben lang nur nach Reproduktion streben. Dabei nehmen sie oft enorme Risiken auf sich. Besagter Pfauenschwanz beispielsweise ist ein großes Handicap: Er macht das Tier langsam und zur leichten Beute. Doch der Pfauendame vermittelt der Hahn über seinen besonders prächtigen Schmuck, dass er fit, gesund und schlau genug ist, sich dieses Monster von Schwanz leisten zu können. Beeindruckt von so viel Überlegenheit gibt sie sich ihm gerne hin.
Die Theorie der sexuellen Evolution geht noch weiter und behauptet, Politiker seien solche Pfauen, Wissenschaftler, Generäle, Geschäftsmänner und Autoren schlauer Bücher. Doch die wahre Botschaft ist: Im Zentrum der Entscheidung von Leben und Sterben steht das Weibchen. Und seine Entscheidung ist weitaus effektiver als das langsame Sterben einer an die Umwelt schlecht angepassten Art. Auch diese Theorie geht übrigens auf Darwin zurück.

Liebe ist, wenn deine Neurosen
zu den Neurosen deines Partners passen.
Amelie Fried

und fordern, was uns zusteht, mit mehr oder weniger Diplomatie ein. Im Notfall starten wir die Vorwurfsarie: *Du brauchst deine Freunde mehr als mich ... du liebst mich nicht mehr/nicht genug ... bin ich denn nicht das Wichtigste in deinem Leben?* Hier zeigt sich ein Unterschied: Das Wir der Beziehungen definiert sich in jungen Lieben durch *Du +* und in alten Lieben durch *Ich +*.

Das schafft neue Möglichkeiten. So kann sich das Du von uns fortbewegen und entziehen - verständlich bei diesem Forderungskatalog. Allerdings bringt uns das in eine missliche Lage - wir hecheln der Wunscherfüllung hinterher. Aus dem *needing* (dem deutschen *brauchen* fehlt hier das fiese iiiee) heraus fordern und betteln wir, was den anderen auf lange Sicht vertreiben muss. Die Folge sind geplatzte Wochenenden, die doch so schön hätten werden sollen. Ein weiterer Knoten bildet sich, wenn das Du zu spielen beginnt und sich bewusst rar macht, um auf lange Sicht wertvoller zu werden. Pubertierende machen das gerne.

In einer nächsten Möglichkeit macht sie sich nicht davon, sondern kommt stehenden Fußes wieder zurück - um auch nie mehr von unserer Seite zu weichen. Hocherfreut sind wir und dankbar, um nur kurze Zeit später ziemlich unglücklich mit dem Rollentausch zu werden.

→ FREIHEIT ALS LERNPROZESS

In der Verliebtheitsphase nennen wir unsere alte Unabhängigkeit *Einsamkeit* und werfen sie voller Freude über Bord. Nur wenige Monate später nennen wir die Verschmelzung *Gefängnis* und sehnen uns nach freien Gedanken und einem Abend allein mit Buch und Badewanne. Beides ist ein Prozess und damit völlig normal und in Ordnung - wirkliche Liebe ist die Verschmelzung zweier Individuen bei Erhaltung der Individualität.

MENSCHEN!

Wenn wir im Supermarkt an der Kasse stehen, haben wir es meist brennend eilig. Und das, obwohl wir es im Grunde nicht eilig haben. Weder haben wir einen Termin, noch kommt Wichtiges im Fernsehen. Manchmal sind wir einfach aus Gewohnheit gehetzt, oder weil wir eben warten müssen.
Auch Beziehungen sind voller unglaublich brisanter Wichtigkeiten, zu oft am Kippen in Richtung schlechte Laune oder Streit. Dabei tritt der ursprüngliche Grund der Beziehung - die Liebe - oft in den Hintergrund. Vor lauter Fakten und Alltag, Vorwürfen und unglücklich formulierten Sätzen vergessen wir oft, dass sie uns wahrscheinlich tatsächlich liebt - im Rahmen ihrer Möglichkeiten und der, die wir ihr zugestehen. Und nur ganz selten ist Liebe nicht genug ...

Die Liebe fordert alles,
und das mit Recht.
Ludwig von Beethoven

Der Prozess definiert den Übergang von Verliebtheit in Liebe und stellt die Beziehung auf ein ganz schmales Brett. Rechts lauert der Abgrund der gefräßigen Symbiose: Die Konturen der Einzelpersönlichkeiten verwaschen in der gemeinsamen Buntwäsche bei 60°, und mit ihnen der ehemalige Reiz des anderen. Der entstandene Zweizeller vegetiert vor sich hin.

Links droht der Abgrund der dogmativen Spaßgesellschaft. Die Beziehung beschränkt sich auf Bettbegegnungen. Ansonsten rennen zwei zerrissene Einzeller durch Clubs und Events, immer bemüht, die eigene Freiheit mit Zähnen und Klauen zu verteidigen.

Dieses ganz schmale Brett zwischen Symbiose und Individualität ist zwar ein wichtiges, aber nur eines von vielen, über das wir als Einzeller in einem Zweizeller zu gehen haben. Immer hat der Sturz tragische Folgen, selten ist die Beziehung artistisch genug für eine elegante Überquerung. Eine tragfähige Beziehung zeichnet sich primär dadurch aus, dass sie regelmäßig vom Brett fällt - und gleichzeitig ihr eigenes Netz ist.

→ GANZ SCHÖN GROSS

Es gibt zwei konkurrierende Hauptmodelle des Liebeslebens. Das schönere entspricht der klassischen EINEN GROSSEN LIEBE. Sie beginnt traumhaft und zart, vorzugsweise vor einer Kulisse aus Sonnenuntergang und Meer, geht märchenhaft weiter und endet nie. Diese Liebe - und mit ihr unser absoluter Seelengefährte - kommt nur einmal im ganzen Leben. Lassen wir sie gehen oder bringt uns ein tragische Geschehen um dieselbe, werden wir nie wieder mit einem anderen Wesen auf ähnlichen Wellen des Glücks surfen. So steht und fällt unser gesamtes Leben mit diesem einen Partner.

DIE ERSCHAFFUNG DER WELT

Die Krone der Schöpfung befindet sich zwischen unseren Ohren: Wir sind so intelligent, so kreativ, so voller Möglichkeiten, dass sogar unser Erleben der Welt mit der Realität oft nichts zu tun hat. Die Forschung spricht von Erlebnistönung, wenn sie diesen Zusammenhang von Stimmung und Wahrnehmung beschreiben will.
Der Prozess wirkt auch auf andere: Bin ich stinksauer, werden Sie mir kaum Blumen überreichen wollen. Sie bekämen Ihren Strauß wohl doppelt um die Ohren. Sie also geben Ihren Strauss jemand anderem, was ich natürlich schon im Vorfeld gewusst habe und so einmal mehr meine Stinkigkeit beweisen kann: Die Welt ist schlecht.
Stimmungen hängen an Gedanken. Denken wir Erbauliches, scheint die Sonne heller. Erinnern wir Verdriesliches, ziehen düstere Wolken durchs Land: Der Mensch ist, was er denkt. Das zumindest in aller Kürze ist die These von konstruktivistischen Psychologen und diversen weisen Menschen rund um den Globus.

Seine Liebe war ewig.
Als seine Frau starb, nahm er sich eine andere.
Wilhelm Busch

Das ist ein ganz wundervolles Konzept, und in sich so stimmig. Wer es in Abrede stellt, landet schnell beim zweiten Konzept und damit dem Begriff des *Lebensabschnittsbegleiters.* Doch dieser Begriff hat zu viele Silben, um wirklich rund zu sein und lässt zudem schwer an Romantik vermissen. Nein, dieses Konzept ist zwar Realität für die meisten anderen Menschen, aber hier sei es tunlichst ignoriert - wir wollen lieber lieben, und zwar tief und innig und ein Leben lang - bis zum nächsten Lebensabschnitt.

Dummerweise ist die EWIGE Liebe - also hier auf ein Leben bezogen - ein schwer zu verwirklichendes Ding. Es ist ein Faktum, dass die meisten Beziehungen entgegen aller anfänglichen Hoffnungen nur eine begrenzte Lebenserwartung haben. Merkwürdige Erscheinungen wie Streitigkeiten, Veränderungen im Wesen des Partners oder die Einsicht in den eigenen Irrtum kommen uns dazwischen. Und nach dem Ende dieser ewigen Beziehung bleibt eine gewisse Restlebenszeit, die es sinnvoll zu füllen gilt.

In diesem Fall ist das Modell der ewigen Liebe nicht wirklich tragfähig, es nagelt die Zukunft an ein Kreuz aus Selbstmitleid und Einsamkeit. Glücklicherweise lässt sich Liebe sowieso nicht dauerhaft aussperren. Hartnäckig kommt sie wieder und wieder. Wir müssen sie nur sehen. Und vor lauter fehlverstandener Überhöhung der ewigen Liebe in der aktuellen Beziehung von der vergangenen zu träumen ist schlichtweg doof. Innerhalb dieser Logik werden wir uns später mit den Begriffen Klarheit und Entscheidung befassen: *If you can't be with the one you love, love the one you're with ...*

LIEBESFORMEN

Die eine, ewige Liebe - der grundlegende Mindestanspruch an jede aktuelle Beziehung. Schwer einzulösen, aber als Prinzip sehr erstrebenswert.
Die große Liebe - Jede Liebe ist groß. Sonst ist es keine Liebe und kann auch gleich gelassen werden. Eine große Liebe birgt in sich gemeinsames Wachstumspotenzial, das sich sowohl psychisch/seelisch, als auch körperlich in Form eines Kindes niederschlagen kann. Gleichzeitig kann diese Liebe auch mehrfach zuschlagen, ohne dass der Wert der vorangegangen großen Lieben geschmälert würde.
Die kurzfristige Liebe - eine Option. In lieblosen Zeiten kann sie mit einer Kneipenbekanntschaft ausgelebt werden und sorgt zumindest für einen ausgeglichenen Hormonhaushalt. Ein Mindestfundament ist nicht notwendig, nicht einmal Freundschaft. Dass es wahrscheinlich doch bedeutend tiefer ging, bemerken wir an der Trauer, wenn sie eine größere Liebe findet.
Die Interessensgemeinschaft - oder auch IG - ist eigentlich nur eine WG mit einem Schuss Beziehung. Dummerweise verwandelt sich jedes nicht genug begossene Beziehungspflänzchen in eine IG.

I would take the stars / Out of the sky for you / Stop the rain from falling
If you asked me to / I'd do anything for you / Your wish is my command
The Real Thing

➜ IMMER AUF DEM PRÜFSTAND

Es gibt stabile Beziehungen. Wehrhafte, dauerhafte, erfolgreiche. Doch was macht eine solche Beziehung aus? Dauert sie ein Jahr oder ein Leben? Muss sie sich messen lassen am Output? Und wie würde dieser bewertet? Wer definiert den Erfolg einer Beziehung? Warum halten Eltern-Kind-Beziehungen klaglos ein Leben lang? Was hält sie am Leben, agil und geistig rege bis ins hohe Alter?

Nach all diesen Fragen nur noch eine: Muss sich die Liebesbeziehung überhaupt messen lassen? Viele Spielarten glücklicherweise nicht und andere kaum: Eltern/Kind ist völlig wertfrei, Freundschaft ziemlich resistent. Aber die Zweizellerliebesbeziehung ist anders. Nur bis zu einem bestimmten Punkt auf dem Zeitstrahl lebt sie aus sich selbst heraus. Umgekehrt zum Kleinkind ist sie mit zunehmendem Alter nicht mehr alleine lebensfähig. Und wie beim Menschen auch stellen wir immer sofort fest, wenn sie krankt, genießen aber nur selten ihre Gesundheit.

Haben wir diesen Level an Normalität einmal erreicht, fahren wir regelmäßig beim internen Liebes-TÜV vor, klopfen Wichtigkeit, Zukunftstauglichkeit und Entscheidungsstärke ab. Diese TÜV-Besuche dirigiert das Hirn, das Herz bleibt außen vor. Je nachdem, welcher Kanal eingestellt ist - die Wahl ist abhängig von der Stimmung am Vorabend und dem Lächeln der neuen Kollegin -, empfängt der Verstand nun Signale der Stabilität oder des rapiden Niedergangs. Und wie er nun mal ist, denkt er zuviel. Mischt sich das Hirn in Herzensangelegenheiten, gerät es schnell in Sackgassen. Nur eine Winzigkeit zuviel, und die Beziehung erweist sich als Abwesenheit von Freiheit.

1000 Formen der Liebe kennt eine Beziehung, und alle morphen wie wild hin und her, ändern sich, werden tiefer und flacher, spröde und leicht. Jede dieser Lieben hat ihr eigenes Profil, das sich vorab in unserem Kopf manifestiert. Heute hassen wir sie, dann verbringen wir eine gemeinsame hinreißende Nacht, und verliebt turteln wir durch den nächsten Tag. Manchmal ist es so einfach. Dann wieder überwiegt das Gefühl, sie sei doch nicht so attraktiv/zukunftstauglich/liebenswert, wie sie sein sollte. Automatisch beginnen wir, alle Partnerwahrnehmungen durch diesen Filter zu jagen. Tauschen wir ihn nicht aus, ist die Beziehung bald zu Ende. Später so zu tun, als sei der Abstieg vorprogrammiert und wir selbst hatten nur hilflos zusehen konnen, ist eine weit verbreitete, aber langweilige Ausrede.

Denn Liebe auf Dauer ist Arbeit.

Schiffe stranden an Felsen,
menschliche Beziehungen oft schon an Kieselsteinen.
Edith Stein

→ DIE ENTTÄUSCHUNG

Beziehungen sind das Schlachtfeld zwischen Wunsch und Wirklichkeit. Der Wunsch ist alt, sehr alt. Er basiert auf Erlebnissen mit und zwischen den Eltern in glücklichen Tagen der Kindheit.

Ladies first: Sie ist die Prinzessin des Vaters. Ein Königreich legt er ihr zu Füßen. Er kann alles, kauft alles, macht alles wieder heil. Er erfüllt jeden Wunsch, liest ihn von den Augen. Er ist so leicht zu becircen. Auch wenn er sich in der Realität wie ein Arschloch benahm - in der Rückschau gewinnt er ungemein und legt damit die Latte für den ersten wirklichen Lover ziemlich hoch.

Bei beginnendem Interesse für andere Männer sorgt sich der Vater im Hintergrund, überprüft jeden potenziellen Deflorationskandidaten auf Tauglichkeit. Das ist am Anfang einfach süß, wird aber mit zunehmender Ernsthaftigkeit immer nerviger - und der Schritt zum ernsthaften Zerwürfnis immer kleiner. Gerechterweise wird die Tochter spätestens in den Twens wieder in die schützenden Arme des Vaters getrieben, der inzwischen auch akzeptiert hat, dass seine Tochter eigene Wege gehen muss.

Doch von der ersten Beziehung an wird der Tochter klar, dass nicht alle Männer da draußen auf Dauer die gleichen Toleranzen haben wie der Vater. Sie verzeihen nicht so leicht, sind nicht so einfach um den Finger zu wickeln und haben diesen grässlichen Hang zur Realität.

Wir Jungens haben vergleichbare Probleme. Nicht nur laut Freud haben wir die tiefste Beziehung unseres Lebens zu dem einen göttlich-weiblichen Wesen: unserer Mutter. Sie behütet uns vor den - grundsätzlich übertriebenen - Ansprüchen des Vaters, verarztet jedes wunde Knie und liebt uns ohne Vorbehalt. Wenn wir dann erleben, wie sie sich streiten, wie er sie beschimpft und lauthals Übles von sich gibt um kurz darauf türenknallend die Wohnung

EIN DUTZEND

Wie lange braucht der Mensch, bis er sich wirklich und aufrichtig an einen anderen bindet? Laut einiger Evolutionspsychologen kommt dabei die Strategie *probiere ein Dutzend* zum tragen: Wir haben in unserer Jugend einige Beziehungen, verlieben uns vielleicht einmal richtig heftig, erinnern uns an diese Liebe und heiraten die nächste Person, die noch attraktiver zu sein scheint. Wir geben uns zufrieden, wir suchen nicht nach dem absolut Besten, sondern nach dem ziemlich Guten.
Die These kommt aus dem Tierreich, hat sich aber auch beim Menschen bestätigt. Aber immerhin halten wir uns nicht wie die Schimpansen gegenseitig tröstend den Penis, wenn wir traurig sind.

Mein Vater ist ein großes Kind, das ich bekommen habe, als ich noch ganz klein war.
Alexandre Dumas (der Sohn)

zu verlassen, leben wir nur noch für sie und ihren Frieden. In der Küche werden dann Knaben zu Helden: ... *ich baue dir ein großes Haus ... du musst nie mehr arbeiten ... wir verlassen Papa und ich heirate dich* ... Dies ist Balsam auf die Wunden der genervten Mutter und die Hoffnung keimt in ihr: Wird er es besser machen? Wird er seiner Frau ein geneigter Zuhörer sein und sie auf Händen tragen ein Leben lang?

Natürlich nicht! Das wird ihm mit fader Regelmäßigkeit in jeder weiteren Beziehung bewusst, immer und immer wieder. Die jeweilige Partnerin ist nicht die Mutter. Und er nicht der strahlende Ritter. Das schmerzt.

Diese Kindheitsverschachtelungen erwachen nicht erst in der Beziehung, sondern sind schon vorab aktiv. Denn, wie der Psychologe Karl Geck sagt, wir verlieben uns nicht als eigenständige Personen, sondern als Biographien, als Summe unserer Erfahrungen. Und wir verlieben uns auch nicht in eine andere eigenständige Person, sondern in die Rolle, die wir ihr in unserer Biographie zugestehen.

Unsere Ausbildung in Sachen Liebe beginnt früh, aber wir lernen Liebe als etwas Fundamentales kennen, unbeeindruckt von unserem Tun oder Lassen. Liebe ist wie Luft - immer vorhanden, aber in ihrer Verfügbarkeit nicht zu beeinflussen. In unseren späteren Beziehungen erleben wir eine andere Art der Liebe und den Zusammenhang von Aktion und Reaktion.

Unsere Liebste ist nicht unsere Mutter. Sie muss uns nicht permanent bewundern und in den Arm nehmen. Und wir müssen nicht auf Zuruf gehorchen. Wenn wir Glück haben, erkennen wir, dass die Ausdünstung von Muttersorge nicht der Job unserer Partnerin ist und auch gar nicht sein darf. Noch mehr Glück haben wir, wenn sie ein ausgewogenes Gespür für unsere Sehnsucht danach entwickelt.

Dauerhafte Beziehungen erzwingen diese Relativierungen, ein ums andere Mal. Immer, wenn die Verliebtheit nachlässt, immer, wenn sie so plötzlich und völlig überraschend ihre Schattenseiten zeigt, immer, wenn es um Größeres geht. Wer liebt, wird all dies klaglos tragen. Womit wir schon auf dem nächsten schmalen Brett sind - wer zu lange trägt, ohne zu klagen, ist bereits abgestürzt. Oh, diese Bretter sind schmal ...

In einer Beziehung zu leben bedeutet, erwachsen zu werden. *Erwachsen* ist ein Wort mit hohem Schwerkraftanteil. Erwachsene haben Pflichten, aber keine Zeit. Sie haben Termine - auch mit ihrem Privatleben. Hier aber ist ein anderes Erwachsen gemeint, eher im Sinne von *Klarheit* und *Selbstverantwortung*. Hinnehmen, absteigen, all diese großen, selbstlosen Worte.

Einen Menschen zu nehmen, wie er ist, ist noch gar nichts. Das muss man immer. Die wirkliche Liebe besteht darin, ihn auch zu wollen, wie er ist.
Alain

Doch der Mensch kann nicht permanent klar wie die Glocke sein, Verantwortung und Aufmerksamkeit sind anstrengend und aufwendig. Permanent spielt sich irgendwelcher Psychokram ab, der mit der Liebe genau so wenig zu tun hat, wie mit dem Partner. Beziehungen spülen den ganzen tiefenpsychologischen Schmonzes ans Tageslicht, und wenn er dann vor uns liegt - schlammig, stinkig, aufdringlich - sehen wir meist nur einen kausalen Zusammenhang: den zur aktuellen Partnerin.

→ DER ZAHN DER ZEIT

Tage, Monate, Jahre ziehen ins Land und - seien wir ehrlich - irgendwann geht es nicht mehr um das Traumschloss. Es geht nicht einmal mehr um die Eigentumswohnung und die zwei Kinder. Es geht einfach nur noch darum, denn Alltag einigermaßen erträglich zu gestalten. Vor Monaten bereits haben wir begonnen, uns auf die Nerven zu gehen. Wir streiten häufig, sind latent dauerverzweifelt, sprechen von Paartherapie und Trennung. Die Paartherapeuten dagegen sprechen vom Übergang zu den letzten Punkten des Zyklus *Anziehung, Bindung, Spannung* und *Lösung.*

Lieben wir sie noch? Wir sind uns nicht sicher. Aber wir sind uns sicher, dass wir sie manchmal hassen. Wir sehen es an unserer fiesen Art, hören es in Untertönen, spüren es in jeder Faser. Und - Gott! - wir könnten sie dafür lynchen. Jede vorbeistolzierende Versuchung schmerzt tief im Gebein, zeigt uns, wie das Leben hätte sein können. Oder wieder werden kann. Mit der richtigen Partnerin. Denn dass die Unsere die falsche ist, daran bestehen kaum noch Zweifel.

Andererseits sind da - möglicherweise - Kinder. Oder andere Gründe - es gibt immer Gründe. Immerhin kennen wir den Feind genau, Überraschungen sind unwahrscheinlich, und diese Sicherheit schafft einen hohen Grad an Bequemlichkeit.

→ DRAMA UND ABENTEUER

Sie sehen: das Thema beinhaltet alles, um ein Leben zu einem Bestseller zu machen: Sex und Crime ohne Ende, Drama und anrührende Sonnenuntergangssequenzen. All dies dient der Versorgung gewisser gesellschaftlicher Randgruppen: Dichter, Musiker, Schreiber. Diese leben von schmerzenden Herzen, leiden lauthals und verdienen gut am Elend anderer Leute. Sogar Therapeuten gehen zum Therapeuten, wenn ihre Beziehung in schwere See gerät.

You never close your eyes any more / When I kiss your lips
And there's no tenderness like before / In your fingertips
The Righteous Brothers

Doch auch ohne randgruppenökonomisches Kalkül gibt es auf lange Sicht meist mehr Gründe für die Beendigung als die Fortführung der Liebe. Und nicht immer ist das Ende der Beziehung immer gleich das Ende der Liebe. Oder umgekehrt. All das, was Liebe so komplex macht, potenziert sich in der Trennungsphase. Die Symptome reichen von dumpfer Leere bis zu stechenden Herzschmerzen. Denn Beziehungen sind vorüber, sobald einem von beiden die Puste ausgeht.

Wie gesagt, Sinn und Zweck dieses Buches ist nicht, diesen relativ typischen Verlauf einer Beziehung zu verändern, auch wenn es oft wünschenswert und angemessen wäre. Das Ziel ist vielmehr, über die Beziehung zu sich selbst zu finden, den eigenen Wegen und Werten.

Liebe heißt auch, den Kummer zu teilen,
den man noch nicht hat.
Lilo Pulver

SINN UND UNSINN

Früher war alles viel besser. Wir mussten unser Weltbild nicht mühsam von Hand zusammennageln, sondern waren mit Überleben beschäftigt, eingebunden in Pflichten und Zwänge und völlig unbeleckt von den höheren Weihen sinnloser Sucherei. Wir dachten nicht - wir ließen denken.

Heute leiden wir unter dem Fluch der Optionen. Rechts, links, oben, unten - wir denken dreidimensional, wissen aber oft nicht, wohin. Dabei beeinflussen wir durch die Art unseres Denkens maßgeblich den Alltag: Laufe ich an einem trüben Tag am Neckar entlang und denke mir gleich dort vorne hinter der Biegung ein Meer, geht es mir sofort besser. Das Denken ist die eigentliche Kraft, denn es schafft eine innere Haltung. Diese wiederum definiert Aktion und Reaktion.

Denken ist Aufgabe und Verantwortung. Und nicht immer einfach. Oft geht es völlig schief und so ist die Haltung der Industrienationen heute primär verspassgesellschaftet und konsumorientiert. Trotz Staubsauger und anderen Segnungen der Technik ist die Hausarbeit in den letzten 100 Jahren nicht weniger geworden und die Menschen keinesfalls glücklicher. Hauptsächlich wird geschimpft. Besser fühlen wir uns, wenn wir uns tolle Sachen kaufen können. Aber viele kleine tolle Sachen ersetzen nicht die eine große. Im Extrem gedacht leben wir auf das nächste Konsumziel als Sinn im Außen, weil das Innere zur Leere neigt.

Man nehme als Beispiel diesen Rechner, an dem ich hier so lautstark vor mich hinwettere: Ein wunderschönes, orange-weißes iBook. Ich liebe es, nicht nur der vielen gemeinsamen schönen Stunden wegen. Doch heimlich träume ich von seinem Nachfolger. Denn immerhin sind wir schon zwei Jahre zusammen. Es birgt keine Geheimnisse mehr und der Prozessor bekommt bereits Falten. Der Nachfolger, der noch im Verlauf dieses Textes mein Leben betreten wird (sic!), verspricht dagegen Freiheit und Abenteuer. Er ist rasant, wild und willig, mit mir die MHz-Unendlichkeit zu erobern. Zumindest, bis ich auch seiner überdrüssig werde. Denn Verliebtheit ist äußerst exklusiv.

Es ist schändlich, um des Lebens willen
den Sinn des Lebens zu verlieren.
Juvenal

Eigentlich ist der neue Rechner nicht wichtig. Denn immerhin schreibe ich auch jetzt und völlig zufrieden auf meinem süßen kleinen Gerät. Aber am Anfang dieses Satzes steht ein *eigentlich*, und so ist das mit dem Konsum: mit der neuen Liebe vergessen wir die alte. Und wird die neue alt, sehnen wir uns nach dem nächsten Kick.

Ähnlich leicht verführbar sind wir in unseren Beziehungen - es hat seinen Grund, warum sie nicht ewig halten: Mit den Freiheiten sind unsere Ansprüche gestiegen. Was das Liebesleben angeht, hängen wir immer noch in den 90ern - *here we are now, entertain us* ... Eine Erstweltseuche, beschleunigt durch Hollywood, Werbung und Milchstrassenpublikationen.

Die Suche nach dem schöneren Wagen, dem schnelleren Rechner und der süßeren Maus ist zwar ganz wunderbar - besonders bei Erfüllung -, aber sie ändert nicht unser Leben. Am Ende mache ich auch mit dem neuen Rechner denselben alten Mist, und ohne eine gewisse wilde Entschlossenheit werde ich in drei Monaten mein Glück nicht mehr zu schätzen wissen (sic!). Womit dann wieder dieses Gefühl der Leere auftaucht. So lebt der Geist in einem dauernden Morgen voller neuer, liebenswerter Errungenschaften, während das Heute unterbewertet vor sich hindümpelt. Es ist nicht nur Zen in der Erkenntnis, dass wir mit äußerer Rastlosigkeit keine innere Ruhe schaffen.

DER URSPRUNG ALLER RELIGION

Bisher entzieht sich eine mögliche Gottheit beharrlich jeder Versuchsanordnung. Das führt zu wilden Spekulationen. Hier ist eine weitere: Der Grund aller Religion liegt in der Liebe, natürlich!

Wer sich frisch verliebt, verursacht in seinem Geist einen kompletten Reset - das Leben davor erscheint langweilig bis sinnlos und war eigentlich nur Vorbereitung auf die Begegnung mit dem geliebten Wesen. Solch Planung von langer Hand erfordert ein höheres Wesen.

Manchen ist gar das Glück beschert, vor der neuen Beziehung richtig unglücklich gewesen zu sein - sie besonders, aber auch viele andere erleben den Prozess des Verliebens als Wiedergeburt. Mit dieser Überzeugung im Herzen ist der Schritt zur Reinkarnationstheorie nicht mehr groß - der Strohhalm am Ende der Beziehung ebenso wie am Ende des Lebens.

Das Aufgehen vom ich im wir schließlich bringt uns zur Überwindung des eigenen kleinen Egos, der Transzendenz und dem Buddhismus. Und schon haben wir sämtliche Urreligionen eines Subkontinents erklärt.

Für die Verwandtschaft von Liebe und Religion spricht auch der Hang des Menschen, im Namen beider den größten Blödsinn zu begehen und sich dabei völlig im Einklang mit dem Universum zu wähnen.

Das große Glück in der Liebe besteht darin,
Ruhe in einem anderen Herzen zu finden.
Julie de Lespinasse

→ DER SINN DES LEBENS

Dem Menschen inne wohnt dieser unruhiger Geist, der auf Dauer mit den üblichen Methoden nicht zufrieden zu stellen ist. Was ihm fehlt, ist der große Rahmen. Und den zu setzen, ist nicht so schwer: Der Sinn des Lebens besteht darin, ihn zu finden.

Wir ertragen vieles und leisten noch mehr, sobald wir einen angemessen Sinn im Geschehen um uns herum entdecken. Schützengräben und Geburtswehen, warten und leiden - erscheinen uns Ziel und Grund überzeugend, gibt es wenig, das wir nicht tun würden. Der Sinn versieht uns mit einer Haltung zu den wichtigen Fragen und erleichtert so das Dasein.

Sogar die Wissenschaft ist sich einig, dass spirituell versinnlichte Menschen ein erfüllteres und leichteres Leben führen, als reine Rationalisten. Nicht dass sich die Fakten des einen Lebens großartig vom anderen unterscheiden würden - jedes Leben ist das schwerste und das schönste. Aber die Wahrnehmung ist eine andere.

Ich persönlich glaube an die Evolution. Daran, dass alles besser werden kann. Und muss. An ein tieferes Verständnis. Ein höheres Bewusstsein. Eine innigere Liebe. Eine bessere Formulierung. Ich glaube, dass mein Leben ein Weg ist, der mich zur immer nächsten Stufe führt. Auf der ich dann doch erkennen muss, dass es weitergeht. Mit der ich für den Augenblick aber auch zufrieden sein soll/kann/darf.

→ SINNVOLLE EXKURSIONEN

Es gibt einen Kampf, den wir nur mit uns selbst führen können. Ob wir uns für einen von den Guten halten, uns mögen und vielleicht sogar lieben. Egal mit welchem Rechner/Auto/Villengelände, bin ich mit mir selbst nicht rund, ist mein Leben ein großes Generve. Unsere Selbsteinschätzung beruht auf Krisen, die wir überstanden haben, Entscheidungen, die wir getroffen haben, Abkürzungen, die wir nicht gegangen sind. All das versorgt uns mit Mut und Glauben an uns selbst.

Auf diesem Weg sind Liebe und die dazugehörigen Entscheidungen entscheidende Prüfungen/Hilfsmittel/Erfahrungen. Sie werfen uns immer auf uns selbst zurück, auf die Suche nach der eigenen Haltung.

Sobald wir gegen unsere wahre Natur verstoßen, faule Kompromisse schließen und Dinge tun, die unserem Innersten zuwider laufen, entstehen Knoten im Selbstwert. Der aber ist unser wichtigster Wert, um ihn kreisen wir ständig, und das gilt nicht nur für Egozentriker. Wenn einer unserer Hauptwer-

Mir ist auf der Straße ein sehr armer junger Mann begegnet, der verliebt war. Sein Hut war alt, sein Mantel abgetragen, Wasser rann durch seine Schuhe.
Aber Sterne zogen durch seine Seele. *Victor Hugo*

te besagt, dass wir verlässlich und treu sind, müssen wir nach einem Seitensprung lang diskutieren. Mit uns, nicht mit ihr. Klafft plötzlich dieses Loch zwischen Denken und Tun, ist das anstrengend - wir müssen in der Lage sein, uns in die Augen zu blicken, oder wir vergehen.

Daher ist besagter *Höher-schneller-weiter-Konsum* das Gegenteil dessen, was Liebe wahrhaft zu leisten im Stande ist. Denn das ist die Aussage: Wenn wir mit dem Partner Größeres vorhaben oder bereits geleistet haben, lohnt es sich, dabei zu bleiben und nicht bei der ersten mittelgroßen Katastrophe die Flatter zu machen. Auf dieser Ebene ist die Flucht in Richtung neuer Beziehung völlig sinnlos - nach einigen Wochen stürmischer Verliebtheit werfen uns die Wogen des Universums wieder an den gleichen geistigen Strand, dem wir ursprünglich entkommen wollten. Wir können vor uns selbst nicht fliehen.

➜ DER TIEFERE SINN

Dieser Weg hat kein wirkliches Ende - wir können uns von dem Gedanken verabschieden, dass wir irgendwann irgendwo ankommen. Jede Zeit liefert ihre eigenen Probleme/Herausforderungen, mit denen wir umgehen müssen. Dann kommt der nächste Schub. Oft genug erkennen wir den Sinn erst im Nachhinein - fünf Jahre später, sagen die Chinesen. Hier empfiehlt sich als Haltung eine gewisse aufgeschlossene Sturheit - zumal wir zwar nie irgendwann morgen ankommen, aber jederzeit jetzt - indem wir einfach kurz die Augen schließen und tief durchatmen. Und manchmal werden wir dabei feststellen, dass der Moment durchaus perfekt ist.

ERLEUCHTUNG

Drogen und Meditation, Liebe und Glückseligkeit sind neurologisch einfach zu erklären: Unser Limbisches System ist chemisch hochgradig aktiv und freut sich seines Daseins. Da es so glücklich ist, wird jede Wahrnehmung unter diesem Aspekt ans Bewusstsein weitergeleitet, und in der Folge bekommt die gesamte Realität eine leichte Rosatönung.
Wenn Sie und ich in denselben Sonnenuntergang sehen und Sie verliebt sind, ich aber nicht, so ist Ihr Sonnenuntergang um ein Vielfaches schöner als der meine. Wenn Sie jetzt in diesem Zustand sind, werden bei dieser Aussage sämtliche Lichter angehen - Diverses wird Ihnen klar, und Sie sehen vielleicht sogar einen noch größeren Zusammenhang. Ich, der ich völlig unverliebt hier sitze und an einem regnerischen Januarnachmittag vor mich hinschreibe, finde all dies schon sehr alltäglich und langweilig. Schade eigentlich.

Liebe ist nicht ein, sondern das einzige Mittel,
um glücklich zu werden.
Francoise Sagan

All das bedeutet echte Arbeit. Ruhig und gelassen könnten wir statt dessen in einem Kloster vor uns hin meditieren. Wir könnten Marathons laufen, Pilzomelettes auf Goa essen. Im Grunde könnten wir aus jeder noch so banalen Koordinate im Raum-Zeit-Kontinuum genauso viel lernen. Das können wir, wenn wir wahrhaft achtsam durch die Welt schritten.

Nicht ganz so viel Achtsamkeit brauchen wir in der Liebesbeziehung. Denn hier wird uns Stück um Stück das serviert, was wir nicht sehen wollen, aber lernen sollen - immer wieder können wir uns an einem geliebten Menschen die Finger verbrennen, bis wir es endlich gekriegt haben. Denn der Sinn des Lebens liegt völlig klar vor jedem Menschen - wir schauen nur immer in die andere Richtung.

TEIL 1 - PSYCHOKRAM

Wir haben keine Ahnung: Wir wissen nicht, warum wir uns verlieben und schon gar nicht, wie lange es dauert. Wir wissen nicht, was wir richtig machen, wir wissen nicht, was wir falsch machen, und nach einiger Zeit wissen wir auch gar nicht mehr, was wir machen sollen. Oft genug wissen wir nicht mal, was wir jetzt schon wieder gemacht haben. Wir wissen weder, was wir denken, noch wo unser Standpunkt ist: Heute hassen wir sie, morgen lieben wir sie. Auch wissen wir selten, was wir fühlen. Und wollen es auch gar nicht, denn sobald wir das wissen, müssen wir uns einem Thema stellen. Das gilt oft für beide Geschlechter, aber besonders wir Buben sind nur bedingt auf den Umgang mit Emotionen ausgelegt. Was auf lange Sicht in Beziehungen ein Nachteil ist. Allein mag all das noch funktionieren, aber im Team sind wir Spielball von Gefühlsgezeiten, die oft genug nicht einmal unsere eigenen sind. Als Reaktion ziehen wir uns zu weit zurück oder preschen zu weit vor.

Andererseits können wir nicht viel dafür - nichts hat uns auf die Größe der Schwierigkeiten vorbereitet, im Gegenteil: Die internationale Spielfilmverschwörung arbeitet seit Jahrzehnten daran, die Grenzen zwischen Verliebtheit und Liebe zu verwischen. Unser Bild der wahren Liebesbeziehung ist sehr hollywoodesque - ein Finden im Finale und ewiges Glück. Dass dem so nicht ist, lernen wir trotz aller Hinweise der Realität nur mühsam.

Von Schnulzen in den Schlaf gewiegt, suchen wir nach der perfekten Partnerin und beginnen schnell zu schmollen, wenn sie sich im Alltag als nicht ganz so perfekt erweist. Unser amouröses Durchhaltevermögen liegt bei 100 Meter und der Langstreckenhürdenlauf einer Beziehung beschert uns in einen frühen Herzinfarkt. Irgendwann heiraten wir resigniert den nächstbesten Kompromiss, auf ein besseres Los für unsere Gene hoffend. Und wenn wir richtig Pech haben, verabschiedet sich die Liebe schon Jahre vor uns aus unserem Leben.

Liebe ist weit mehr als ein Gefühl.
Sie ist ein Paket voll mit Dingen, von denen viele dort nicht hingehören.
Michael Mary

➜ IM BLINDFLUG

Das Cockpit einer Beziehung ist voller komplizierter Instrumente. Höhenflüge werden angezeigt, Tiefpunkte genau registriert. Es gibt Uhren für Zuhörkapazität und Abspülflexibilität, für Sexfrequenz und Seitenblicke. Digital werden Wertschätzung und Streitthemen erfasst, die Vertrauensskala ist genauso wie die der Hingabefähigkeit mit einem dicken roten Bereich ausgestattet. Beide Piloten haben einen Knopf für den Notausstieg.

Beim Start zeigen die Instrumente synchrone Werte, die Hierarchie von Pilot und Kopilot ist noch völlig offen. Sexfrequenz ist im oberen roten Bereich, die Nadel für Individualität völlig abgetaucht. Aber das macht nichts, denn keiner guckt hin. Beide sind mit Wichtigem beschäftigt und de facto im Blindflug.

Auf längeren Distanzen kommt Bewegung in die Zeiger. Wenige Meilen weiter in Richtung etablierter Beziehung hängen beide mit der Nase an den Anzeigen - allerdings an denen des anderen. Und hier zeigt sich Konfuses: die Anzeigen scheinen unterschiedliche Zyklen zu entwickeln - oft will einer mehr, wo der andere gern weniger hätte. Gemäß dem Prinzip der maximalen Sauerei fühlt sich der eine verstoßen, der andere vereinnahmt. Beide fühlen sich schlecht. Der Bordcomputer meldet diverse Fragezeichen, in denen er zuerst einzelne Charaktereigenschaften, dann die Loyalität und schließlich die gesamte Beziehung in Frage stellt. Wer jetzt nicht aufpasst, sprengt sich vorschnell ab, um dann mit einem furiosen Feuerschweif ins endlose Meer des Singledaseins zu stürzen.

➜ FIVE MILES OUT

Dummerweise vom Konstrukteur etwas unzugänglicher angebracht, gibt es eine ganze Reihe weiterer Displays, die Aufschluss über die eigenen Befindlichkeiten geben. Wir müssten nur hinsehen. Da wir das nicht tun, poppen alle möglichen Fehlermeldungen hoch, die wir in diesem Kapitel besprechen. Manche haben hohen Unterhaltungswert, andere sind nervig und einige wenige vergleichsweise gefährlich. Alle jedoch haben ihren Sinn, denn alle wollen uns vor dem Absturz bewahren.

Uns.

Nicht die Beziehung.

In der Folge degradieren sich manche selbst zum Kopiloten und erwarten, dass der Partner die Beziehung sicher durch den Sturm navigiert. Er muss doch nur seine Richtung etwas ändern. Kann so schwer nicht sein. Schlägt der Blitz mal ein, ist dies grundsätzlich seine Schuld. Auch unsere rechte Hand scheinen wir nicht zu bemerken, die permanent Fernlenkwaffen auslöst, obwohl das einzige Ziel weit und breit der eigene Flieger ist.

Egal, wie erfahren die Piloten und wie ausgefeilt die Technik, jeder Flieger ist auf seine Art ein Prototyp und nach jedem Traumstart droht eine Schlechtwetterfront. All die Fragezeichen hinter der Beziehung - nach ihren kleinen Eigenheiten, ihrer aufbrausenden Art -, erscheinen so offensichtlich und entstehen ganz von selbst. Alle führen in eine Richtung: Vielleicht passen wir doch nicht zusammen?

Es kommt uns nicht in den Sinn, dass besagte Fragen möglicherweise sehr viel mit uns zu tun haben, aber sehr wenig mit ihr. Wir behandeln Symptome, die wir selbst diagnostiziert haben, nicht aber die Ursachen, die oft unentdeckt tief in unserer Vergangenheit liegen: Abgründe von Eifersucht und Missgunst, die sogar uns selbst daran hindern, uns zu lieben. Was, wenn der Partner sie entdeckt? Kommt er uns dergestalt zu nahe, retten wir uns gern in einen Gedanken: *It was never ment to be ...*

Aus dieser Sicht - und sie trifft immer irgendwie zu - torpedieren wir unsere Beziehungen gerne selbst und sind so an deren Ende nicht ganz unschuldig. Das lässt erstmal wenig Hoffnung. Der Pessimist als realistischer Optimist weiß, dass die Liebe von heute morgen nicht mehr existiert - wahrscheinlich gab es schon mehrere wichtigste Menschen in Ihrem Leben.

Der Zyniker fügt hinzu: Zuerst lieben wir den anderen, dann uns und den anderen, dann uns durch den anderen und am Schluss uns ohne den anderen. Und vielleicht nicht einmal das. Doch der Weise kennt den Grund: Wenn wir lieben, lassen wir die Geliebte mitten in unser Herz, unseren Geist, unser Energiefeld. In kurzer Zeit darf, kann und soll sie all unsere Fähigkeiten und Schwächen entdecken. Sie soll wissen, wo wir verletzlich sind und wo stark. Indem wir unser Innerstes offenbaren, zeigen wir ihr, wie sehr wir sie lieben, wie stark wir ihr vertrauen, und dass wir jetzt heiraten und Kinder produzieren wollen.

Kurze Zeit später beginnen wir uns vor der eigenen Verletzlichkeit zu fürchten. Wir stehen da mit runtergelassenen Hosen, unser Mut, unsere Hoffnungen, unsere Eier fest in ihrer Hand. Das macht uns nervös, panisch, reizbar. Wir beginnen zu beißen, sie beißt zurück. Blutend sinkt die Liebe darnieder, während unser Ego hämisch erklärt, es habe all dies bereits vorher gewusst. Wir liegen in unserem Blut. Herzblut, versteht sich.

... Genau darin liegt der Spaß. Je schlechter es einem geht,
um so mehr hat man, worauf man sich freuen kann ...

→ LEBEN IN DER VERGANGENHEIT

Wenn die Hormone sich beruhigen, übernimmt die Vergangenheit mit ihren Erfahrungen und Befürchtungen das Ruder. Sie manifestiert sich in Husarenstückchen des Unbewussten, das uns in Gesprächen zu kleinen Spitzen treibt oder sich für ein zweitägiges Schmollen um uns faltet. Hier steckt viel Krisenpotenzial, und deshalb gibt es hier auch viel zu entdecken.

Wer mich liebt, ist nicht wert, von mir geliebt zu werden beispielsweise ist ein echter Klassiker, eine ebenso bescheuerte wie weit verbreitete Manifestation fehlgeleiteter Liebesfähigkeit. Bewusst denkt dies niemand, aber das Unbewusste sammelt die Beweise seit Kindertagen. Mit dieser Einstellung ist völlig klar, dass ich für die Menschen, die mich wirklich interessieren, nicht gut genug bin. Sollte jedoch wider Erwarten eines dieser göttlichen Wesen auf meine Ebenen hinabsteigen und sich mit mir auseinandersetzen - ich würde zu Tode erschrecken ...

Beziehungen schaffen alle Arten von Problemen, und wer schlau ist, verzieht sich früh. Wirft sich sein coolstes Mäntelchen über die Schulter, gibt eine möglichst abschreckende und verletzende Schnoddrigkeit von sich und schreitet von hinnen, um hinter der Tür schreckensbleich zusammenzubrechen und die nächsten Wochen, Monate und Jahre über verpasste Chancen zu jammern.

Doch einige dieser göttlichen Wesen lassen sich nicht so einfach verjagen. Sie insistieren mit Nachdruck und sind völlig unbeeindruckt von möglichen Abwehrmechanismen. Kurzfristig erlauben sie uns, an die eigene Größe zu glauben - und wir wollen ja auch so gerne glauben. Denn Liebe heilt alle Leiden. Doch um auch hier wieder den Boden der Tatsachen zu erreichen: Nach einer Beziehung ist die Rückfallquote hoch ...

DUMMHEITEN ZUM THEMA LIEBE

Liebe muss gegeben werden ... Liebe muss verdient werden ... Liebe ist erdrückend und auf Dauer nicht zu ertragen ... Liebe geht sowieso irgendwann vorbei ... Liebe ist nicht vertrauenswürdig ... Liebe muss erkämpft werden ... Es ist nicht genug Liebe verfügbar ... Ich bin nicht gut genug für Liebe ... Diese Liebe ist nicht gut genug für mich ...

➜ DER KLEINE UNTERSCHIED

Wie gesagt, wir haben keine Chance. Nicht einmal auf dem grundlegendsten Level. So landet regelmäßig irgendein Psychologe einen Medientreffer, indem er dem Duo Frau/Mann gänzliche Inkompatibilität bescheinigt. Regelmäßig lese ich die Theorien mit Interesse. Und regelmäßig nicke ich einsichtsvoll - es ist offensichtlich, dass Männer und Frauen nicht zusammenpassen, das bemerke selbst ich mehrmals täglich: andere Gene, andere Gehirne, andere Gedanken.

Doch andererseits sind wir verdammt zur Kooperation. Das entkräftet zwar nicht die Argumente, relativiert aber die Alltagstauglichkeit der Psychologenposition. Irgendwie will ich mit meiner Liebsten ja leben. Da das persönliche Erleben meist mit der persönlichen Einstellung zu tun hat, biete ich folgende argumentative Gegenoffensive:

Entsprechend der Maslov'schen Bedürfnispyramide rangiert Liebe auf der dritten Ebene, kurz nach Sicherheit, Nahrung und Wohnung. Diese genannten Notwendigkeiten sind Männlein und Weiblein gemeinsam. Beide brauchen möglichst viele liebende und geliebte Menschen und darunter einen ganz besonderen. Zwei Menschen - ein theoretisches Ziel.

HORMONELL

Der wahre Unterschied zwischen Bub und Mädel manifestiert sich erst im letzten Schwangerschaftsdrittel. Geringe Mengen Testosteron wandern beim Jungen zu einem Areal des Hypothalamus und eichen das Gehirn auf Mann. Dabei wird der natürliche Abbau von überschüssigen Gehirnzellen eingeschränkt, weshalb ein männlicher Hypothalamus in diesem Bereich deutlich größer ist als der weibliche - unabhängig von der Spezies. Nähert sich ein Männchen in späteren Jahren einem Weibchen, wird genau dieses Areal aktiv. Ist die Region dagegen geschädigt, beeinträchtigt dies das Kopulationsverhalten - die Lust auf den Partner ist noch da, nicht aber die Lust auf Sex.

Ohne diesen Prozess wird das Gehirn tendenziell weiblich. Dabei ist der Zeitpunkt entscheidend: bei Ratten hat sich gezeigt, dass die Sprösslinge gestresster Mütter weniger männliche Eigenschaften ausbilden, denn unter Stress kommt das Hormonsignal zu früh.

Zumindest im Tierreich liegt hier ein Grund für Homosexualität. Aber um sofort einem möglichen Gerücht vorzubeugen: Das menschliche Verhalten ist weniger hormonell dominiert, es spielen soziale Normen, Lernen, Bewertung und Erfahrung eine Rolle. Und auch im Tierreich neigen verweiblichte männliche Gehirne zu heterosexuellem Verhalten, wenn sie zusammen mit sexuell aktiven Weibchen erzogen werden.

Gemeinsam ist den Menschen dagegen dies: Versorgt man Männlein und Weiblein mit erotischem Bildmaterial und scannt währenddessen die Gehirnaktivität, zeigen sich keine nennenswerten Unterschiede in den Mustern: Wahrscheinlich verarbeiten beide Geschlechter Lustgefühle auf ähnliche Weise. Das gilt übrigens für Sex und Musik.

Zugegeben, in der Praxis gibt es zahlreiche archaische Unterschiede, aber viele Gebiete gleichen sich an. Die Nummer von Küche und Karriere ist fast schon durch, zunehmend mehr Frauen finanzieren ihren Wagen selbst. Und immer mehr Männer haben ihr genetisch gespanntes Verhältnis zur Spülbürste entschärft, wenn auch - nach Aussage zahlreicher Expertinnen - bei weitem nicht genug.

Dann wäre da noch das Innenverhältnis, also *die Überlegenheit des Mannes*. Doch nicht einmal die Geschichte seines besseren räumlichen Vorstellungsvermögens stimmt - es ist nicht besser, nur anders: Männer zeichnen sich im Geist gerne eine umfassende Skizze, während Frauen eher auf kleine Details achten, anhand derer sie aber genauso gut navigieren können. Die Legende von der besseren Orientierungsfähigkeit der Männer, so die Evolutionspsychologin Leda Cosmides, beruht primär darauf, dass in den letzten 50 Jahren die Versuchsleiter überwiegend männlich waren ...

Sogar der Jagdinstinkt - eine der letzten männlichen Bastionen - trifft immer öfter auf ähnlich gelagerte weibliche Tendenzen. Das geht vereinzelt so weit, dass die Buben mehr auf Kuschelsex stehen, während die Mädels reihenweise Herzen brechen. Nachdem wir Jungs uns jetzt so lange Mühe gegeben haben, das Wesen *Frau* als gleichberechtigt zu erkennen, und die Frauen sich so lange Mühe gegeben haben, mit den Männern gleich zu ziehen - was nicht immer erstrebenswert ist -, vertrete ich in diversen Diskussionen inzwischen die These, dass das männliche das sensiblere Geschlecht ist.

Natürlich gibt es Unterschiede. Im Hirn, im Herzen, in den Genitalien. Aber die Summe aller Unterschiede entspricht trotzdem nicht der Distanz Venus-Mars, im Gegenteil, besonders die genitale Kompatibilität weist auf eine von

GENETISCH BETRACHTET

sind Männer Ausbeuter. Auf dem Zeitstrahl der Evolution gab es eine Zeit, in der die Geschlechtszellen (Gameten) von Männchen und Weibchen gleich groß waren. Beide lieferten ihr Erbgut, aber beide lieferten auch Material, um die befruchtete Eizelle zu nähren. Mit der Zeit stellte sich für die Männchen heraus, dass kleine Gameten schneller sind und damit einen evolutionären Vorteil besitzen. Kaum war der Vorteil entdeckt, wurden Spermien immer kleiner und schneller, während die Eizellen immer mehr Aufbauarbeit aufgebrummt bekamen.
Männer profitieren also von der biologischen Aufrichtigkeit der weiblichen Seite dem Nachwuchs gegenüber, obwohl die schon genug mit dem Austragen und der Aufzucht der Kinder beschäftigt ist. Dummerweise macht unsere biologische *hit-and-run*-Ausrichtung uns auch entbehrlicher. Und Weibchen wertvoller.

Männer müssen schnarchen, um ihre Frauen vor den wilden Tieren zu beschützen.
aus „Männer"

langer Hand geplante Kooperation. Als Killerargument daher das ganz pragmatische: Seit 100.000 Jahren leben Mann und Frau zusammen. Seit wenigen Jahrhunderten erst diskutieren sie intensiv über die Art und Weise dieses Zusammenlebens. Das hat im letzten Jahrhundert zu zahlreichen Verbesserungen geführt. Aber wie sinnvoll ist es, diese Unterschiede noch weiter auf dem Podium auszudiskutieren, wenn die meisten Diskutanten hernach mit ihren gegengeschlechtlichen Partnern im heimatlichen Bettchen liegen? Beide sind Menschen. Und müssen miteinander umgehen.

Geschlechtsspezifische Dissonanzen sind nur ein Modell, aber die Probleme einer Beziehung kommen - aus meiner Sicht - nicht daher, dass Venus und Mars symbolisch wertvoll sind, sondern weil eine Beziehung besteht. Man frage einfach einen homosexuellen Bekannten.

➜ HIRN GEGEN HERZ

Trotzdem sind Beziehungen natürlich unmöglich. Liebe wohnt im Herzen, ihr Feind aber ist ausdauernd und wohnt im Kopf: im Stammhirn, das bei jeder Gelegenheit zustößt, weil es ums Überleben fürchtet. Im Frontallappen, der sich um die Zukunft sorgt. Im Lustzentrum bei jeder sich bietenden Gelegenheit. Und durch all diese Areale wabert schwadenhaft das Ich: *ich will, ich muss, ich ich ich ...*

Belege gibt es genug. So hat jede längere Beziehung mindestens ein wirklich tiefergehendes Problem. Jedes einzelne davon ist in allen Spielarten weit verbreitet und die Summe exzellent dokumentiert in zahlreichen Stammtischrunden.

Bei genauerer Betrachtung erweisen sich manche Probleme interessanterweise nicht als Trennungs-, sondern auf sehr subtile Weise als Existenzgrund der Beziehung. Am Beispiel sie - *Symbioseerwartung*, er - *Vereinnahmungsbefürchtungen*: Grund für ihn, weil er ein permanentes Gefühl von Wertschätzung erfährt. Immer wieder bekommt er - wenn auch auf etwas unglückliche Art - gesagt, wie wichtig er doch in ihrem Leben ist. Das schafft Selbstbewusstsein, und nichts brauchen Männer mehr. Für sie - die sie ihn mit ihren Forderungen eher von sich weg treibt - symbolisiert er möglicherweise alles, was sie im Leben nicht haben kann. Das erst macht ihn interessant. Sobald einer der beiden die Balance stört, fällt die Beziehung vom Seil, verliert ihre Legitimation und bricht auseinander. Wie gesagt, wir wissen nicht, warum wir etwas tun ...

Liebet einander oder gehet zugrunde.
W.H. Auden

→ FAZIT

Die Buddhisten sprechen von relativem und absolutem Wissen. Letzteres beinhaltet alle grossen spirituellen Wahrheiten. Ersteres beschreibt unser Erleben in der Welt, das immer im Bezug zu uns selbst steht. So gesehen ist dieser Teil des Buches ein sehr relativer: Es geht um Psychologie.

Die Psyche des Menschen ist - wir hatten es schon - eine schattige Gegend, bevölkert von Freud'schen Kreaturen. Diese Wesen wirken sich zwar extrem unangenehm auf unser Dasein aus, wollen uns aber im Grunde nur beschützen: Vor schlechten Erfahrungen, vor dem Leben, vor uns selbst. Notfalls mit Klauen und Zähnen.

Das Unbewusste ist kein Streichelzoo, weshalb wir uns auf den nächsten Seiten primär mit Löwen und Tigern und Bären beschäftigen. Dummerweise zeigen sich diese Viecher nur selten, und wenn wir dann tatsächlich mal eines erwischen, ist es oft nur die Tarnung für eine andere Bestie. Einige sind durchaus zähmbar.

Ah, Sie sind skeptisch. Verständlich, denn egal wie alt Sie sind - Ihr bisheriges Leben hat Sie anderes gelehrt. Andererseits: Jetzt haben Sie das Buch schon in der Hand, und wenn ich Ihnen ein Wunder versprechen muss, damit Sie weiterlesen, so will ich dies hiermit tun. Sie werden arbeiten und nachdenken müssen, manchmal sogar gänzlich die Hosen runterlassen. Aber wenn Sie tapfer sind und dabei bleiben, werden Sie Ihr Wunder bekommen. Und es wird nicht blau sein.

Wenn man Liebe hat im Kampf, so siegt man; wenn man sie hat in der Verteidigung, so ist man unüberwindlich. Wen der Himmel retten will, den schützt er durch Liebe.
Tao Te King

WAS BISHER GESCHAH ...

Die moderne Psychologie ist sich in weiten Zügen darüber einig, dass die Art, in der wir uns das Leben versauen, zu großen Teilen mit den Lernprozessen und Erlebnissen unserer Vergangenheit zusammenhängt: Wir machen Erfahrung A und schließen daraus Erkenntnis B.

Wenn A darauf hinausläuft, dass wir uns die Hand am Schuh festbinden, wenn wir nicht auf unseren Zeigefinger achten, ist B keine große Sache. Die Umgebung lacht, wir fühlen uns gut, bekommen Aufmerksamkeit und möglicherweise wiederholen wir A solange, wie der Lacher funktioniert.

War A jedoch ein Einsamkeitserlebnis - keiner kümmert sich um uns, wir werden nicht geliebt und wir sind erst zwei Jahre alt -, hat das emotional gesehen deutlich mehr Sprengkraft. Die Lösung für ein solch verzweifeltes Problem bewahren wir in unserem Strategieschatzkästchen. Sie könnte beispielsweise in lautstarker Hysterie bestehen.

Dieses B kann in der künftigen Gegenwart - heute - extrem nervige Situationen in unseren Partnerschaften zur Folge haben. Natürlich wird der Plan funktionieren, werden wir auch heute bekommen, was wir wollen. Zumindest eine Zeit lang. Irgendwann aber streikt die Partnerin und B funktioniert nicht mehr. Dann entsteht der wahre Stress, zumal wir selbst uns unseres Mechanismus nicht bewusst sind: Wir denken tatsächlich, wir könnten nur so und nicht anders handeln. Änderungsversuche sind halbherzig und prallen nutzlos an verdeckten Überzeugungen ab. So streiten zwei Seelen in unserer Brust, und wir bekommen jedes Mal übel auf die Mütze, wenn wir einen neuen Ansatz probieren, uns beherrschen oder zurückziehen. Ein Lernprozess - zwei Opfer.

Freud nannte das Aufspüren dieser Zusammenhänge *Tiefenpsychologie*. Über innere Bilder, die Interpretation von Träumen und Infragestellen dessen, was der Klient gerade so von sich gab, lokalisierte er den Feind, griff ihn am Schopf und zerrte sein hässlich′ Antlitz ans Tageslicht - wo er dann verdorren sollte. Um 1930 war die amerikanische Psychologie dann soweit,

Psychoanalyse:
Man versteht sich hinterher nicht besser, aber man weiß warum.
Werner Mitsch

sämtliches Verhalten des Menschen auf diese Kausalketten zu reduzieren: Ein Lernprozess führt zu einer Verhaltensmodifikation, ein Reiz zwangsläufig zur entsprechenden Reaktion. Leben auf Knopfdruck. Natürlich ist alles viel komplizierter.

Und doch wieder nicht - bedenken Sie nur kurz Ihre Reaktion, wenn sie in einem wichtigen Fußballspiel an die Fernbedienung möchte. Trotzdem ist die Theorie etwas einfach. Auch geht sie davon aus, dass wir zur erfolgreichen Analyse feststehende Erinnerungen in unserem Kopf umhertragen, die einem tatsächlichen Geschehen der Vergangenheit entsprechen. Dem ist so aber nicht - das Gedächtnis ist eine wundervoll kreative Konstruktion. Treffen Sie sich doch mal mit einer xFreundin und sprechen Sie über spannende alte Streits - je nach Verhältnis streiten Sie sich gleich wieder. Denn die Dame hat ganz andere Geschichten erlebt, als Sie.

Erinnerungen wandeln sich mit der Zeit. Gleichwohl ist die Tiefenpsychologie auch in einigen Teilen zutreffend, und natürlich zeigt sich die damalige *Interpretation* alter Erfahrungen in heutigen Handlungen.

Die Interpretation ist erstmal völlig einseitig. Denn während die Handlungen des Kindes noch Jahre vor ihm liegen, sehen sich Vater und Mutter vom ersten Moment mit völlig neuen Problemen konfrontiert. Und speziell hier wird inniger und verlässlicher geliebt, als überall sonst. Sinnvollerweise beginnen wir also eine Generation vorher:

➜ VORBILDFUNKTION: DIE ELTERN

In den seltensten Fällen steht bei der Zeugung diese auch im Vordergrund. Sind die Folgen unerwünscht, kann das zu einer irrsinnigen Menge an Komplikationen führen. Doch wie bei jeder anderen Katastrophe auch, zeigen sich positive Aspekte oft erst mit 10jähriger Distanz. Denn Kinder sind der Gipfel im Liebesdrama, unausweichlich, fordernd und - dann doch immer wieder - mit eingebauter Glückseligkeitsgarantie. Selbst Vergewaltigungskinder werden geliebt, geben dem Akt brutaler Sauerei im Nachhinein einen Sinn. Kinder gehören zu den wenigen Dingen im Leben, die kaum jemals bereut werden und führen häufig in einen Zustand, der das Wort Liebe im landläufigen Sinn weit hinter sich lässt.

Mit der Größe der Liebe wachsen Probleme und Leid: Schreiende Säuglinge sorgen nachts für Zornausbrüche. Schmerzen und Krankheiten treiben Eltern in den Wahnsinn der Hilflosigkeit. Diese Gefühle dringen nicht immer beherrscht nach draußen, und das müssen sie auch nicht. Ich bin ein Vertreter der These, dass Eltern - einen gewissen Rahmen angewandter Menschlich-

Psychologie:
50 Prozent Sexualität und 50 Prozent Fehlinterpretation.
Gerhard Uhlenbruck

keit vorausgesetzt - relativ wenig falsch machen können. Es ist sowieso alles falsch. Und daher richtig. Das sehen Kinder natürlich ganz anders.

Vielleicht denke ich, dass ich als Kind keine Möglichkeit hatte, einen Sportverein zu besuchen. *Zu arm, zu beschäftigt, zu wenig ermutigt* wären mögliche Erklärungsversuche. So sind meine Eltern schuld, dass ich nicht sportlich bin. Das ist offensichtlich. Aber was hindert mich heute daran, mir entsprechendes Schuhwerk zuzulegen und laufen zu gehen? Tue ich das nicht, darf ich über meine Eltern nicht schimpfen - das wäre zu einfach.

Neben billigen Ausreden gibt es auch mangelnden Überblick: So schimpfen wir Jungs kategorisch über die Art, wie unsere Väter mit uns umgegangen sind. Im Prozess des Erwachsenwerdens stellen wir dann doch irgendwann fest: Es ist etwas aus uns geworden - trotz der fehlgeleiteten Erziehung.

Werden wir selbst Väter, verstummen die Vorwürfe. Und spätestens mit der Pubertät des eigenen Sprösslings stellt sich ein merkwürdiger Effekt ein: Wir erkennen, dass der eigene Vater doch nicht *alles* falsch gemacht hat, obwohl wir nur wenige Jahre vorher genau wussten, was schief lief und sogar, wie wir selbst es deutlich besser machen würden.

Das Elterndasein ist ein Zwei-Phasen-Betrug der Evolution. Phase eins besteht in der Einsicht, dass ich selbst zu ähnlichen Erziehungsmethoden greife, die ich den Eltern damals vorgeworfen habe - auch in dem Wissen, dass mir selbst etwas Gegenwind nicht geschadet, sondern im Gegenteil meine *markanten Konturen* freigelegt hat. Doch nie wollte ich werden wie mein Vater: *Und wenn du jetzt nicht sofort Hausaufgaben machst, bekommst du eine Woche Fernsehverbot.* Verdammt! Tonfall und Inhalt sind fast identisch. Der erste Betrug kommt mit der Erkenntnis, dass wir nicht permanent der Kumpel des eigenen Sprösslings sein können.

FAMILIENCHEMIE

Die ersten angenehmen Reize - Körperwärme und Geräusche - im Leben eines jungen Wesens schaffen die Bindung zu den Eltern. Dieser Vorgang wird als *Filialprägung* bezeichnet. Innerhalb von 90 Minuten werden im cingulären Kortex - ein hinter der Stirn liegender Teil des limbischen Systems - zahlreiche neue Verbindungen geschaffen, als wolle die Natur die Filialprägung möglichst wasserdicht absichern. Doch längerfristig findet eine Synapsenselektion statt, die Verbindungen werden ausgedünnt und genau dadurch in ihrer Wichtigkeit betont.

Dieser Prozess hat zahlreiche Auswirkungen auf das Gehirn und damit auch auf das spätere Verhalten. Er legt fest, welche Lern- und Verhaltensleistungen überhaupt möglich werden . Das zeigt sich besonders, wenn die Filialprägung nicht stattfindet: Sucht, Aggression, Angst, Bindung, Fürsorge für den eigenen Nachwuchs und sogar Gedächtnisleistung sind direkt betroffene Bereiche. Und alle rutschen in den roten Bereich.

Wenn dein Sohn groß wird, mache einen Bruder daraus.
Arabisches Sprichwort

Die zweite Phase des Betrugs besteht darin, dass die eigenen Eltern - jetzt Großeltern -, die uns die Jugend nach Kräften vermiest haben, plötzlich die Kumpel ihrer Enkel werden. Ihnen erzählen, was wir selbst als Kind verdummt haben und so an der letzten Schicht mühsam aufgebauter Autorität kratzen. Das ist nicht fair! Und doch stehen wir lächelnd daneben, denn in dem Spaß, den Kind und Großeltern miteinander haben, sehen wir uns selbst - sein Glück ist unser Glück und Kinder sind langfristige Projekte.

Der amerikanische Psychologe Robert Bly hat in seinem Kampf für den Abstieg in die schattigen Bereiche der Seele einen sehr interessanten Hinweis: Er unterscheidet zwischen *Depression* - entstehend aus der Nichtakzeptanz dramatischer Situationen und dem Unvermögen zum Abstieg - und *Trauer*, der bewussten Entscheidung für den Weg durchs Dunkel mit der eingebauten Möglichkeit, wieder ans Licht zu gelangen.

Diese zweischneidige Theorie in das Leben eines Fünfjährigen übersetzt: Er balanciert auf dem Spielplatz. Die wohlmeinende Tante hat ihn anfangs an der Hand und erhöht so das Selbstvertrauen. Nun kann es der junge Forscher allein. Doch die Vorsicht gebietet der Tante die Intervention. Der Kleine wird wieder angeleint und verpasst damit die Möglichkeit, einen Sturz aus 30 Zentimeter Höhe zu erfahren. Und zu lernen, dass fällt, wer nicht aufpasst. Das nächste Mal können es 50 Zentimeter sein.

SCHMERZHAFT

Zweizellerliebe manifestiert sich durch die Verschmelzung mit dem geliebten Wesen. Was ihm zustößt, schmerzt uns mehr als jedes eigene Leid. Im Fall einer Partnerschaft lässt dieses Gefühl irgendwann nach - was gut ist, denn zuviel Geglucke, egal von welcher Seite, füttert eine schleichende Bewusstlosigkeit (was nicht bedeutet, dass das rechte Gluckenmass für den Begluckten nicht ungemein wohltuend ist - ein ganz schmales Brett).
In der Eltern-Kind-Beziehung sieht das ganz anders aus: Wir wollen nicht, dass unsere Kinder fallen. Zwar weiß der Verstand, dass manche Stürze heilsam sind, dass Erfahrung das Überleben sichert und zerkratzte Knie im Kindergarten genauso heilen wie gebrochene Herzen in der Schule. Trotzdem ...
Ein Tier, das Schmerzen nie gelernt hat, wird nicht lange überleben - es fehlen Risikobewusstsein und die entsprechenden Grenzen. Auch dem Kind, das vor allem Leid der Welt behütet wird, fehlen wertvolle Informationen. Um sie zu bekommen, wird es mit der Zeit seine eigenen Katastrophen kreieren, weil sie eben zum Leben gehören. Ob nun freudianisch, jungianisch oder schamanisch, jedes tiefergehende Weltbild kennt den Effekt, nach dem das Unbewusste seine Defizite erkennt und ausgleicht. Es schafft oder sucht daher Situationen, die voller Depression und Elend, voller Trauer und Abstieg sind. Das ist eine positive Aussage. Im Ernst.

Noch schlimmer: Die meisten Tanten ermahnen in der Sekunde der höchsten Konzentration, nicht hinzufallen. Das bringt den Zwerg nicht nur erst auf den Gedanken eines möglichen Absturzes, es schickt der rechten Gehirnhemisphäre auch gleich eine inspirierende Botschaft. Denn die kennt keine Negierungen.

Weitergedacht auf diesem Pfad einer überbegluckten Gesellschaft: Wer nicht selbst Schmerzen erlebt - und eine einfühlsame Reaktion seiner Umwelt - findet nicht leicht zu der Erkenntnis, dass der Mensch als solcher ein fragiles und gefährdetes Wesen ist. Doch nur durch Einsicht in seine Art entwickelt der Mensch Empathie. Was schon wieder ein fieser Gedanke ist und im Weltbild eines Fünfjährigen überhaupt nichts zu suchen hat. Wie gesagt - Eltern können es nur falsch machen.

Väter, die geistig noch immer den eigenen Vater bekämpfen, und Erwachsene mit zu großen Fittichen - zwei von unendlich vielen Möglichkeiten, in der Kindeserziehung Fehler zu machen. Oder, positiv formuliert, an Grenzen zu stoßen und etwas daraus zu lernen. Denn es geht nicht nur um das Kind.

Manche Eltern verwechseln Liebe mit Macht. Andere erwarten die ewige Hingabe ihrer Kinder, vor allem, wenn sie diese beim Partner schmerzlich vermissen. Das ist oft einer der weniger bewussten Gründe, Kinder zu bekommen - als Verlängerung der eigenen Persönlichkeit, als Sinnlieferant und

UNERTRÄGLICH

Die Beziehung zu jedem geliebten Wesen treibt uns irgendwann an die Wand. Ob der Hund an der Strasse einfach weiterläuft, das Kind nach 20 Minuten immer noch bockt oder sie einfach nicht versteht, dass sie uns verletzt. In diesen Situationen sind wir ganz am Rand. Der andere fährt weiter seine Schiene und wir sind verzweifelt genug - wir treten unter die Gürtellinie. Bei Hund und Kind riskieren wir dabei ein Trauma, in der Beziehung einen tiefen Riss. Das tun wir fast schon bewusst, wir halten unsere Aktion für absolut gerechtfertigt: Das Ergebnis ist uns wichtig, die Welt ist nicht immer zum Lachen und JETZT ist es Zeit, dass Du das begreifst ...

Dass wir zu diesen Mitteln greifen, ist uns selbst nicht erklärbar. Eine Stunde später schämen wir uns unseres Zorns, oder - viel schlimmer - errichten rationale Gebilde der Erklärung, hinter denen wir uns verstecken. In beiden Fällen wissen wir, wir haben nicht richtig gehandelt. Und wir verurteilen uns dafür.

Andererseits können wir nicht immer richtig handeln - wir sind Menschen und in den meisten Fällen noch nicht erleuchtet. Selbst wenn wir unsere alten Pläne der Erziehung verraten - in den alten Zeiten wussten wir auch noch nicht, wie anstrengend das wahre Leben dann ist. Damit will ich keineswegs grenzwertige Ausraster verteidigen - das nächste Mal reagieren wir hoffentlich anders. Aber solange die glücklichen Momente überwiegen, läuft all das unter ganz normale Härte.

Weihnachten steht vor der Tür / Ein Matchbox-Auto wünscht du dir
Doch schau dir deine Eltern an / Sie schenken dir 'nen Lego-Kran
Abstürzende Brieftauben

zweite Chance. Beide Wege bewirken zuverlässig die Vertreibung der Kinder, und diese Eltern fragen sich später verzweifelt, was denn bitte schief lief. Wieder andere werden ihre Kinder nicht los. In allen Fällen sind die Eltern nicht schuld. Auch die Kinder sind nicht schuld, denn die Schuldfrage ist oft eine Ausrede und immer daneben. Irgendwelche Bremsklötze bekommt jedes Kind in die Wiege und damit seine ganz persönliche Entwicklungsmöglichkeit. Meistens treten diese Klötze in Liebesbeziehungen in Aktion.

→ FRIEDE SEI MIT MIR

Wo wir schon beim Thema sind, biegen wir thematisch kurz rechts ab, denn jeder der es getan hat, empfiehlt es weiter: Frieden mit den eigenen Eltern zu schließen, ihnen zu vergeben an den Stellen, wo sie wirklich Blödsinn gemacht haben. Es ist nicht der Job unserer Eltern, unsere eigenen Unzulänglichkeiten zu entschuldigen. Mögen sie auch einen Kiesel ins Rollen gebracht haben - die Lawine rauscht aufgrund unserer eigenen Entscheidung zu Tal. Dieses Wissen wirklich aktiviert, spart enorm viel Energie und beendet final viele Diskussionen, in- und außerhalb unseres Kopfes.

Wer Kinder hat, ist natürlich im Vorteil - er versteht das elterliche Dilemma besser. Wer keine Kinder hat, greife zur großen Schaufel und grabe ausgiebig unter seiner Wut - er wird nur Variationen von Liebe finden.

Neben dem Aspekt psychologisch/emotionaler Selbstverteidigung, den wir uns einfach selbst schuldig sind, gibt es noch einen weiteren: schlussendlich ist es unser Job, unsere Eltern zu lieben. Wir sind es ihnen schuldig, einfach weil wir ihnen unser Leben verdanken.

Wir bleiben auf Nebengleisen, denn Kinder haben noch andere praktische Nebenwirkungen: Zum einen bieten sie jede Menge infantilen Input - lernen können wir den Kleinen genauso abgucken wie lachen, spielen und kreative Assoziationen. Dieser Satz ist bei weitem nicht so theoretisch, wie er sich anhört. Er ist im Gegenteil nur die Spitze des Eisbergs. Denn über die Beschäftigung mit Kindern lassen sich die eigenen Erlebnisse reaktivieren. Längst verschüttete Erinnerungen kommen plötzlich nach vorne - ein Effekt, der sonst nur über viel Meditation zu erreichen ist. Dann aktviert sich plötzlich wieder die Lust, mit einem Filzstift auf der immer gleichen Stelle bis zum Krümeln zu malen, weil der Glanzeffekt einfach faszinierend ist.

Neben allen kleinen Erinnerungen entsteht auch ein Verständnis für die Art, in der wir Ängste entwickeln. Vielleicht doch adoptiert zu sein, oder - mit der Distanz des Erwachsenen - auch missbraucht. Wer sich diese Fragen

Bedingungslose Liebe ist eine unserer tiefsten Sehnsüchte,
nicht nur bei Kindern, sondern bei allen Menschen.
Erich Fromm

lange genug stellt, findet irgendwann eine Antwort - das Gehirn findet immer eine Antwort. Ob diese allerdings den tatsächlichen Begebenheiten entspricht, wird wissenschaftlich zunehmend bezweifelt.

Und auch das können wir selbst überprüfen: Wenn die erste große Liebe eine Heilige war oder eine andere Beziehung an Tiefe nicht zu übertreffen - was beides keiner genaueren Betrachtung standhält und oft in den Bereich der Romantisierung gehört - sollten wir uns an den Gedanken des kreativen Gedächtnisses gewöhnen. So lösen sich historische Schön- und Schwarzmalereien endlich in Wohlgefallen auf.

Zwei Wege führen zumindest in die Nähe der Wahrheit. Der eine ist die Meditation. Das liegt daran, dass Meditation und verwandte Techniken in einen Gehirnwellenbereich namens *Theta* führen, in dem unsere Erinnerungen gespeichert sind. Der zweite besteht in tatsächlichen Kindheitserlebnissen - Erlebnissen, die wir über den Kontakt mit Kindern reaktivieren.

Wenn die Malphase eintritt, das erste Baumhaus und Spielzeugtrancen zu Weihnachten - machen Sie mit. Vielleicht klingelt etwas bei Ihnen. Dieses Etwas begutachten Sie des nachts im Bett genauer. Die Erinnerung ist neurologisch in einem bestimmten Zellverband gespeichert, der durch hinschauen aktiviert wird. Angeschlossen an diesen Zellverband sind andere, die weitere Erinnerungen beinhalten - die jetzt vielleicht zugänglich werden.

Vielleicht bekommen Sie einen Blick in Ihr altes Kinderzimmer. Dann öffnen Sie die Tür und laufen Sie durchs Haus. Sich alle Zimmer anzuschauen, ist wahrscheinlich ein Projekt für sich, denn es ist erstaunlich, wie viel Vergangenheit überall rumliegt.

Wobei: Es geht hier nicht darum, alte Traumata zu finden, auch wenn es nicht schlimm ist, wenn dies passiert - im Normalfall erleben Sie die Erinnerungen von außen als Zuschauer, und nicht als Betroffener. Gleichwohl sol-

ÜBLES ERBE

Das Gehirn ist enorm lernfähig, auch wenn es um Gewalt geht. Einmal als Lösungsstrategie etabliert, rollt die Welle durch ein ganzes Leben. Die Weichen für gewalttätiges Verhalten werden bereits im Mutterleib gestellt - starke Belastungen der Mutter wie Armut oder Gewalt, erhöhen die Wahrscheinlichkeit für ein hyperaktives oder in der Entwicklung gehemmtes Baby. So hatten Affenjunge, deren Mütter in der zweiten Hälfte der Schwangerschaft täglich ohne Vorwarnung hohem akutischen Stress ausgesetzt waren, höhere Noradrenalinwerte - ein Stresshormon -als ihre Altersgenossen. Auch nach nach Geschlechtsreife erwiesen sich diese Tiere als ausgesprochen aggressiv - und ihr Noradrenalinspiegel als gleichbleibend hoch.

Die Erinnerung ist eine mysteriöse Macht. Sie bildet Menschen um. Wer das, was schön war, vergißt, wird böse. Wer das, was schlimm war, vergißt, wird dumm.
Laotse

len die Reaktivierungen nicht zu Problemen führen, sondern a) Ihnen den Spaß machen, den Sie haben möchten und b) Ihr Verständnis für die Erlebniswelt Ihres Sprösslings schärfen. Also in beiden Fällen den Horizont erweitern. Doch das klingt schon wieder so erwachsen, deshalb machen wir uns jetzt mal klein:

→ DAMALS: KINDER

Wenn uns des nachts kalt ist an Körper und Geist, begeben wir uns in die Embryonalstellung und wärmen uns an uns selbst. Diese Stellung ist ein anerkanntes medizinisches Therapeutikum gegen jede Art von Einsamkeit und Melancholie. Kein Wunder, immerhin haben wir die geborgensten Monate unseres Lebens in ihr verbracht.

Konzentrieren sich Schwangere auf ihr Kind, entsteht ein Dialog. Liebevolle Gedanken werden von der anderen Seite des Ungeborenenuniversums genauso beantwortet wie erste Streicheleinheiten. Das Kleine erlebt und fühlt mit, reagiert auf die Emotionen der Mutter. Hier passiert das Original dessen, was uns Schreiber, Philosophen und Wellnessstrategen später als ozeanische Entgrenzung verkaufen werden. Die dann nur ein schwacher Abklatsch dessen sein kann, was wir tatsächlich erlebten.

Es gibt eine These, nach der wir auf die Welt kommen und alles wissen, um dann jeden Tag ein wenig mehr zu vergessen. Vielleicht stimmt das und vielleicht sprudelt hier die Quelle von Religion und Göttlichkeit. Vielleicht ist die nachfolgende Trennung wahrhaftig Illusion und wir sind auch als Erwachsene mit allem und jedem verbunden. Und vielleicht hätten wir auch bleiben sollen, wo wir waren. Vielleicht höre ich jetzt auf mit dieser sinnlosen Fragerei und komme wieder auf den Boden der Tatsachen.

Diesen erreichen wir im Moment der Geburt - wir verlassen die wohlige Wärme und den perfekten 24/7-Service, um mit einem lauten Aufschrei diese Welt zu betreten. Plötzlich besteht das Leben aus einer Unmenge schlecht durchdachter Details. Verdauung zum Beispiel. Zähne. Alleinsein.

Liebe erleben wir in diesen ersten Monaten in Form regelmäßiger Ernährung, körperlicher Nähe, guten Gerüchen, beruhigenden Tönen und jedem verzweifelten Versuch, das verlorene uterale Paradies ansatzweise wieder herzustellen, um den Kleinen vom Schreien abzuhalten.

Die Eltern sind für die Kinder da, die Kinder aber nur für sich selbst.
Aus Abchasien

→ DAS ENDE JEDER UNSCHULD

Mit ca. 20 Monaten stellen wir fest, dass wir an der Außenseite unserer Haut aufhören - wir sehen uns selbst als eigenständiges Wesen. Aber bis sich unser Ich als geistige Autarkie entwickelt, dauert es länger - erst mit ungefähr vier Jahre trifft uns die Erkenntnis, dass sich die mütterliche Einstellung zu Gummibärchen von der unseren eklatant unterscheidet. Von nun an beginnt eine Ausbildung in angewandter Diplomatie.

Noch sind die Kleinen unglaublich liebenswert, unter Umständen ist dies - so zumindest berichten Eltern von Teenagern - die schönste Zeit von allen. Permanent wird geschmust, die gegenseitige Wertschätzung ist enorm. Immer vorausgesetzt, es sind genug Gummibärchen im Haus.

Denn bald erfolgen die kindlichen Liebesbekundungen nicht mehr ausschließlich uneigennützig. In anfangs ziemlich offensichtlichen Manipulationsversuchen wird Liebe gegen Aktion oder Ware gedealt. Und ganz offensichtlich zieht sich dieses Handeln durch die gesamte Evolution: Mein Hund leckt mir ja nicht nur die Hand, weil er mich liebt, sondern weil sein Napf leer ist. Immerhin, mit der Zeit lernen die Kleinen, leisere Impulse zu setzen und gewinnen an Finesse. Und manchmal stellt sich dem Außenstehenden die Frage, wer hier wen erzieht.

WIE DIE MUTTER, SO DER SOHN

Gewaltbereite und anderweitig benachteiligte Erwachsene gebären Kinder, die mit hoher Wahrscheinlichkeit die Lebensumstände ihrer Eltern wiederholen. Auch, weil sich die Eltern aufgrund dieser Umstände wenig mit dem Kind beschäftigen.
Das hat verhehrende Folgen: Kinder gespächiger Mütter kennen mit 20 Monaten im Schnitt 131 Wörter mehr als die Kinder schweigsamer Mütter. Vier Monate später liegt der Unterschied bei 275 Wörtern. Dieser Vorsprung schrumpft auch nicht im Alter von 10 Jahren, aber in der Zwischenzeit hat sich das Gehirn komplett umgebaut und nur die synaptischen Verbindungen behalten, die es auch wirklich braucht. Der Fernseher als einfache Substitution spart zwar Aufwand, ist aber wertlos, da er nicht wie die Mutter die Aufmerksamkeit auf die Umgebung lenkt und so für weitere Informationcn sorgt.
Hierzu nur zwei weitere Statistiken: 75% der männlichen Strafgefangenen in den USA haben schlechte Schulzeugnisse und einen niedrigen IQ. Dagegen geben gebildetere Familien ihren Kindern mehr als dreißigmal pro Stunde positives Feedback - doppelt so viel wie in Arbeiterfamilien, fünfmal mehr als in den unteren sozialen Schichten.

Das Leben der Eltern ist das Buch, in dem die Kinder lesen.
Aurelius Augustinus

→ ERSTE MACHTFRAGEN

Die Frage der billigen Manipulation mit etwas mehr Verständnis für Benachteiligte behandelt, bringt uns zu einem wichtigen Punkt: der Allmacht der Eltern. Diese kommen an die höchsten Schränke und können all die spannenden Geräte wie CD-Player und Fernseher bedienen. Eltern sind Götter, die alles heil machen und über unendlich viele Gummibärchen gebieten. Diese Allmacht überdauert allerdings nicht die Erkenntnis, dass auch Eltern aus Spinat keinen Schokopudding machen können.

Die nächste Frage ist, warum die Großen immer bestimmen und die Kleinen immer gehorchen sollen. Dieser Zustand ist völlig unhaltbar und die Schlacht um die Macht beginnt quasi sofort mit der Erkenntnis und einem lautstarken *Nein!* Bald werden neue Kriegsschauplätze etabliert - *ich will diesen Teddy* - zumal die Eltern in der Öffentlichkeit eines Spielwarengeschäfts ganz offensichtlich viel einsichtiger sind. Dieser und andere potenzielle Schwachpunkte werden mit der Präzision eines Elektronenmikroskops erforscht. Die Liebe der ersten Jahre ist nach wie vor vorhanden, aber jetzt beginnt das Kleinkind, sich auch selbst die Liebe zuzuführen, die ihm gebührt. Und es startet mit sehr viel Selbstbewusstsein. Richtig oder falsch sind Begrifflichkeiten, die langsam in das kindliche Bewusstsein sickern, während es den eigenen Machtbereich zu vergrößern sucht und damit die eigenen Grenzen erkundet.

Liebe ist, was Eltern als Backing in der Reaktion brauchen. Sie ermöglicht den Sprung von der aktuellen Situation - *ich hab dich nimmer lieb* - zum größeren Rahmen: dies ist eine Phase und vergänglich. Doch nur selten und in sehr klaren Momenten gelingt es, ein *Nein* in der Stresssituation so liebevoll zu verpacken, dass das Kind damit umgehen kann - es sind schon größere Helden an geringeren Aufgaben gescheitert.

Strenge oder Nachsicht, Herz oder Hirn? Die Hoffnung auf die Weisheit des Herzens ist trügerisch, denn das ist korrumpierbar: Lieber einen mit *Ja* erkauften Burgfrieden, als ein *Nein* und damit zerstörtes Urvertrauen? Oder vielleicht doch ein *Nein* für Realitätsbewusstsein gegen ein *Ja* für verwöhnte Gören? Immer liegt die Wahrheit genau dazwischen, wo auch immer das sein soll. Der Grad zwischen anti- und autoritärer Erziehung ist extrem schmal, aber so weitläufig in der Diskussion, dass wir an dieser Stelle den Eltern einfach nur viel Glück wünschen und weiter über Liebe, Beziehung und Sinn diskutieren. Und eine erste Gegenströmung:

Kinder aufzuziehen ist eine zweischneidige Angelegenheit: Gelang es, so war es um den Preis ungeheurer Anstrengung und Sorge; mißlang es, so ist der Schmerz darüber keinem anderen vergleichbar. *Demokrit*

➜ EIFERSÜCHTELEIEN

Ein klassischer Bug der Liebe - und wir behandeln ihn mit Absicht im Kapitel Kinder - liegt in fehlinterpretierten Besitzansprüchen. In diese Falle tappt auch der biblische Gott mit einem seiner Gebote, das mein Hund natürlich ganz anders interpretiert: *Du sollst keine anderen Hunde streicheln neben mir ...*

Die Eifersucht befällt uns früh im Leben. Wenn nicht in Form eines ungebetenen kleinen Geschwisterchens, dann eben in der des gleichgeschlechtlichen Elternteils. Die Erkenntnis, dass die Sonne unseres Lebens nicht nur uns allein erstrahlt, trifft uns hart. *Einsicht* ist nicht das richtige Wort, *abfinden* kommt dem schon näher. Eine weitere tiefe Narbe im kindlichen Gemüt, geschlagen von der Befürchtung, dass Liebe kommt und Liebe geht.

Veränderte Situationen verlangen veränderte Strategien. Und so fordern wir mit Wut, Gebrüll und Revolte die uns gebührende Aufmerksamkeit. Dann wieder schmeicheln wir, sind freundlich, gezwungenermaßen verständnisvoll und hören mit Freude, was für ein großes Kind wir doch sind. Ein anderes Mal ziehen wir uns tief verletzt zurück und leiden ausführlich unter dem Bett versteckt: Sollen sich die Eltern doch suchen und sich Sorgen machen: *Geschieht ihnen recht.*

Auch hier schafft es die erfolgreichste Strategie ins Handbuch für spätere Beziehungsstrategien: *Nochmal soll mir niemand so weh tun.* Doch diese Dramen liegen noch in weiter Zukunft. Am jetzigen Punkt der Biographie ist Eifersucht ein neues und mächtiges Gefühl, dem wir hilflos ausgeliefert sind. Denn wir sind abhängig vom Wohlwollen unserer Ernährer. Und Ernährung ist nicht kulinarisch zu sehen, Untersuchungen haben gezeigt, dass Futter ohne Liebe ein Tierjunges nicht am Leben erhält. Liebe ist Pflicht.

Je unsicherer wir sind, um so schlimmer packt uns Eifersucht in späteren Jahren. Das konnte ich schon als Kind beobachten: Zwei Paare im Um-

MAGISCH

Psychologisch unterscheidet der Fachmann zwischen der *magischen* und der *mythischen* Phase. In der magischen Phase geht das Kind - mit einem gewissen Recht - davon aus, dass sich die Welt nur und ausschließlich um es selbst dreht. Wenn es windet, dann nur, um besser Drachen steigen zu lassen. Die Sonne geht unter, damit es Nacht wird und das Kind schlafen kann. Diese Sicht kippt zwischen sechs und acht Jahren und mit ihr die Allmacht der Eltern. Die mythische Sicht bringt das religiöse Umfeld, das die Gesellschaft gerade anzubieten hat.

Eifersucht ist eine unnötige Besorgnis um etwas, das man nur verlieren kann,
wenn es sich ohnehin nicht lohnt, es zu halten.
Ambrose Bierce

feld brachen auseinander, ein neues entstand. Vorher hatten die alten Partner beiden zeitgleich ein entsprechendes Interesse unterstellt, das so nicht vorhanden war. Es entwickelte sich erst durch den Vorwurf als resultierende Gemeinsamkeit.

Das und die Erkenntnis, dass mich meine jeweiligen Freundinnen ganz nach Belieben in ein Hamsterrad setzen und wieder herausholen konnten, zeigte mir, wie wenig produktiv Eifersucht ist. Schlussendlich habe ich mir dieses Gefühl einfach abgewöhnt und keinen Zweifel in mir selbst gelassen, dass *mein* Weib *mich* niemals verlassen würde. Am Anfang war alles Fake und auch heute brodelt es immer wieder in mir, aber mit der Zeit wurde die Distanz zur Eifersucht größer und aus dem anfänglichen so-tun-als-ob wurde eine feste Überzeugung. Wenn es heute in mir rumort, sehe ich das Gefühl als Hinweis auf eine energetische Schieflage in mir. Zumindest am nächsten Tag.

→ MUTANTEN

Die Jahre vergehen und plötzlich steht die Bilderbuchfamilie vor einer ernsthaften Krise: Ein Mitglied pubertiert. Zahlreiche unbekannte Persönlichkeiten bewohnen den zwar bepickelten, aber immer noch wohlbekannten Körper. Der Betroffene selbst weiß auch nicht recht, wie ihm geschieht. Er merkt nur, dass die Umwelt sich schlagartig verändert. Eltern nörgeln, Lehrer werden frecher und die Zeit für Küchendienst und Lernen ist völlig unnötiger Luxus. Permanent bedroht von der Enterbung, sucht der Jugendliche zumindest mit einigen Teilpersönlichkeiten einen gangbaren Weg zwischen den vielfältigen Anforderung zu finden. Trotzdem manifestiert sich die Liebe zwischen Kind und Eltern zunehmend in lautstarkem Streit.

NEUROLOGISCHE UPDATES

Bis zum Alter von 10 Jahren sind Kinder ziemlich gut darin, die Emotionen anderer in ihren Gesichtern zu lesen. Das ändert sich zwischen 11 und 18, in diesem Alter liegt die benötigte Zeit der Einschätzung deutlich höher und die Trefferquote weitaus niedriger.
Offensichtlich strukturiert sich das betreffende Areal im Gehirn völlig neu. Der Grund liegt in den zunehmend komplexen gesellschaftlichen Anforderungen - nicht nur in drohender Verliebtheit. In der Folge fühlen sich Teenager mit den Gefühlen der Umwelt oft überfordert - Fehleinschätzungen und ruppiges Verhalten sind die Folge. Diese Aliens, die angeblich unsere Kinder sind, können also nichts dafür ...

Das Kind wird erwachsen - drei Jahre früher, als die Eltern glauben, und drei Jahre später, als es selbst glaubt.
Unbekannt

Sämtliche billigen Zugeständnisse der Vergangenheit rächen sich jetzt, und es gibt für die Eltern nur noch einen gangbaren Weg: absolute Klarheit. Klarheit in Bezug auf die eigene Rolle, die eigenen Grenzen, Klarheit in Rechten und Pflichten. Auch wenn das jugendliche Monster sich für erwachsen und das Mandat der Eltern damit für ausgelaufen hält, die elterliche Rolle nimmt - außer der Finanzierung der modischen Grundausstattung - mitnichten ab. Gleichwohl muss im Zuge einer basisdemokratischen Familienstruktur nun die Anwesenheit eines neuen Mitgliedes anerkannt werden, das wohl zu Recht ein volles Stimmrecht einfordert.

Im Vorteil ist, wer schon in der Beziehung zur Mutter des Kindes am eigenen Weltbild gefeilt und Relativität, Kommunikation und Gelassenheit im Werkzeugkasten hat. All dies wird er brauchen, denn im Gegensatz zum Partner sind Kinder unvermeidbar und in der beschriebenen Phase unvermeidbar unausstehlich. Aber auch der Erleuchtete wird feststellen, dass es immer noch eine nächste Ebene gibt: mehr Demut und Gelassenheit, mehr Verständnis und Klarheit im Grenzensetzen. Schlussendlich hilft nur die Hoffnung, dass Krisen in Sinuswellen kommen und gehen.

Dem Kind ist der elterliche Kampf mit sich selbst nicht bewusst und wohl auch relativ egal, denn jetzt werden Freunde immer wichtiger. Hier findet die eigentliche Aufklärung und die Sozialisation statt - wenn auch selten in der von den Eltern gewünschten Form. Die Initiation in das männliche Erwachsenenleben beginnt in einer rituellen Alkoholkotzerei. Eltern von Söhnen sollten übrigens - so nicht schon lange geschehen - mindestens die ersten 80 Seiten von Robert Bly's *Eisenhans* lesen.

DER WEG ZUM ANDEREN GESCHLECHT

Im Alter zwischen elf und dreizehn beginnt die *Initiationsphase*: Der Heranwachsende knüpft erste zarte Bande, meist im Kreis von Freunden und Cliquen. Diese helfen tapfer mit, und mit etwas Glück sind die ersten Begegnungen mit dem anderen Geschlecht relativ angstfrei.
In der *Statusphase* zwischen vierzehn und sechzehn fragt er sich, ob er mit der richtigen Person unterwegs ist.
Zwischen sechzehn und achtzehn entwickeln sich stabilere Partnerschaften voller Romantik und eruptiven Gefühlen.
Mit der *Bindungsphase* zwischen achtzehn und zwanzig beginnt dann das übliche Beziehungschaos: Wie viel Zeit und Raum geben wir einander, haben wir eine Zukunft ... willkommen in der wahren Welt.

So wie es ist / und so wie du bist / bin ich immer wieder für dich da
Ich lass dich nie mehr alleine / das ist dir hoffentlich klar
Nena

Am Beginn der Pubertät ziehen wir uns aus Zwischengeschlechtlichem völlig zurück und konzentrieren uns auf die wichtigen Dinge des Lebens. Dummerweise wissen wir noch nicht, was diese sind: Pferde, Boy Bands, Computer? Wir suchen nach Identifikationsfiguren, nach Möglichkeiten der Abgrenzung, nach Coolnessboostern. In dieser frühpubertären Phase tappen wir auch zum ersten Mal in eine vom Leben gern gestellte Falle: Wir stoßen ab, was uns anzieht. Und stellen konsequent fest: *Mädchen sind doof.* Das zumindest ist der offizielle Teil. In uns dagegen rumoren die verschiedensten Säfte und wir spüren unbekannte Verheißungen.

→ VORHANG AUF

In der Pubertät ist *alles* enorm wichtig, ganz einfach, weil alles zum ersten Mal geschieht. Das gilt für Hobbies und Vorlieben genauso wie für Entdeckungen und Gedanken. Die erste große Liebe muss gleich für ein Leben halten, weil es ja die ERSTE GROSSE LIEBE ist. Erwachsene mit ihrem angeblich größeren Horizont können hier nur sinnlose Ratschläge geben.

Und so soll es geschehen: Im Alter von 13 bis 17 Jahren verlieben wir uns das erste Mal. Wir erkennen des Lebens Sinn und fragen uns, wie wir überhaupt leben konnten ohne dieses wundervolle Geschöpf. Nichts hat uns je darauf vorbereitet, dass es so unglaublich sein würde - ein Wesen, das uns liebt und sogar unsere Schwächen süß findet. Das ist wirklich ganz erstaunlich. Und dann natürlich: SEX!

Mit einem Mal kehrt die Magie wieder in unser Leben zurück. Alles hat wieder einen Sinn, und dass dabei das Verhältnis zu den Eltern leidet, ist ein leicht zu zahlender Preis. Unendlich ist der Schmerz, wenn diese erste Liebe in die Hosen geht. Auch diese Dimension haben wir so noch nie erfahren.

Im Rückblick ist es wirklich erstaunlich, dass der Mensch die Pubertät überhaupt überleben kann. Auf der anderen Seite - wann ist der Mensch schon erwachsen? Aber wenn schon nicht erwachsen, so endet doch irgendwann die Pubertät: die Schonzeit ist vorüber.

Du fragst mich, Kind, was Liebe ist?
Ein Stern in einem Haufen Mist.
Heinrich Heine

IN DER WARTESCHLEIFE

Bei manchen Menschen geschieht die erste Liebe im Vorübergehen, andere erholen sich davon nie. Immer jedoch ist sie ein Startschuss, wirft uns für den Rest unseres Lebens in einen Loop zwischen Euphorie und Wahnsinn. Jedes Ende ist die Hölle, aber mit jedem neuen Anfang werfen wir bereitwillig alle aktuellen Verpflichtungen über Bord und uns selbst hinterher. Berichte werden nicht geschrieben, Hamster nicht gefüttert, Verwandte vernachlässigt. Wir weihen uns einem höheren Ziel.

In der Zeit zwischen Morgen und Abend vegetieren wir dahin, brennen darauf, in ihre liebenden Arme zu sinken. Dass wir teilweise ausgesprochen produktiv und kreativ sind, ist ein reines Abfallprodukt, genauso wie die unverdiente Nachsicht mit dem Rest der Welt. Hauptsächlich warten wir auf die nächste Begegnung - wir fiebern also jahrelang einem Zustand entgegen, in dem wir die Zeit damit verbringen, einem Menschen entgegenzufiebern. Genau das ist es, was wir wollen.

Leben ist wahrgenommen werden. Aber das wahre Leben ist geliebt werden. Ob es wirklich wahre Liebe ist, ob wir sie nur interpretieren oder uns etwas vormachen, ist entgegen aller Pubertätsängste nicht wirklich wichtig. Wichtig ist das Gefühl in unserem Herzen und dieses kleine Nebenprodukt, das in uns anschwillt - unser Selbst-Wert. Da Liebe eben nun mal das Größte im Leben ist, sind wir ohne Liebe nicht nur einsam und allein, nicht nur verletzlich und offen, nicht nur hungrig nach Neuem und auf der permanenten Suche - wir sind schlichtweg aufgeschmissen. Die einen merken das schnell, die anderen arbeiten hart daran, genau diese Einsicht zu vermeiden.

Leben ohne Liebe ist eine Aneinanderreihung von Grausamkeiten, aber diese unterscheiden sich in Qualität und Finesse wie Alpia von Lindt. Wer einige Zeit ohne Liebe lebt, befährt die ganze Achterbahn des Schmerzes, von furioser Verzweiflung bis stiller Resignation. Es sagt viel über die Größe der Liebe, dass wir in der Rückschau - wenn wir uns dann wieder verliebt haben - auch

Die erste Liebe bleibt im Gedächtnis. Als Warnung.
Lothar Peppel

dieser Durststrecke einen Sinn abringen können: Eine Zeit der Vorbereitung auf die nächste Liebe. Der Preis war hoch, aber gerechtfertigt.

→ EINSAMKEIT

Ohne Liebe darbt der Mensch. Hunger oder Durst sind nichts gegen das abgrundtiefe Gefühl der Verlorenheit, das den Menschen ohne Beziehung anfällt. Verwandte, Freunde - o.k., manchmal sind wir nicht allein. Um so lauter dröhnt daheim dieses Trauertriebwerk, dieses Gebrüll der Einsamkeit. Fast meinen wir, andere könnten es hören. Es fehlt *der eine Mensch*, den wir so gerne lieben würden. Wir lieben ihn schon jetzt, ohne ihn zu kennen. Allabendlich ahnen wir sein Bild, halten ihn im Arm. Der Drang, uns an ihm zu verströmen, ihn auf Händen zu tragen und ein Jahr lang einfach nur anzusehen, ist überwältigend. Wir fühlen uns nicht komplett ohne den Menschen, den wir noch nicht kennen ...

All das ist wahr, jeder kennt diese Gefühle und doch hat Alleinsein oft System. So könnte es bei besonders hartnäckigen Singles, die ihr Deckelchen trotz aller Anstrengung über lange Zeit nicht finden, möglicherweise unter Umständen und eventuell vielleicht sein, dass sie hinter all ihrem Sehnen und Hoffen nach einem neuen Partner genau das nicht wollen: einen neuen Partner. Denn mit diesem - so zumindest warnen diverse verdecktere Teile der Persönlichkeit - verbessere sich die Gesamtsituation nur kurzfristig. Da-

DER ZYNIKER ZWISCHENDRIN

Was haben Sie zu erwarten, wenn Sie sich verlieben? Neue Ufer? Ungekannte Freuden? Ein Leben glücklich und zufrieden bis ans Ende Ihrer Tage?
Nun gut, da sind diese Nächte voll von irrsinnigem Sex. Das tiefe Vertrauen, die überirdische Euphorie. Aber dann, weiter rechts auf dem Zeitstrahl und absolut unausweichlich, werden die Tage flacher, farbloser. Wenig passiert, irgendwann nichts mehr. Die Liebe geht fremd oder - noch schlimmer - auf den Geist. Wir fühlen uns eingesperrt und ausgenutzt, zu zweit einsamer als allein. Ohne Chance, diesem Drama zu entfliehen stirbt täglich ein bisschen mehr von uns.
Warum heiratet denn kein Schwein mehr? Weil sie alle wissen, dass das Institut der Ehe kaum Überlebenschancen hat. Warum mich an eine Frau binden, wenn ich mein Leben genießen kann?
Sie mögen jetzt auf den befreienden Lacher warten. Auf die Aussage, dass all dem nicht so ist. Vergebens. Schauen Sie sich Ihr Leben doch mal an: Eine Perlenschnur von Beziehungen, kaum eine länger als drei Jahre. Selbst wenn Sie bei sieben sind und immer noch glücklich - es gibt keine Garantie. Die Wahrscheinlichkeit, dass einer von beiden morgen geht, steigt täglich und schwebt damoklesmäßig über Ihrem Herzen. Wer sich in Gefahr begibt, kommt darin um.

nach komme mehr Ärger, mehr Streit, mehr Leid. Um all dies zu umgehen, vermeidet der Mensch am besten die nächste Partnerschaft.

Wohlgemerkt: Wie fast unser gesamtes Handeln in der Welt entspringt auch dieses keinem bewussten Prozess. Auf vorsichtige Nachfrage kommt die Antwort schnell - sie wollen ja, es klappt nur nicht.

Eine Variation besteht in der Weigerung, sich nach dem Ende der Beziehung zu entlieben. Das erspart die gesamte Suche und Rennerei. Traurig und still sitzt man statt dessen daheim bei Wasser und Brot, leidend für eine Liebe, die kein Schwein interessiert.

Zugegeben, diese Gedanken sind fies. Es gibt eine angemessene Trauerphase, deren Dauer niemand außer dem Betroffenen festlegen kann. Diese Trauer muss sein und entspricht in ihrer Dauer der Größe der Beziehung. Sollte ein betroffenes Unbewusstes bei diesen Worten jedoch entsetzt zurückzucken, macht es sich verdächtig. Das dazugehörige Bewusstsein sollte nach mindestens sechs Monaten überprüfen, ob es tatsächlich betroffen ist. Um sich dann an den Haaren aus dem Sumpf zu ziehen. Auch gute Freunde sind gefordert, Verlassene regelmäßig auf Symptome von - mit Verlaub - Feigheit und übertriebenem Selbstmitleid zu überprüfen.

Wie zu erwarten, gibt es auch die polare Position des *Absolut-nicht-alleinsein-Könnens.* Doch als psychologisch/spirituell halbwegs ausgewachsene Menschen sollten wir in der Lage sein, eine gewisse Zeit ohne Gesellschaft zu verbringen. Oder doch nicht? Der Fernseher ist hier der klassische Versucher - virtuelle Verwandte besuchen den Resignierten, der Schmerz bleibt hinter der Scheibe. Der Fachmann spricht hier nicht mehr vom Alleinsein, sondern von seiner gefährlichen Steigerung, der Einsamkeit. Aus der resultiert dann auch das Luftschloss, ein anderes Wesen könne uns retten.

Auch vor uns selbst.

FAULSEIN IST WUNDERSCHÖN

Unter allen Gefahren des Alleinseins ist Selbstverstärkung vielleicht die Größte: Je einsamer wir sind, um so verzweifelter suchen wir - und um so nachhaltiger vertreiben wir. In Phase II resignieren wir heftigst und definieren uns selbst als eingefleischten Single. Ab da kann uns nur noch ein Wunder retten, oder ein kräftiger Tritt. Denn: Faulheit zieht mehr Faulheit nach sich, und Trägheit macht traurig. Sagte schon Thomas von Aquin. Das ist keine Aufforderung zu verzweifeltem Aktionismus, sondern zu verstärktem Glauben und Hoffnung

In der Liebe wirkt nichts so überzeugend wie eine kühne Dummheit.
Honoré de Balzac

→ SELBSTWERT UND SELBSTLIEBE

Auch das war gemein, denn gegen eine temporäre Fernsehverzweiflung ist nichts zu sagen. Extreme sind gut, wenn sie nicht zu lange dauern. Und - immerhin - wer Single ist, hat was zu tun. Permanent unterwegs auf der Suche nach geeigneten Kandidaten wächst der Bekanntenkreis in kürzester Zeit. Auch gibt es ständig etwas zu verbessern: Das Fehlen der Frau im eigenen Dasein mag ja den Hintergrund haben, dass wir nicht attraktiv genug sind. Also schminken wir unsere Persönlichkeit, tragen hier etwas Humor auf und dort etwas finanzielle Erfahrung. Verständig nicken wir, wenn uns wildfremde Frauen ihre familiären Abgründe offenbaren, verhohlen gähnen wir beim Winken nach dem Kellner. Die eine oder andere mag uns tatsächlich in die heimatliche Kemenate folgen, aber wenn wir uns am nächsten Morgen ungeschminkt gegenüberstehen, gibt es nicht mal mehr Frühstück.

Du sollst Deinen Nächsten lieben wie Dich selbst - das würden wir ja gerne, doch keine lässt uns. Zwar ist das Gebot nach wie vor vernünftig, aber es geht für einige Menschen vom falschen Grundsatz aus: dass der Mensch sich mehr liebt als andere. Offensichtlich ist Gott der Herr kein Kenner tiefenpsychologischer Erkenntnisse, denn in jedem Menschen ist ein Teil, der sich selbst so gar nicht liebt. Er nörgelt und macht uns platt, und manchmal hat er sogar Recht. Doch unter dauerhaft ungerechtfertigtem Beschuss knickt auch der berechtigte Selbstwert ein. Manchmal lieben wir uns nur, wenn wir uns durch andere lieben lassen/von anderen geliebt werden.

Selbstliebe ist erstaunlich selten, kaum jemand gibt sich selbst genug. Daher - und alle Leser mit Hang zur Arroganz verlassen jetzt bitte den Raum -: wer, wenn nicht Sie, ist es wert, geliebt zu werden? Wer sich jetzt beschämt lächelnd vor dem Buch windet, muss sich mit einem latenten Hang zum Egoismus konfrontieren lassen. Das ist nur auf den ersten Blick schräg, die Argumentationskette ist durchaus schlüssig: Sie beginnt irgendwo bei *dominieren durch Kleinsein*, geht über *Feigheit vor dem Feind* und endet bei *fishing-for-compliments.*

Wer sich selbst nicht liebt, nervt, da er von seinem Umfeld um so ausdauernder Liebe einfordern muss. Egal, wie elegant und sympathisch diese Forderungen verpackt sind, unsere Umgebung - und besonders unser Partner - kann sie nie zufriedenstellend erfüllen. Hier lauert viel Unglück, man halte sich also streng an den Umkehrschluss des biblischen Gebots und liebe sich selbst so, wie die Anderen.

Die Selbstliebe ist keine so schändliche Sünde wie die Selbstverachtung.
William Shakespeare

Klischee hin oder her - wer sich nicht liebt, kann andere nicht lieben. Wenn wir uns an uns selbst gewöhnt haben, uns im Großen und Ganzen als annehmbar empfinden - ein Akt praktizierter Intelligenz, da davon auszugehen ist, dass wir einige Zeit mit uns zu verbringen haben -, können wir auch freier mit anderen umgehen. Diese Erkenntnis ist so banal wie wahr.

Genauso banal ist die Umsetzung: Das Projekt Selbstliebe beginnt in dem Augenblick, in dem wir uns ernst nehmen. Und nicht mehr so ernst nehmen. Indem wir uns ernst nehmen, können wir Fehler genauso wie Stärken annehmen, die einen bearbeiten - so wir möchten - und die anderen einsetzen. Wir sind unser eigenes Publikum und verfahren uns nicht in den Köpfen anderer Leute, nur weil wir denken, was sie wohl denken mögen, dass wir gerade denken könnten. Selbstwert endet da, wo es nichts mehr zu beweisen gibt. Nicht anderen und nicht uns.

Den zweiten Schlüssel zur Selbstliebe drücken wir uns in die Hand, wenn wir uns selbst nicht mehr so ernst nehmen. Ernst ist eine anstrengende Angelegenheit und macht in den seltensten Fällen Spaß. So kann der, der sich selbst nicht liebt, durchaus mit einer permanenten Unzufriedenheit bezüglich der eigenen Leistungen durchs Leben wanken - und sich damit als Perfektionist erkennen. Perfektionismus aber ist genauso löblich wie anstrengend - der Betroffene ist nur schwer zufrieden zu stellen, denn das Leben als solches neigt zur Unordnung. An dieser Stelle empfiehlt sich ein Blick auf die unscharfen Ränder, wie sie die Evolution gerne mag: Wollen wir wirklich besser sein als Gott?

➜ DER KÖRPER IST DES TEUFELS

Soweit zum Geist, auf den wir uns so gerne gehen - ganz zwischen zwei Beziehungen. Doch genau in dieser Phase endet für viele Menschen die Selbstliebe schon beim Blick in den Spiegel.

Körper sind ein schwierig Ding: Einerseits sind sie das Gefäß, in das unser Geist hineingegossen ist - der mobile Teil des Ich. Andererseits sind sie pure Fassade. Napoleon ist nur ein Beispiel dafür, dass einige Menschen innen größer sind als außen, und wer sich dick oder hässlich fühlt, fühlt sich oft als Gefangener der Materie.

Körper bestimmen, wer uns wie betrachtet und was er über uns denkt. Denn Menschen sind dünkelhaft und beurteilen einander ausschließlich nach der Optik. Gut für Zahnärzte, schlecht für mich - Körper sind behaftet mit zahlreichen Makeln. Lustigerweise sind oft die schönsten Menschen so unzufrieden mit sich, dass sie sich permanent zu verbessern suchen.

Energie ist ewiges Entzücken und sie rührt vom Körper her.
William Blake

Ich gehe hier mal davon aus, dass Sie genau wie ich zu der Sorte Mensch gehören, deren körperliches Selbstbild weder sonderlich katastrophal noch überirdisch daherkommt. In diesem Fall sind wir gefangen zwischen Segen und Fluch gleichen Inhalts: Sind wir glücklich und zufrieden, sehen wir blendend aus. Ist dem so nicht, sind wir niedergeschlagen und frustriert. Dann bedarf es bei den Damen einer gehörigen Portion Schminke - die in diesem Fall eher seelisch wirkt -, während die Männer am besten gleich zu Hause bleiben. Dummerweise strahlen wir genau so, wie wir uns fühlen. Indem wir also durch Saunen joggen und möglichst viele Fitnessangebote konsumieren, pflegen wir mehr noch das Selbstwertgefühl, als den Körper.

Es gibt diese unselige Trennung zwischen Körper und Geist, uns eingebrockt vom Chefrationalisten René Descartes, wenn auch schon vor ihm der heilige Franziskus seinen Körper zum *Bruder Esel* degradierte. Beide haben Recht, denn tatsächlich sind wir nicht unser Körper. Kinder wissen das genau, sie fühlen sich oft einfach als Bewohner.

Unsere Seele ist weder abhängig von des Körpers Tagesform, noch von seinem Alter, noch von seinem Ende - das zumindest hoffe ich. Der Ausnahmedenker Ken Wilber hat mich an dieser Stelle auch sofort durchschaut mit seiner Vermutung, dass wir den Körper aufgrund seiner Sterblichkeit als getrennt von uns betrachten. Doch genau diese Trennung betrachtet den Körper als Maschine und läuft die an einer Ecke nicht rund, nehmen wir das sehr schnell persönlich. Von einem Körper ist zu erwarten, dass er funktioniert.

Davon abgesehen sind wir natürlich unser Körper und alles andere ist tiefstes Mittelalter. Wir sind seine Bedürfnisse, wir genießen und verfluchen ihn, aber wir leben vor allem durch ihn. Es gibt keine Trennung. Das da ist nicht Ihr Arm, Sie sind Ihr Arm. Es mag ja sein, dass unsere Seele noch Aufstiegschancen hat, aber dieses Leben ist an diesen Körper gekoppelt, und deshalb reicht es auch nicht, ihn zu haben, wir müssen ihn auch benutzen.

PANZERUNGEN

Wilhelm Reich war der Meinung, dass sich unverarbeitete Erlebnisse als Muskelpanzerungen niederschlagen, die ein weiteres, tieferes Empfinden verhindern. Wir härten ab und setzen einen Panzer zwischen uns und die Welt. So halten wir mögliche Verletzungen auf Abstand. Und mögliche Freude. Hier zeigt sich eine ganz direkte Verbindung zwischen Körper und Geist. Autogenes Training, Sex, Sport und Yoga werden damit zur psychologischen Gymnastik, sie therapieren mit den verspannten Muskeln auch geistigen Knoten.

Gib mir innere Schönheit, denn äußere Schönheit werde ich wohl nie haben.
Sokrates

Indem wir unseren Körper von A nach B rennen, ihn verwöhnen und verwöhnen lassen, indem wir andere mit ihm verwöhnen, kurz: indem wir ihn möglichst häufig spüren und uns in ihm ausbreiten, gewinnen wir ein tieferes Verhältnis zu ihm. Und wenn wir uns wohlfühlen in uns selbst, finden wir uns viel attraktiver. Am Ende ist es doch wieder eine rein geistige Sichtweise.

→ NICHT SELBSTVERLIEBT

Doch bei aller Aufforderung zur Selbstliebe, es gilt die Differenzierung: Selbstliebe macht nicht blind. Selbstverliebtheit dagegen ist etwas ganz anderes, sie macht blind. Stockblind. Wer sich selbst liebt, ist rund mit sich, kennt seine Stärken, weiß aber auch um die eigenen Schwächen, sprich: Wann er besser das Maul hält.

Der Stern des Selbstverliebten dagegen strahlt selektiv. Er ist das Zentrum des eigenen Universums und möglicherweise einiger Planeten, die ihn pflichtbewusst umkreisen. Wem aber gestattet wurde, sich in diesem gar göttlichen Licht zu baden, der sei wahrhaft gebenedeit, denn er gehöret zu den Auserwählten. Diese Auserwählten finden sich in jeder Lausbubenbande genauso wie in den höchsten Schichten von Adel, Kultur und Politik. Gerne würde ich näheres darüber berichten, aber in diese Kreise finde ich keinen Einlass. So bleibt mir nur abschätziger, mit Neid versetzter Hohn. Und solange mir das etwas ausmacht, liebe ich mich selbst noch nicht zur Genüge ...

Tatsächlich ist die Grenze zwischen Selbstliebe und Selbstverliebtheit einfach zu definieren: Wenn sich die Unken im eigenen Kopf nur über andere hermachen und keine Selbstkritik mehr erlauben, sind wir eher selbstverliebt. Schimpfen sie nur über uns, lieben wir uns zu wenig.

How do you feel - I'm lonely / What do you think - Can't take it all
Whatcha gonna do - Gonna live my life
INXS

DAS ZIEL ALLER WÜNSCHE?

Eine Liebe ist wie ein neues Leben, so sang der Barde in einem längst vergangenen Jahrtausend. Weise Worte, doch die neue Liebe befällt uns nicht, wenn wir sie unbedingt brauchen. Sie kommt nicht, so lange wir einer anderen Liebe nachhängen. Sie kommt auch nicht, wenn das Alleinsein übermächtig wird und in Richtung Suizid zu kippen droht. Oft kommt Sie erst, wenn unsere Seele wirklich bedroht ist: Wenn wir beginnen, uns mit der Einsamkeit abzufinden und jede Hoffnung auf ein Leben in Zweisamkeit verdampft haben. Was sich anfühlt wie das Prinzip der maximalen Sauerei hat einen psychologischen Grund: Wir werden lockerer im Umgang mit potentiellen Kandidaten, wir erschlagen sie nicht mehr mit unserer Bedürftigkeit.

→ SELBSTERFAHRUNG

Bevor wir uns das erste Mal verliebt haben, wissen wir nicht, wer wir sind. Erst indem wir mit *ihr* reden, *ihr* alles offenbaren und zeigen, lernen wir uns selbst kennen. Vorher war uns nicht bewusst, wie wütend wir werden können, oder wie unsere Meinung zu politischen und kulturellen Fragmenten ist - wir finden unsere Meinung, indem wir sie mit einem geliebten Wesen teilen. Da pro Tag mindestens ein neues Thema besprochen wird, setzen wir so unsere spätere Persönlichkeit Stück für Stück zusammen.

SYMPATHIE

Menschen mögen Menschen, die offen, kompetent, dynamisch, intelligent und vor allem gutaussehend sind. Auf wen letzteres zutrifft, dem werden die anderen Punkte oft automatisch zugestanden. Für uns andere, die wir uns oft unsicher fühlen, wird derjenige um so sympathischer, der uns sympathisch findet. Er beweißt Geschmack. Sympathisch sind Menschen, die ähnliche Ansichten vom Leben haben, wie wir. Noch sympathischer ist allerdings, wer eine ganz andere Meinung hat, uns aber trotzdem sympathisch findet - er mag uns nicht wegen unserer Meinungen, sondern um unserer selbst willen.

Man muss es zugeben, die Liebe ist eine große Lehrmeisterin:
Sie bildet uns zu einem Wesen, das wir nie waren.
Jean Baptiste Molière

Ein weiterer Fall von *Wie soll ich wissen was ich denke, bevor ich höre was ich sage*, der mit dem Alter und späteren Verliebtheiten nur gelinde an Wirkung verliert. Auch mit 60 sind wir immer noch begeistert über die Tiefe, die wir in uns finden, über die neuen Gedanken, Perspektiven und Ideen, die allesamt nur durch die neue Liebe getriggert werden.

→ WARUM NICHT?

Wir verlieben uns aus den merkwürdigsten Gründen - und bekommen es selbst oft genug nicht mit. Wir verlieben uns in Frauen nach einem einzigen Treffen genauso wie nach jahrelanger Freundschaft. Wir verlieben uns in Unterschiede in der Biographie genauso wie in Gemeinsamkeiten. Manchmal reicht schon die gemeinsame Präferenz für Pelikan oder Geha in einer längst vergangenen Zeit.

Vielleicht verliebe ich mich in eine Frau, weil sie meine Meinung teilt, Gedichte seien nur von Gernhardt zu ertragen. Erster wichtiger Punkt: Sie teilt meine Meinung - Seelenverwandtschaft bedeutet ja auch, dass der eigene Standpunkt als sinnvoll akzeptiert wird. Zweitens: Beziehungen mit dem gleichen Humor können alles überstehen. Drittens: Über eine winzige Schnittmenge entsteht die Neugier, die weitere Schnittmengen erst entdecken lässt.

Ein weiterer möglicher Grund: Verliebtheit gedeiht um so besser, wenn die Umwelt Gegenwind produziert, sich gegen das junge Glück verbündet und beide Seit an Seit ihr Recht erkämpfen müssen. Romeo und Julia würde heute keiner kennen, wenn sich Shakespeare nicht mit den Familien gegen die beiden verschworen hätte. Denn der Mensch schätzt um so höher, worum er kämpfen muss. Dazu haben Soziologen lange und ausführliche Studien betrieben, die sie allerdings selten in Zeitschriften für besorgte Eltern gefährdeter Töchter veröffentlichen.

GEMEINSAM IN GEFAHR

Liebe entsteht manchmal als Folge ungewöhnlich intensiver Emotionen. Das zeigt diese Untersuchung: Wurden Männer auf einer ganz stabilen Steinbrücke von einer schönen Frau interviewt, und hinterließ diese ihre Telefonnummer für etwaige Fragen, riefen nur wenige Männer an.

Eine andere Gruppe, befragt auf einer wackligen Hängebrücke befragt, nutzte die Nummer weitaus häufiger, und die Auswertung der Gespräche offenbarte auch ein vermehrtes Auftreten sexueller Inhalte. In diesem Fall fand also eine Übertragung von Angst auf Liebe statt. Dies kann auch bei Euphorie, Trauer oder Ärger der Fall sein.

You know people when you do find that somebody, hold that woman, hold that man, love him, hold him, squeeze her, please her, hold her, squeeze and please that person, give 'em all your love ...

Ob er sich in seine Lehrerin verliebt, oder sie sich in ihn, ob er die Freundin seiner Frau klasse findet, oder der Dirigent den ersten Geiger - Liebe lebt in Nischen und dort gedeiht sie prächtig und verborgen vom Unverständnis der allgemeinen Aufmerksamkeit. Da verlieben sich feengleiche Wesen in Alkoholiker, und Muttersöhne in Dominas. Auch Normale verlieben sich in Normale, wodurch sie wieder anders und besonders werden. Gründe sind diffus, Schall und Rauch. Tatsache ist, dass wir irgendwann mit heißen Ohren dasitzen und feststellen: Wir sind verliebt.

→ GO!

Die neue Liebe begegnet dem Alleinsein mit dem Charme eines Terminators. Sie verwirbelt die Emotionen und Hormone in unserem Körper und versieht das Leben mit Sinn. Obwohl alles andere verblasst, sehen wir doch mehr Details, sind erfüllt von einem permanent orangenen Gefühl und sehen die Schwingen des Glücks in jedem Klinkerstein an der Bushaltestelle.

Können wir *sie* nicht sehen oder mit *ihr* telefonieren, verbringen wir den Abend trotzdem nicht vor dem Fernseher - wir verbringen ihn mit *schwelgen*. Den ganzen sinnlosen Tag freuen wir uns auf diese zwei Stunden, in denen wir einfach nur an *sie* denken. Kein Hollywoodepos erreicht die Größe der Gefühle, wenn wir vor dem Altar unserer Liebe Erinnerungen und Bilder zelebrieren und uns im süßen Schmerz des Vermissens und Sehnens wälzen. Abgesehen davon denken wir nur selten bewusst.

Verliebtheit in ihrer Minimalvariante ist eine süße kleine Momentaufnahme: Ich sehe im Vorbeigehen diese unglaubliche Frau und bin mindestens 10 Sekunden unsterblich verliebt. Bilder von verschlungen-verschwitzten Leibern jagen mir durch Geist und Genital und ich bin bereit, mein Leben hinzuschmeißen und mit ihr in den Süden abzuhauen. Dann geht sie vorüber - sie hat mich nicht einmal bemerkt.

EINE MILLION WÖRTER

Aus Sicht der Evolution ist Partnerwerbung dann erfolgreich, wenn ihr ein Kind entspringt. Bis zur erfolgten Schwangerschaft braucht das durchschnittliche Paar drei Monate regelmäßigen und unverhüteten Geschlechtsverkehrs.
Der Evolutionsbiologe Geoffrey Miller rechnet nun wie folgt: Drei Monate à zwei Stunden täglichen Gesprächs - was für Jungverliebte mit ihrem feuerwerksartigen Mitteilungsbedürfnis nicht viel ist - bei durchschnittlich drei Wörtern pro Sekunde ergibt eine Million Wörter pro Partner. Das ist relativ viel, um sich ausgiebig kennenzulernen und auch die Schattenseiten des Reproduktionsteilhabers zu eruieren. Um ihn dann vielleicht doch rechtzeitig wieder los zu werden.

... signify your feelings with every gentle caress, because it's so important to have that special somebody, to hold, kiss, miss, squeeze and please
Elwood Blues

Dauerhafter verliebe ich mich in kleine Kinder. Hier ist Verliebtheit gleichzusetzen mit *Opfer ihres Charmes*. Und manchmal verliebe ich mich auch in Männer - ihre Ideen, Visionen, in gedankliche Schnittmengen und daraus entstehende Diskussionen.

Aber dies sind die kleineren Versionen des Verliebens. Die größeren, wahrhaftigen Facetten etablieren Verliebtheit als den einzig wahren Bewusstseinszustand. Fast grenzt sie an Erleuchtung, denn das entstandene tiefe Vertrauen überträgt sich auf die gesamte Umwelt. Wir arbeiten automatisch, funktionieren nebenher und was im Alltag geschieht, geschieht völlig von selbst, kaum etwas ist wirklich wichtig. Das Leben kommt, tritt uns auf den Fuß oder schenkt uns eine Rose und geht weiter. In beiden Fällen blicken wir nur milde lächelnd hinterher - wenn das keine Erleuchtung ist.

Ein weiterer Beweis: Wir geben uns so sehr dem anderen hin, dass für Sorgen und Egomanien kein Platz ist. In dieser Phase gibt es wenig, was das geliebte Wesen falsch machen kann. Einziges Ziel ist das Glück des anderen. Was wurde mir nicht von den unterschiedlichsten Geliebten an erotischen Dreiern versprochen, die dann kurze Zeit später am Sexualimperialismus der gleichen Dame scheiterten. In der Verliebtheit bekommen wir alle Freiheit dieser Welt - und sind nicht interessiert. Wenn wir sie dann einfordern, steht das Angebot nicht mehr. Das ist nur ein weiteres Drama der Liebe.

Jenseits dieses Treppenwitzes und zurück bei der These des pseudoerleuchteten Zustands stoßen wir auf folgendes Wunder: Wir erwarten nichts vom anderen. Natürlich freuen wir uns, wenn er uns mit seiner Aufmerksamkeit bedenkt, aber wir erwarten dies nicht, sondern nehmen es im Gegenteil als Geschenk. Nur sechs Monate später wird uns das nicht mehr gelingen. Die Freiheit ist vorüber, wir sind wieder gefangen in Erwartungen, Hoffnungen und Vorstellungen ...

STARTBEDINUNGEN

Am Anfang der Verliebtheit gelten andere Regeln als im normalen Leben. Diese Zeit wird getragen durch Empfindungen wie
Ich bin begehrenswert ... Ich bin schön ... Ich bin liebenswert so wie ich bin ...
und Erlebnissen wie
Respekt für meine und ihre Ansichten und Meinungen ... Achtung vor ihren Gefühlen ... Platz für meine und ihre Interessen ... der beiderseitigen Fähigkeit, zuzuhören

Cos every time I seem to fall in love:
Crash! Boom! Bang!
Roxette

→ DIE EGOFALLE

Wir kennen uns selbst von vielen Seiten und einige lassen uns vermuten, dass wir doch keiner von den Guten sind. In der Verliebtheit endlich bekommen wir das Feedback, das wir so dringend brauchen: Wir sehen uns selbst durch die Augen des Partners, in all unserer Schönheit, Brillanz und vor allem unfassbar sexy. Verliebtheit nährt auch unsere Selbstliebe; indem wir den anderen lieben, ermöglicht er uns, uns selbst zu lieben. Wir finden uns erst dann wirklich, wenn wir uns an den anderen verschenken.

Diese fremdgestützte Selbstliebe ist absolut nichts Schlechtes, im Gegenteil: Die Verliebtheit versetzt uns gleichermaßen in eine erstaunliche Nähe und eine verblüffende Distanz zu uns selbst, macht uns zu dem guten Menschen, der wir sein können. Und sie versorgt uns mit jeder Menge frischer Energie: Wenn uns etwas an uns selbst stört, können wir es jetzt ändern. Die Liebste steht nicht auf Raucher - dann hören wir eben auf. Ganz nebenbei. Kein Problem.

Was so gut ist, muss Schattenseiten haben - und derer gibt es einige: So ist Verliebtheit ein Höhenflug und vergänglich. Die Landung ist oft anstrengend, und manche Menschen verlernen, ohne das Gefühl des permanenten Verliebtseins eine dauerhafte Beziehung zu führen. Sie haben beide Füße auf der Wolke und stürzen ab, sobald diese verdunstet. Der Verdunstungsprozess geschieht in dem Moment, in dem wir entdecken, dass das Objekt unserer Begierde auch nur ein Mensch ist und keine Göttin.

Dieser Realismus ist im Grund gesund - wiewohl jeder Mensch ab und zu als göttliches Wesen behandelt werden sollte, speziell im Bett, was der Beziehung ungemein gut tut -, aber Verliebtheitssüchtige können mit diesem Übermaß an Irdischem nicht leben. Sobald ihr Partner einen fahren lässt, erkennen sie dessen sterbliche Hülle und der ganze Zauber ist perdu.

Was sich als verlorene Magie manifestiert, ist oft eine Art Flucht. Vor dem Leben, der Realität, der eigenen Sterblichkeit. Sind wir permanent verliebt, sind wir unangreifbar. Verschwindet dieses Gefühl, sind auch wir nur ganz normale kleine Würstchen. Denn Verliebtheit ist das Gegenteil von Alltag. Alles andere ist nur Realität.

→ ANLAUFSCHWIERIGKEITEN

Während die Egonummer gemein und die Permanentverliebtheitssucht selten ist, hat Verliebtheit noch einige andere Schatten, die der Nicht-mehr-ganz-

Wer auf Liebespfaden wandelt,
für den sind zwei Meilen nicht länger als eine.
Aus Japan

so-Verliebte gern aus der Erinnerung streicht. Verliebtheit ist nicht nur voller Seligkeit und wilder Nächte - sie ist auch eine Zeit ständiger Unsicherheit. Manche Paare starten sehr früh mit vielen Fragezeichen und seelischen Nöten. Zuerst ist es die Sorge um die eigene Wertigkeit, dann - wenn es um die Frage dauerhaften Zusammenseins geht - um die des Partners. So mögen ihre Brüste zu groß sein. Oder sein Auto zu klein. Der Geschmack bezüglich der Kleidung ist genauso Thema wie die Altersdifferenz. Und was sagt das Umfeld zu all dem? Gedanken wie diese jagen durch das Großhirn und stellen die Kompatibilität zweier Weltbilder auf die Probe. Das kann anstrengend werden.

Manchmal sind die Fragen berechtigt und das junge Glück erweist sich schon nach kurzer Zeit als schal und verbraucht. Gut so, hier sparen zwei Menschen jede Menge Kummer und Zeit. Meist jedoch stehen andere, massiv psychologische Gründe dahinter.

So brüskieren wir sie manchmal aus dem Nichts, indem wir sie mit dem Inhalt unseres Kopfes - Kleidung, Brüste, Automobil - konfrontieren. Ein möglicher Hintergrund dafür könnte sein, dass wir uns ihr nicht gewachsen fühlen. Vielleicht verdient sie mehr Geld oder hat mehr Erfahrung oder ist ganz einfach viel zu schön für uns - alles Punkte, die uns Männer dauerhaft verwirren. Wir werden unsicher und vielleicht bekommen wir das selbst gar nicht mit. Indem wir ihr unsere Unsicherheit vor die Füße kotzen, schützen wir uns selbst, treiben die Beziehung in eine Situation, in der sie einmal mehr ihre Tragfähigkeit beweisen kann. Oder eben zu Ende ist. *War wohl auch besser so ...*

Verwandt mit dieser Thematik ist der anfängliche Wunsch nach möglichst schneller Reproduktion. Der entspringt nicht nur der Verwirklichung einer Vision oder einem verstärkten Commitment - wir wollen nicht zuletzt auch unseren Anspruch auf diese Königin unter den Sterblichen demonstrieren und uns in ihrem Leben in ein ganz besonderes Wesen verwandeln: den Vater ihres Kindes. So prüfe der Mann jeden Wunsch in diese Richtung, tief und ernsthaft schaue er sich in die Seele.

TRAGFÄHIG

Grundsätzlich zeige sich die spätere Tragfähigkeit einer Beziehung nicht im gemeinsamen Surfen auf emotionalen Wogen, sondern im ersten gemeinsamen Durchwaten ungünstiger Situationen. Träfen diese ungünstigen Situationen gleich zu Anfang einer Beziehung ein, lernen sich beide früh von einer ganz anderen Seite kennen und schätzen. Dies schaffe tiefere Bindungen durch mehr Verständnis. Soweit ein Radiopsychologe im Konjunktiv.

I tried so hard / And got so far / But in the end / It doesn't even matter
I had to fall / To lose it all / But in the end / It doesn't even matter
Linkin Park

Und dann wäre da noch die Aussage der Psychologen, wir würden uns in den anderen nur/primär/auch verlieben, weil er unsere unbewussten Defizite verkörpert. Bin ich selbst eher still und schüchtern, fasziniert mich eine kraftvolle und willensstarke Frau: Sie lebt psychische Bereiche, die ich bei mir vermeide, und geht bewunderswert locker damit um.

In der Theorie habe ich in ihr eine Gefährtin, mit der ich mich hervorragend ergänze. Doch im praktischen Alltag mutiert sie zum permanenten Ausrufezeichen, dass ich meine eigene Stärke finden muss. Das treibt mich auf Dauer von ihr fort; um mich nicht weiter mit dem Thema zu konfrontieren, strickt mein Unbewusstes an einem Netz: Ab jetzt erscheint mir ihre Stärke als defizitäres Gehabe, Selbstschutz oder Kälte. Wir alle sind hervorragende Psychologen, so lange es um andere geht. Wären ihre ursprünglichen Attraktoren Feinfühligkeit und Empfindsamkeit, würde ich sie als wohl hilflos klassifizieren.

Aus dieser Sicht gibt es keine Zufälle in der Beziehung, denn auf einer tieferen Ebene wissen wir immer genau, was passiert.

In der Phase der Verliebtheit herrscht pures Chaos und - wie gesagt - wir betrachten momentan nur die dunkle Seite der Macht. Denn wenn in der Verliebtheitsphase - in der wir doch das Bett nur zum Rosenkaufen verlassen sollten - etwas schief geht, ist die Verwunderung über alle Maßen groß.

LIEBE IM HIRN

Wenn Liebende an ihren Partner denken, sind es nur vier kleine Gehirnareale, die auffällig aktiv werden. Alle liegen im limbischen System, einer Ansammlung von Gehirnstrukturen, die unter anderem auch für Emotionen zuständig sind. Ein Teil der Liebe ist Euphorie, aber allgemeine Euphorie aktiviert weitaus großflächiger. Auch der für sexuelle Lust primär zuständige Teil des Hypothalamus ist bei liebenden Gedanken nicht auffällig aktiv. Doch der erotische Aspekt kommt nicht zu kurz: zwei der vier Areale sind definitiv für Lust empfänglich. Das dritte Areal ist für das Erkennen der eigenen Gefühle zuständig, das vierte integriert optische Signale in die Gefühlswelt - es ist um so aktiver, je attraktiver sein Besitzer die betreffende Person findet. Dieser Teil - der so genannte *Insellappen* - hat auch eine besondere gute Verbindung zur Magenregion. Möglicherweise ist er verantwortlich für die Schmetterlinge.

Zwei Aspekte sind besonders bemerkenswert: Zum einen sind diese vier Liebesmodule außergewöhnlich gut mit allen anderen Arealen des Gehirns vernetzt, gemeinsam decken sie praktisch das gesamte Gehirn ab. Zum zweiten werden durch liebevolle Gedanken Bereiche der *Amygdala* - auch Teil des limbischen Systems - und der rechten Hemisphäre lahmgelegt, beide zuständig für negative Gefühle wie Traurigkeit, Angst und Aggression. Offensichtlich sind Liebende besonders mutig. Und besonders sanft.

Der Zug des Herzens ist des Schicksals Stimme.
Friedrich Schiller

Und der Absprung nicht weit. Doch oft schockiert uns auch einfach die Größe der Möglichkeiten. Wir sehen unser kleines Ego davongerissen von einer Welle tiefen Verständnisses und dem großen Wir. Wie gesagt, das mag das Ego gar nicht, und entsprechend setzt es sich zur Wehr. Was wir für Schattenseiten unserer Liebsten halten, ist dann oft nur ein letzter Hilferuf des inneren Angsthasen.

Verliebtheit ist nicht nur die allein seligmachende Gnade, für die wir Romantiker sie gerne halten - Angst und Verzweiflung verbraten viel Zeit, genauso wie die ersten kleinen Kämpfe um Weltbild und Sein. Dass wir sogar in der Phase des größten Glücks noch schimpfen können, zeigt den ausgeprägten menschlichen Hang zum Gepienze. Oft nehmen wir Probleme vorweg, die wir später gar nicht hätten. Das widerspricht erstmal dem Erleuchtungsaspekt des Verliebtseins, aber in der Liebe und im Leben gibt es kein *entweder-oder.*

Nicht zuletzt verändert sich aber auch unser ganzes Leben und das neue Team muss erst seinen Rhythmus finden. Bei aller anfänglichen Unsicherheit: Solange die Intuition keine Vollbremsung hinlegt, ist jede Grübelei nur verschwendete Zeit. Zwar haben wir davon oft genug, aber vielleicht sollten wir genau die der Beziehung geben und sehen, wohin all das führt. Das sind wir unserem Herzen schuldig. Aber wer hätte je davon gehört, dass sich Liebe rational verhält ...

Alle Verliebtheit, wie ätherisch sie sich auch gebärden mag,
wurzelt allein im Geschlechtstriebe.
Arthur Schopenhauer

RATIO UND EMOTIO

Im letzten Kapitel war bereits abzusehen, dass die neue Beziehung langsam an Bodenhaftung gewinnt. Inzwischen sind wir mittendrin, die ersten glücklichen Monate sind vorüber, der Kopf beginnt wieder zu denken. Damit befinden wir uns im grauen Bereich der Theorie. Natürlich kann ich Ihnen viel theoretisches erzählen, und einsichtig werden Sie nicken, und wir werden uns beide unglaublich weise vorkommen ob dieses tiefen Einblicks in die Psyche der amourösen Beziehung - bis zum nächsten großen Knall. Schon im normalen Leben ist es schwer genug, die Dinge, die wir wissen, auch entsprechend umzusetzen: Nicht zu rauchen. Nicht zu viel Kaffee zu trinken. Nicht dämlich zu grinsen, wenn der Chef Banales von sich gibt.

In der Liebesbeziehung ist es noch schwieriger. Natürlich benehmen wir uns wie der letzte Idiot, denn Liebe lässt sich nicht mit dem Verstand erfassen, genauso wenig wie die spontanen Reaktionen, die aus uns herausbrechen, sobald wir einen latenten Anflug von Eifersucht verspüren.

Auch wenn wir unsere Spielchen erkennen, wird das Leben nicht einfacher, denn wir sind ja nicht allein in unserem Kopf. Der Geist, der diese unbewussten Spiele steuert, lernt mit und wird mit jeder Erkenntnis raffinierter. Sprich: Der Kampf um Klarheit endet nie.

→ EMOTIONAL VERSTÄNDLICH

Frauen haben eine eingebaute Ausrede - sie reagieren *emotional.* Das mindert die Zurechnungsfähigkeit und senkt die Schärfe ihrer Aussagen. Ein lautstarkes *Hau ab, du Arsch!* lässt sich mit tief getroffenem Stolz erklären und damit dem abgewatschten Arsch erträglicher darstellen.

Auch wir Männer betonen zunehmend unsere Emotionen, ohne uns dabei wie Weicheier zu fühlen. Recht so, spricht hier der fromme Feminist: Tretet in Verbindung mit dem Drängen eurer Seele, öffnet euch dem Weiblichen und lasset ab von rationalem Gedankengut, denn es ist des Teufels.

Liebe ist der einzig rationale Akt.
Levine

Emotionen stehen offiziell im direkten Gegensatz zum Verstand und werden allgemein als weniger sinnvoll betrachtet. Doch neurologisch gesehen ist beides Humbug, denn tatsächlich sind Emotionen dem Verstand vorgelagert - sie haben ihren Sitz in einer tieferen Gehirnstruktur und sind daher immer früher informiert. Der Verstand ist nicht nur einen Tick langsamer, er könnte ohne Emotionen überhaupt nicht arbeiten. Patienten, deren Hirn in emotionsorientierten Arealen Schädigungen erlitten hat, sind des klaren Denkens und Planens nicht mehr mächtig. Ohne Herz kein Hirn.

Wohl sind Verlieben und Lieben Herzensangelegenheiten, aber der Verstand vollbringt in Liebesbeziehungen wahre Höchstleistungen, er rast - wie bei jedem anderen traumatischen Erlebnis auch - durch den Parcours von Hoffnung und Befürchtung, Planung und Improvisation. Sogar in den hochkomplexen Analyseprozessen eines Streits haben wir noch Zeit für völlig abstruse Gedanken ... *was wird wohl mein Bruder/bester Freund/Chef dazu sagen* ... Aber das wirklich Erstaunliche ist: Wir können uns bei all diesen Gedanken zusehen, denn im Stress großer Emotionen bewegt sich die Zeit in Zeitlupe. In Großaufnahme erleben wir live all die komplexen Vorgänge eines ansonsten völlig durchschnittlichen Meinungsbildungsprozesses.

→ FUTTER FÜR ÄNGSTE

Auf dem Zeitstrahl der Beziehung ist die Ratio eine Sinuskurve. Zwar setzt das Herz dem Hirn bei erfolgreicher Verliebtheit eine rosa Brille auf, doch das menschliche Gehirn ist die S-Klasse unter den Nervensystemen - es lässt sich nicht auf Dauer matt setzen. 100 Milliarden Gehirnzellen warten darauf, uns dienlich zu sein und Probleme für uns zu lösen. Haben wir momentan keine solchen - wir sind glücklich und verliebt -, geht eine Anfrage an die Kreativitätsabteilung mit dem Inhalt, doch bitte für Nachschub zu sorgen, man sei allgemein gelangweilt. Diese Anfrage wird umgehend bearbeitet und so beäugt auf der Suche nach Kritischem das Unbewusste die Welt.

Das bewirkt in etwa Folgendes: Dieses traumhafte Wesen, in das wir uns verliebten, mit dem wir uns in Hormonen und Herzlichkeiten gewälzt haben und ungemein glücklich waren, wird von oben bis unten genauestens durchleuchtet ... *will Sie nur mein Geld? ... liebt Sie wirklich mich? ... sie kann mich nicht lieben ... wie könnte ein solches Geschöpf einen Tölpel wie mich auch nur ansatzweise attraktiv finden* .... Umgehend stellt der Problemsucher in uns fest, dass wir einige gravierende Aspekte der Partnerpersönlichkeit übersehen haben. Und so zweifelt die Ratio des Nachts allein.

Liebe und Überlegung sind zwei ganz verschiedene Dinge.
Aus Japan

Sie sehen: Der Verstand ist entgegen aller Vorschusslohrbeeren gar nicht so schlau, wie er denkt. Er braucht eine genaue Anleitung, was und wohin er denken soll, sonst verfährt er sich gerne. Besagte Nächte voller Vorwürfe sind Klassiker der Grübelei: Sobald wir auf Defizite achten, werden wir Defizite entdecken. Auch wenn diese *selektive Wahrnehmung* unbewusst geschieht, kann man den Verstand wegen unterlassener Hilfeleistung drankriegen.

Hier steckt aber auch eine gute Nachricht: Wenn Sie um sich herum nur Negatives sehen, können sie mit Sicherheit davon ausgehen, dass Sie sich verfahren haben. Atmen Sie tief und verpassen Sie dem Verstand eine neue Brille, damit er Ihnen neue und lebenswertere Wahrnehmungen besorgt. Das ist mit etwas Übung gar nicht so schwer.

Gefühle sind nicht viel verlässlicher, auch sie neigen zur Stampede. Zwar hilft bei Wut und Ärger der kurzfristige Ausdruck - *DU ARSCH!* - und schon geht es uns besser. Aber aus der Distanz des nächsten Tages sieht alles ganz anders aus, situativ, kleiner und unwichtiger. Das gilt besonders für Traurigkeit und Einsamkeit.

Natürlich wollen/sollen Gefühle ernstgenommen werden, andernfalls werden sie trotzig und machen Rabatz. Es hilft aber auch, sie nicht zu ernst zu nehmen - sie sind so launisch. Das widerspricht sich nur beim Lesen.

➜ NICHT OHNE GRUND

Das Duo Verstand/Emotion hat sich evolutionär bewährt und ist kaum zu schlagen. Doch braucht der Verstand einen guten Grund, den anderen zu lieben. Das funktioniert um so leichter, je mehr wir den Partner lieben *wollen*. Zusätzlich zu *müssen, können* und *dürfen*. Lieben wir unentschieden, ist die Lunte bei Streitigkeiten extrem kurz, und der Mensch steht regelmäßig kurz vor der Übersprungshandlung.

Wir nutzen den schmalen Blick des Verstandes regelmäßig aus, wenn wir das Elend des Privatlebens mit Arbeit überdecken - wir sehen bewusst weg. Umgekehrt und positiv gesehen braucht eine Beziehung Aussichten und Perspektiven in die Zukunft, mit denen der Verstand sich beschäftigen kann.

Ist beispielsweise abzusehen, dass der Partner in den nächsten sechs Monaten von Hamburg nach München zieht, braucht es dringend einen geistigen Fluchtpunkt, oder die Beziehung droht zu verdorren. Doch ein München-Hamburg-Problem lässt sich mittelfristig ertragen und langfristig lösen, es gibt da ganz andere Fragen: Sucht der die Party und der andere genetische Reproduktion, wird es schwierig. In dieser Schlaufe stecken zahlreiche Frau-

Wer theoretisch liebt, hat praktisch nichts davon.
Ernst Ferstl

en und so mancher Mann. Wobei Männer auch mit 50 noch hervorragend zeugen, während die für die Damen das Ticken der Uhr immer lauter wird.

Und das ist die andere Seite: Nichts ist anstrengender als eine Frau, die dem Partner die Kinderpistole auf die Brust setzt. Die meisten Männer reagieren darauf mit spontaner Beziehungsflucht, um dann in einem anderen Hafen genau dieses Kind freiwillig und ohne Druck zu zeugen. Worüber die Verlassene sich nur teilweise zu Recht mokiert.

Auf seine Art ist jedes größere gemeinsame Thema ein Kind der Beziehung. Ein Hausbau. Ein Hund. Ein Nutzgarten. Es sorgt dafür, dass die Partner nicht zu sehr um sich selbst kreisen und Probleme aufbauschen, die sie nur brauchen, weil das größere Ziel fehlt. Das hat wie immer eine pathologische Umkehrung: Manche Beziehungen zeugen ein wie auch immer geartetes Kind, weil die Beziehung zu zweit keine große Lebenserwartung hat.

Wenn der eine Partner hier gerne Richtung Traumschloss und Ziel aller Wünsche abbiegen möchte, der andere aber ein Stoppschild aufstellt, erklingt in der Beziehung eine üble Dissonanz und mit ihr die Frage nach dem Sinn: wer seine Träume begraben soll, begräbt mit ihnen oft die Beziehung und reitet über kurz oder lang in den Sonnenuntergang.

Doch oft gibt es Kompromisse, die nicht faul sind. Manchmal verzichtet auch einer freiwillig. Mit diesem Verzicht muss dann sehr klar und vorsichtig umgegangen werden, denn Opfer werden, eine psychologische Ebene tiefer, manchmal schwer bereut und dann vom Verstand gerne beim nächsten Streit serviert: *Aber ich habe doch ...*

Wünsche und Träume sind emotionsbehaftet, daher haben sie ungeheure Kraft. Sie verstecken sich häufig hinter anderen Streitpunkten, weshalb hier der scharfe Verstand darauf achten muss, ob um das richtige Thema gestritten wird. Was dann auch eine der größeren Lernaufgaben im Kontext von ratio und emotio darstellt. Um Ihnen und mir hier Mut zu machen: dauerhaft gelingt das nur wenigen, weshalb sich im Versagensfall Selbstvorwürfe keinesfalls lohnen. Es geht nur darum, sich selbst im Auge zu haben.

Schlussendlich ist der Kampf zwischen Ratio und Emotio einer zwischen Hoffnung und Befürchtung, zwischen Romantik und Realität. Aber dieser Kampf ist natürlich Quatsch, Dualität ist völlig fehl am Platz. Beide Pole brauchen ihren Platz in der Beziehung, weder ohne das Eine noch das Andere wird eine Beziehung dauerhaft glücklich sein.

Man kann nicht alles denken
was man fühlen kann
2Raumwohnung

THEATER IST NÖTIG

THEATER IST NÖTIG

Ein Leben lang stehen wir auf der Bühne. Sobald wir ein Publikum auch nur vermuten, verändert sich unsere gesamte Persönlichkeit. Potenzieren lässt sich das nur in der Beziehung: Ein Drama in drei Akten, gegeben auf der Bühne unseres Wohnzimmers. Wir sind Akteure und Zuschauer, manchmal auch nur Requisiten. Nur wenn wir überirdisches Glück haben, erleben wir den dritten und letzten Akt tatsächlich erst, wenn der Tod uns scheidet. Aber diamantene Hochzeiten sind selten und noch seltener sind sie glücklich. Denn der Mensch scheint, was Beziehungen angeht, zum Spielen geboren.

➜ JUGENDLICHE SCHAUSPIELKUNST

Sobald die ersten pubertären Hormone sprießen, interessieren wir uns für das Thema Liebe und Sex. Das erschreckt uns dermaßen, dass wir sofort auf angemessenen Sicherheitsabstand gehen. Meine umfangreichen Einzelfallstudien haben ergeben, dass zumindest Jungs mit 14 das Thema *Computer* deutlich höher bewerten als das Thema *Mädchen*. Heimlich jedoch surfen sie durchs Netz und erkunden alle möglichen Nackigensites: Aufklärung im 21. Jahrhundert.

Mädels sind bekanntermaßen weiter. Zwar produzieren beide Parteien eine schockbedingte Gesichtsröte, aber während Mädels in ihrem Freundeskreis Interesse tolerieren, wird der Spotthebel bei Jungs grausam genutzt. Besorgt um seinen Ruf beschließt so mancher Pubertierende, sich nie mehr in seiner Gefühlssphäre erwischen zu lassen. Fürderhin schwärmt er zwar intensiv, aber verschwiegen und setzt bei direktem Feindkontakt ein klassisches Pokerface auf. Er blockt sich selbst und wird damit unangreifbar. So gesehen scheitern viele verheißungsvolle Küsschen-Freundschaften am restriktiven, da neidischen Umfeld.

Haben wir dann tatsächlich unsere erste Beziehung, ziehen wir deshalb die Maske nicht ab, von wegen: Sie sitzt besser denn je. Nur in ganz intimen Mo-

---

Oh yes I'm the great pretender / Pretending I'm doing well
My need is such / I pretend too much / I'm lonely but no one can tell
Queen

menten und wirklich großer Liebe sind wir so sehr beim anderen, dass wir völlig bei uns selbst sind. Doch der Moment währet nur kurz, denn Coolness in jeder Lebenslage ist einer der wichtigsten Selbstwertgaranten. Wenn sie sich später beschwert, wir seien so komisch oder schizoid oder würden permanent zu anderen schielen: soll sie doch gehen. Ob wir dabei leiden wie Hund - egal. Helden leiden schweigend.

Aber auch das ist wahr: Wir spielen unsere Rollen, weil wir keine andere Wahl haben - wir wissen uns anders nicht zu schützen. Dass wir uns nicht mit Ruhm bekleckern, weiß keiner besser als wir selbst. Aber wir fühlen uns so dermaßen hilflos, dass wir nur den leichten Weg sehen. Das ist manchmal durchaus verständlich. Aber meistens übertreiben wir.

→ NIE ERWACHSEN

Alter hat mit Klugheit nichts zu tun, dass zeigt sich daran, dass wir weiterspielen, egal ob mit 16 oder 60. Immer noch stehen wir auf der Bühne. Wir verstecken uns vor dem anderen und vor uns selbst. Dabei wundern wir uns, warum das Leben so anstrengend ist.

Am Anfang auf der Pirsch sind wir gerne, wer wir gerne wären: Großzügig, intelligent, liebenswert und gesegnet mit beeindruckenden Gütern. Das kann für den Partner später nur ernüchternd sein und sorgt für den schlechten Ruf, den die Verliebtheit immer wieder hat, sobald die Fassade fällt.

Nach erfolgter Eroberung durchziehen dramatische Elemente das Lustspiel. Nach dem Streit beispielsweise sind wir schrecklich verletzt und unglaublich geziert. *Wir sollten uns eine Zeit nicht sehen ...* Was musste ich da schon für Vorstellungen erleben - und habe wahrscheinlich selbst schon gegeben. Vor kurzem erst ein kleiner Streit unter Freunden: Beide sind voller Vorwurf, ich mittendrin. Er vorsichtig - nur kein Schritt zu viel - mit der Tendenz zu Versöhnung. Er stichelt zur Wahrung des Gesichts, aber hebt über einen leichten Lacher parallel die weiße Fahne. Auch sie hatte ich schon bei einem dezenten Lächeln erwischt, fast wäre die Maske gekippt. Doch dann fing sie sich wieder und professionell Säure verspritzend beendete sie jede Hoffnung auf einfache Lösungen. Stolz ist ein langweiliger Regisseur - die Inhalte seiner Inszenierungen sind immer die gleichen. Ermüdend sogar für die Akteure.

Sehr gern gegeben wird auch die Vorstellung der Nichtexistenz: *Nein, ich höre dich nicht - was, du hast gerufen? Ruf doch das nächste Mal lauter ...* Diese Ignoranz steht für viele Dinge, latentes Schmollen oder fehlenden Freiraum. Für das schöne Gefühl, endlich mal allein zu sein oder aktive Faulheit: Ich bin teilweise schon wach genug, den Hund kotzen zu hören. Aber

Das Stück war ein großer Erfolg.
Nur das Publikum ist durchgefallen.
Oscar Wilde

sie ist sowieso schon auf dem Weg, da drehe ich mich doch lieber schlafend zur Seite und erwache in einer gereinigten Wohnung. Das Leben kann so einfach sein ...

Es handelt sich hier um eine kleinere Sünde im Katalog der karmischen Verfehlungen, aber sie ist ein zarter Hinweis darauf, wie viele Meilen noch zwischen uns und der Erleuchtung liegen. Denn die Entscheidung der Ignoranz treffen wir sehr bewusst, während wir im Fall eines Streits gerne denken, wir hätten das Recht, jetzt und hier stinkig zu sein.

→ UNSER GRÖẞTER FAN

Ob groß oder klein, wir spielen Spielchen. Jeder. Manchmal täglich. Das ist auch nicht wirklich schlimm. Wirklich schlimm ist, dass wir uns unsere eigene Vorstellung zunehmend abnehmen. Beeindruckt vom eigenen Talent gehen wir völlig in der Rolle auf. Das führt zur klassischen Mücke-Elefanten-Mutation: Eine kleine Dissonanz - wir fühlen uns missverstanden. Auf eine Art sind wir erheitert, erkennen die Möglichkeit des Missverständnisses. Auf eine andere Art spüren wir den Ernst der Situation. In dieser Unsicherheit können wir nur uns selbst vertrauen, also suchen, schaffen und glauben wir gute Gründe. Einmal auf der Spur, wollen wir nicht das Gesicht verlieren.

Vielleicht ist die Beziehung momentan zu harmonisch, vielleicht auch zu langweilig. Vielleicht wollen wir mehr Aufmerksamkeit oder sinnen auf Rache - einem Teil in uns macht es auch Spaß, sie kriechen zu sehen. Hinterher können wir immer noch großmütig verzeihen, doch bis dahin: Beweis mir erstmal, dass Du mich liebst. Diese Rolle steht uns gut und ist ausbaufähig. Wir können ewig schmollen und uns um uns selbst drehen. Eigenes Leid wird bewusst hingenommen.

PERSONA

Von C.G. Jung stammt das Konzept der *Persona*, einem Persönlichkeitsanteil, der die Aspekte von uns nach außen trägt, die wir für besonders erfolgversprechend halten. Wir sind dann ausgesprochen einfühlsam, fair und verantwortungsbewusst. Diese Persönlichkeitsmerkmale lernt unser Umfeld im Alltag kennen und schätzen. Die unbewussten Anteile von Wut und Verzweiflung werden sorgsam hinter der Persona verborgen und tauchen nur in Träumen oder extremen Situationen auf.
Jung war der Ansicht, dass wir durch die Verdrängung dieser Anteile, von ihnen beherrscht werden. Gleichzeitig verlieben wir uns in eine Persönlichkeit, von der wir auch nur die Außenseite sehen. So entstehen die Überraschungen in einer Beziehung.

Eskaliert unser kleines Drama nicht zu häufig, kann es durchaus reizvoll sein. Wird es aber wieder und wieder aufgeführt, lacht bald keiner mehr. Dann werden aus fiktiven Dialogen reale Monologe: Sie liebt uns nicht mehr.

→ DAS MACHTSPIEL

Macht hat mit Liebe nichts zu tun. Trotzdem ist eine ganz wichtige Frage nicht nur in pubertären Beziehungen diese: *Wer läuft wem hinterher?* Die entscheidende Nasenlänge voraus hat gut lachen. Sie kann frei entscheiden und sich vor allem der Liebe des Verfolgers sicher sein. Der erste Sieg in dieser oft sehr subtilen Schlacht schafft Selbstvertrauen, deshalb ist es gut, den Überraschungsangriff möglichst früh zu führen. Allerdings verstärkt jedes weitere Erfolgserlebnis ein ungutes Lerngebilde, das sich irgendwann verselbstständigt. Doch wer einmal die Macht aus der Hand gab, wird es nie wieder tun.

Vom ersten gemeinsamen Augenblick an ermächtigen sich beide Parteien, im gegenseitigen Körper- und Seelenleben herumzustochern, neugierig zu sein und das Beste herauszuholen. Dieses Ausliefern zelebriert das enorme anfängliche Vertrauen und entspricht den Schlüsseln der Stadt. Beide nutzen ihre neue Macht voller Freude. Und diese ist nicht nur geistig, sie ist auch sexuell: Allein, dass ein Mädel völlig wuschig wird, nur weil ich sie jetzt anschaue - ist das nicht unglaublich? Nie hätte ich mich für so mächtig gehalten - wobei in meinen Gedanken das Wort Macht nicht vorkommt.

Auch Monate später bei der Planung des abendlichen Kulturprogramms kommt Macht nicht vor. Sie hat andere Vorstellungen als ich. Ich dagegen weiß, dass mein Plan der bessere ist. Ich weiß auch, wie man ein Auto einparkt und Kinder erzieht. Ich weiß, dass ich alles weiß. Sie weiß das noch nicht.

Nun ja, einer von beiden muss doch entscheiden, ob es nach links oder nach rechts geht, sonst kommt die Beziehung nicht voran. Und überhaupt: Warum habe ich denn ein Weib, wenn es ein Widerwort nach dem anderen liefert? Der Drang nach Macht ist überaus menschlich. Außerhalb der Wohnung müssen wir genügend Demütigungen hinnehmen, von denen wir uns

SELBSTWERT

Männer mit geringem Selbstwertgefühl werden eher von Frauen angezogen, die ein klassisches 50er-Jahre-Frauenbild vor sich hertragen. Starke Frauen sind - so vermutet der zuständige Forscher - eine zu große Bedrohung für das wackelige Selbstwertgefühl dieser Männer. Aber haben wir das nicht schon immer vermutet?

Durch Heftigkeit ersetzt der Irrende,
was ihm an Wahrheit und Kräften fehlt.
Johann Wolfgang von Goethe

zu Hause erholen wollen. Wenn wir nicht mehr Herr im Haus sind, wo denn bitte dann?

Allerdings: Ab einem gewissen Anspruch an die Beziehung sind Machtkämpfe nicht mehr wirklich adäquat. Doch die Versuchung ist subtil, besonders in den kleinen Dingen des Alltags. Wenn wir diese niederen Triebe füttern, kommen wir uns nie näher.

Ich kenne eine 87jährige Dame, die trotz langer Ehe keine Kinder hatte: Der Mann hatte Angst, er käme zu kurz. So ließ er sich sein Leben lang von vorne bis hinten bedienen, aber das war irgendwann zu Ende. Bis dahin durfte sie keinen Führerschein machen und keine Kinder bekommen. Für die Frau war sein Tod eine Befreiung, die ihr mit der Zeit auch bewusst wurde.

Oh, all Ihr Frauen, die Ihr im Begriff seid, mit Patriarchen Euer Leben zu fristen - lasst ab von Eurem Tun! Zwar mag es durchaus noch auf dem einen oder anderen Dorf vorkommen, dass die Frau den Haushalt macht und die Kinder versorgt, während der Gatte in der Dorfschänke politisiert, aber auch dort droht für dieses Vergehen in Kürze der Tod. Ihm, weil er sich wie ein ostsibirischer Potentat gebärdet und ihr, weil niemand heute mehr so dumm sein muss. Frauen, ergreift das Nudelholz!

→ HILF MIR!

Macht ist nicht immer offensichtlich, manchmal verkleidet sie sich als praktizierte Hilflosigkeit. Meist funktioniert dieser Trick, ist es doch für den Helden immer wieder wohltuend, aufopferungsvoll den Mantel über die Pfütze zu breiten.

Weibliche Hilflosigkeit ist ein wundervoller Daseinsgrund für Männer. Zwar wissen alle Beteiligten, dass auch die Frau mit Hammer und Nagel umgehen kann, aber warum sollte sie - der Verehrer ist nach vollbrachter Hilfeleistung so glücklich, dass sie bis zur Heirat den Umgang mit Werkzeug längst verlernt hat. Es ist so einfach, hilflos zu sein - nicht nur für Frauen. Ich kann meine wenigen Hemden nicht bügeln, und bekanntermaßen lernt ein alter Hund keine neuen Tricks. Wird diese Strategie zu häufig gefahren, mutiert, was eben noch liebenswert wirkte, mit der Zeit zu einem ernsthaften Diskussionspunkt.

Doch ist Schwäche, richtig angewandt, ein hervorragendes Mittel, um die Welt in die gewünschten Gleise zu zwingen. Es gibt Promimädels, die mit diesem Image wunderbar Geld verdienen. Ganz einfach, weil ihre Dummheit jeden Mann in der Umgebung sofort instrumentalisiert. Und wie gerne lassen

Ich liebe es, Theater zu spielen.
Es ist so viel realistischer als das Leben.
Oscar Wilde

wir uns von der richtigen Frau benutzen. Beziehungen auf diesem Fundament können amüsant sein, manchmal dauern sie auch an. Aber selten können sich die Beteiligten von ihren Rollen befreien, und sehr tief kommen sie daher in dieser Beziehung nicht.

→ ABHÄNGIGKEIT

An den Wahrscheinlichkeitsausläufern dieser netten kleinen Koketterie lauern psychopathische Abgründe - in manchen Fällen ist Hilflosigkeit ein pathologisches Mittel der Unterwerfung, wofür sich auch jederzeit der entsprechende Tyrann findet - Angebot schafft Nachfrage. Das Bild der Frau, die bestraft werden muss und für ihre Lektionen auch noch dankbar zu sein hat, steckt archaisch in den Köpfen bestimmter Randgruppen. Sie dagegen denkt nur, sie könne nicht anders. Es stellt sich die Frage, warum sie nicht einfach geht. Ins Frauenhaus, zur Polizei, eben fort. Die Sache scheint komplexer zu sein.

Ko-Abhängigkeit nennt der Psychologe die Unterwerfung bei Alkoholikerfrauen. Sie versucht möglicherweise an ihrem Gatten zu retten, was bei ihrem Vater misslang. Oder sie braucht es, in dieser extremen Form gebraucht zu werden und sich völlig hinzugeben - dem Mann, der sie vor einer Stunde windelweich geprügelt hat, jetzt noch ins Bett zu helfen. Das hat wenig mit Liebe, aber viel mit Psychologie zu tun: Menschen mit geringem Selbstwertgefühl sind so von Angst gelähmt, dass ihre Aktion - wenn überhaupt - erst sehr spät erfolgt. Aus diesem Grund wird die Meinung des Mannes - Du bist nichts wert - auch klaglos übernommen. Ist das Selbstwertgefühl zu niedrig, ist die Katastrophe groß.

Idiotie nennt sich diese extreme Dominanz beim Mann und sorgt neben Krieg und Schlägerei für den allgemein schlechten Leumund, den Männer haben. Dabei ist das Grundproblem weit verbreitet: Jeder Mensch führt einen ausdauernden Kampf mit sich selbst um eine möglichst gute Sicht auf sich selbst. Da unser wichtigster Kampf auf schwammigem Boden stattfindet, brauchen wir jeden Fan, jeden Menschen, der uns immer liebt und immer gut findet, egal was wir tun. Dazu haben wir am Anfang die Eltern, später erwar-

ICH KANN NICHT LIEBEN

Manche Menschen denken tatsächlich, sie könnten nicht lieben. Das ist natürlich Quatsch. Hinter dieser Aussage steht eine andere: *Ich wurde mal verletzt und will das nicht mehr erleben. Ich habe Angst.* Sie drückt nur die Hoffnung aus, dass endlich einer kommt und den Retter macht.

Mir ist kein Opfer zu groß, das die anderen für mich bringen können.
Aus Schwaben

ten wir vom Partner, dass er diesen Job übernimmt. Was bis zu einem gewissen Grad auch völlig o.k. ist. Bis zu einem gewissen Grad ...

Die tatsächlichen Verhältnisse dagegen sind ganz andere - ohne ein Objekt der Tyrannei fällt der Potentat. Wenn der Schwächere geht, bricht der Stärkere zusammen. All seine Macht, oft der einzige Quell seines Selbstbewusstseins, löst sich auf. Alljährlich zu Weihnachten und Ostern kommt mit *Die Farbe Lila* der Film zum Thema. Mit diesem Blick ist die Verkettung des Elends relativ leicht zu durchbrechen, aber das ist natürlich zu einfach. Der Schwächere braucht zuerst das Backing der Außenwelt, das ihm eine Flucht ermöglicht. Denn häufig weiß er nicht, wohin er sich wenden soll. Der Stärkere dagegen wird alle möglichen Tricks aufwenden, und irgendwann womöglich einen neuen Dummen finden. Denn auch die gibt es wie Sand am Meer.

An der Botschaft ändert sich trotz der Einfachheit nichts: Der Schwächere kann sich überall ohne den Stärkeren entwickeln - der Stärkere verdunstet. Das hat mit Liebe nichts zu tun.

→ APPLAUS, APPLAUS

Weniger haarsträubend, aber ausgesprochen anstrengend sind Menschen, die nur für Applaus leben. Für sie ist der Partner die Bühne, auf der sie stattfinden. Fragen nach der Befindlichkeit des Anderen sind nur Einleitung, um auf die wirklich wichtigen Themen zu sprechen zu kommen. Stichworte für geschickt aufgebaute Monologe. Und wehe, der Partner hört nicht zu. Gleichzeitig ist er völlig austauschbar - Hauptsache, es gibt ein Publikum.

Diese Fälle tauchen nicht nur im Liebesbeziehungskontext auf - jeder xbeliebige Bekannte textet uns regelmäßig mit unnützem Zeugs voll, das außer ihm keiner hören will. Um hier für beide eine Lanze zu brechen: Es handelt sich nur vordergründig um Egoismus. Hintergründig schreit ein kindli-

AUTORITÄRE PERSÖNLICHKEITEN

ermittelt der Psychologe anhand der so genannten *F-Skala*. Laut Theodor Adorno neigen diese Menschen zu rigiden Überzeugungen, dulden keine Schwäche, sind hochgradig bestrafend, äußerst misstrauisch und ungewöhnlich autoritätsgläubig.
Personen mit hohen Werten auf dieser F-Skala kommen oft aus Elternhäusern, in denen Liebe durch Gehorsam erkauft werden musste. Als Kinder waren sie im Allgemeinen unsicher und abhängig von den Eltern, die sie fürchten und denen sie unbewusst feindliche Gefühle entgegenbringen. Man hüte sich vor diesen Partnern.

Ein toller Hecht ist vielleicht nur ein unglücklicher Karpfen.
Manfred Hinrich

ches Ego um Aufmerksamkeit und Liebe. Dumm nur, dass viele verzweifelte Zwangsegoisten eine unglückliche Art haben - auch zart verpackte Kritik erscheint ihnen unerträglich, denn sie bedingt selbstkritisches Zuhören, eine doppelte Unmöglichkeit. Das nimmt die Möglichkeit der Besserung.

Wer einen Hang zur übermäßigen Redseligkeit hat, sollte sie keinesfalls auf seinem Partner niedergehen lassen, wenn er ihn denn dauerhaft behalten will. Zwar hört dieser eine ganze Zeit lang mit abnehmendem Interesse zu, aber irgendwann wandert sein Geist in andere Gefilde. Wer auf diese Art Anerkennung angewiesen ist, wird langfristig von vernünftigen Menschen wie ein Kind behandelt. Eigenbild und Fremdbild driften massiv auseinander, Energievampirismus ist eine Beschreibung, Grundbedürftigkeit eine andere.

→ KEINE ALMOSEN

Es gibt diverse Aspekte der menschlichen Psyche, die sind schlicht zum kotzen. Dazu gehören seine notorische Unruhe, seine Unfähigkeit zur Zufriedenheit, seine fast schon genetische Disposition, Geschenktes nicht dauerhaft hoch zu werten. Wie nicht nur der Sozialpsychologe *Elliot Aronson* in seinen Versuchen beweist, würdigen wir mehr, worum wir kämpfen müssen.

Um in seinem Bild zu bleiben: Natürlich leidet der Mensch nicht gern. Er genießt es nicht, wenn ihm auf dem Weg zum Seminar ein Ziegelstein auf den Kopf fällt. Aber wenn er sich vorher genau diesen Ziegelstein auf den Kopf schlagen muss, um im Seminar überhaupt aufgenommen zu werden, wird er der Veranstaltung weitaus mehr Unterhaltungswert abgewinnen. Wer

SUCHT

Sucht entsteht, wenn wir von einem gewissen Stimulanz immer mehr brauchen, weil kleine Dosen in der Wirkung nichts mehr bringen. Das gilt für Alkohol und Zigaretten, Drogen, unangemessene Geliebte und diverse beziehungstypische Verhaltensweisen. Suchtmittel bewirken eine Veränderung in unserer Neurochemie, daher meinen wir, ohne das Stimulanz nicht mehr leben zu können. Das hat zwei Auswirkungen:
1. Wir sind uns unserer Suchtstrategien nur selten bewusst. Der Drang nach Befriedigung ist so wichtiger Bestandteil unseres Lebens geworden, dass das Verhalten als selbstverständlich erscheint und nicht mehr hinterfragt wird.
2. Stolpern wir irgendwann über die Erkenntnis, dass das Verbleiben in der Sucht ausschließlich Negatives nach sich zieht, brauchen wir 100% unserer Aufmerksamkeit. Denn - das zumindest ist meine Erkenntnis mit Nikotion - wir sind im Bezug auf Suchtbefriedigung nicht vertrauenswürdig. Jeder winzige Rückfall vergrößert die Wahrscheinlichkeit des nächsten Rückfalls.

I'm a hazard to myself / Don't let me get me / I'm my own worst enemy
It's bad when you annoy yourself / So irritating / Don't want to be my friend no more / I wanna be somebody else - *Pink*

vorab einen hohen Preis zahlt, muss sich währenddessen selbst überzeugen, dass er keine Fehlinvestition getätigt hat.

Vielleicht liegt auch hier eine weitere Erklärung, warum misshandelte Ehefrauen ihren Mann weiterhin unterstützen: Sie brauchen einen Grund, vor sich selbst das Erdulden zu rechtfertigen, und lieben ihn dann einfach noch mehr. Auf jeden Fall liegt hier der Grund, warum der Mensch am Ziel seiner erklärten Wünsche sein kann - Familie, Karriere, Haus - und trotzdem genervt ist bis zum Elend. Denn sichere Beziehungen werden langweilig und dröge. Wenn wir schon nicht mehr kämpfen dürfen, wollen wir wenigstens auch nicht glücklich sein.

Das birgt in sich eine gewisse Sprengkraft. Einerseits suchen wir im Umfeld dieses Buches nach Möglichkeiten, die Klarheit über uns selbst und unsere Mechanismen mit Hilfe einer Beziehung zu vergrößern. Andererseits braucht ein Teil des Menschen offensichtlich Hinterhältigkeiten und Kämpferei zur begeisterten Weiterführung der Beziehung.

Die Lösung dieses Knotens kann unmöglich darin liegen, fremden Frauen wilde Blicke zuzuwerfen, denn wie alle Spielchen schlägt auch dieses zurück. Aber wir können von unserer Seite bewusst auf Hürden verzichten. Denn - wie wir im nächsten Teil sehen werden - es gibt noch viel zu tun.

→ DIE ROLLE MEINES LEBENS

In diesem Kapitel haben wir die Welt durch eine Brille betrachtet, die dem Grad unserer Unehrlichkeit uns selbst gegenüber entspringt. Kein anderer Blickwinkel würde Angeberei, Macht und Missbrauch dem anderen gegenüber rechtfertigen. Ob Täter oder Opfer, wir marschieren wie ferngesteuert von einer inneren Macht, die uns nur selten bewusst ist. Ihr wichtigstes Ziel ist es, uns zu schützen - vor uns selbst und vor anderen. Die Selbstsicherheit und Zufriedenheit, die wir aus unserem Tun gewinnen, ist eine scheinbare - blickt jemand hinter die Fassade oder verlieren wir unsere Macht, bleiben wir leer und allein zurück. Die Lebenslüge platzt.

Das führt uns zu zwei Fragen: Zum einen der nach der Wahrheit: Wo beginnt sie und wo endet der Selbstbetrug? Was führt zum einen und weg vom anderen? Und zum zweiten die Frage nach dem wahren Ich: Was entspricht uns, wer sind wir wirklich?

Auf beide Fragen gibt es keine einfache Antwort. Zwar drehen wir uns im ganzen Buch um sie, aber das Buch ist Theorie, und wenn Sie es aus der Hand legen, geht das Leben weiter. Das ändert sich erst, wenn wir von der Bühne

Freiheit ist Befreiung von der Illusion,
der Täuschung der Persönlichkeit.
Leo Tolstoi

heruntersteigen und neugierig auf uns selbst die Hosen runterlassen. Ohne die Spiele von Erwartung und Forderung erreichen wir wahrscheinlicher, was wir wollen. Und ohne die Spiele der Verteidigung gibt es nichts mehr, was wir schützen müssten. Erst dann sind wir stark.

Bis dahin gibt es Zeichen am Weg. So warnt uns ein schaler Geschmack, sobald wir den Fiat in der Erzählung zu einem Ferrari aufgeblasen haben. Passiert das einige Male, verlieren wir die Lust an dieser Art von Stammtisch-Kommunikation. Mit etwas Übung werden wir relativ früh erkennen, wann wir uns für andere verbiegen, uns selbst nicht mehr gerecht werden. Oder wann wir einen weiteren Menschen mit Banalitäten zugekleistert haben, um ein bisschen Anerkennung zu erhaschen.

Tief in uns gibt es einen Teil, der sich relativ gut im neuronalen Gewirr unserer Gedankenwelt auskennt und sich meldet, wenn wir uns verfahren. Er arbeitet sehr gewissenhaft und braucht nur etwas Aufmerksamkeit, um sich entwickeln zu können. Dann braucht er einen eigenen Wächter, sonst entwickelt er sich zum ausgewachsenen Dogmatismus.

Die Selbsttäuschung beherrscht der Mensch noch sicherer als die Lüge.
Fjodor Dostojewskij

INTERMEZZO: MÄNNER

Das Männerdasein der Postmoderne ist mehr als komplex: Der Mann im Haus muss zwar immer noch Beschützer sein, aber schon hinter dem Ernährer steht ein Fragezeichen. Ehrerbietig, kumpelhaft, manchmal väterlich und immer ein Freund. Allein das Problemfeld Emanzipation ist riesig. Darf/muss/soll ich das Essen bezahlen, erweise ich mich als Macho oder Gentleman? Und ist das dann gut oder schlecht? Egal, in welchen Teilaspekt meiner Persönlichkeit ich schlüpfe, ich komme aus mir nicht heraus.

Mein Vater hatte es da deutlich einfacher. Geboren 1913 und nach dem damaligen Kaiser benannt, wusste er stets genau, was dem Manne entspricht und was nicht. Das brachte ihm zwar wenig offene Fragen, aber auch sehr wenig Nähe. Denn preußisch-orientierte Männer weinen nicht. Und wenn sie Frauen in den Arm nehmen, haben sie ein Ziel. Er war ganz Patriarch.

Zwei Generationen weiter kämpften die Kinder immer noch mit den gleichen Eltern, die Liebe garantiert empfanden, aber irgendwie nicht kommunizieren lernten. Vergleichbar vielleicht mit Phasen meines Hundes, wenn der lieber an den Botschaften des Lebens riecht, als sich mit den direkten Vertretern auseinander zu setzen.

Besagte Kinder orientierten sich an anderen Werten, wollten nicht so werden wie ihre Eltern. Sie waren warmherzig und nahmen möglichst viele Menschen in den Arm. Das Männerbild wechselte vom hartschaligen Gefühlsknauserer zum verstehenden, weichen und manchmal auch weiblichen Mann bis hin zu seiner Überspitzung als Softie.

Das Pendel erreichte die 80er und die 90er und schwang fröhlich und mit immer höherer Frequenz hin und her. Mit dem Ergebnis, dass wir heute kaum noch wissen, wann ein Mann ein Mann ist. Klar ist nur eines: Männer sind verdammt zum Erfolg. Egal wie aufgeklärt wir sind, wie sehr wir uns in Haushalt und Kindererziehung engagieren und wie häufig wir kochen - Männer brauchen auch die andere Seite. Es ist ein dickes Ego, das wir mit uns herumschleifen, und es will gefüttert werden.

Ich selbst bezeichne mich eher als Menschen, denn als Mann - genauso wie ich mich oft als Heidelberger und Europäer, kaum aber als Deutschen sehe. Beides mag falsch sein. Denn natürlich stehen ein Großteil meiner Gene und Meme genau dem entgegen: Ich bin Mann, ich will erobern, Erfolg haben, Frauen flachlegen. Ich will, dass mir mein Hund gehorcht!

Ich habe eine Vorstellung davon, was es heißt, wirklich erwachsen zu sein - eigene Entscheidungen zu treffen und dafür die Verantwortung zu übernehmen. Nach Möglichkeit wenige Abkürzungen zu nehmen und so - auch ganz egoistisch - psychologische Knoten zu vermeiden. Meinen Spieltrieb nicht zu ignorieren, meinen Humor nicht zu instrumentalisieren und mich selbst nicht zu stilisieren. Lernfähigkeit und ein Recht auf Fehler. Und Verständnis - sogar für Leute, die ihren Porsche abwürgen. Das ist für mich erwachsen. Aber was ist *Mann sein*? Ich habe keine Ahnung ...

Wahrscheinlich hat es viel mit Erwachsensein zu tun. Aber Mann-sein hat mehr Ellbogen, bedingt Durchsetzungsvermögen bis zur Peinlichkeit. Ich relativierte mein Bild bis zu der Einsicht, dass die Diskussion schon eine unnütze sei, dass Männer, die permanent ihr Mannsein begrübeln, am weitesten davon entfernt sind. Dann hörte ich auf zu rauchen. Gestresst auf Nikotinentzug wurde mir klar, dass es einige Positionen in meinem Leben gab, die ich nie bezogen hatte. Einer meiner Freunde erwies sich als Vater, von dem ich zwar viel lernte, aber offensichtlich auch einen Kampf um die Macht in unserer Beziehung führte.

TANGO

Ganz praktische Hilfe in vielen Fällen des Mann/Frau-Einerlei bietet ein Tangokurs. Er steckt voller neuer Erkenntnisse. Allein der Aspekt *Er führt - sie folgt* kann eine ganz neue Erfahrung sein und bringt beide wieder zu ihrer ursprünglichen Energie - die dann doch ganz anders ist.

Ihm zeigt der Tango die Notwendigkeit der Verantwortung: Er tanzt nur als Begleiter. Um sie zu unterhalten, zu amüsieren, ihre besten Seiten zu zeigen. Sie kann es ihm leicht machen oder schwer, kann ihn mit Spontanem überraschen und sich auch ganz hingeben und einfach nur vertrauen. Die entstehende Energie kann sich im Tanz ausdrücken, muss aber zu Hause nicht weitergehen - wenn sie sich nicht gerade in erotischer Spannung niederschlägt.

Tango ist Yoga mit Rhythmus, Erfahrung von Projektion, Verbundenheit, Hobby, Lebenserfahrung, Sucht. Tango ist klasse.

... mit unerhörter Energie und Stärke auftreten, um dadurch ihre Männlichkeit zu dokumentieren. Aber wer wirklich ein Mann ist, braucht das gar nicht zu zeigen. ...

Seitdem entdecke ich in mir einen Zorn, den ich in meiner Vermessenheit gar für gerecht halte. Ich bin nicht mehr so pflegeleicht ohne Nikotin - auch für mich nicht. Das macht das Leben anstrengender. Dann aber denke ich mir, dass dieser besondere Zorn mich auch mit Energie versorgt, und das gefällt mir.

Ein Männertherapeut prägte den Satz *Wenn der Mann nach Hause kommt, ändert sich die Energie im Haus.* Natürlich ändert sich die Energie auch, wenn die Frau nach Hause kommt. Und natürlich interpretiert jeder diesen Satz etwas anders. Aber jeder Mann weiß genau, was sich ändert, jeder Mann versteht diesen Satz.

Das Leben ist nicht einfacher geworden. Welche Moden hat das Mann-sein schon hinter sich, vom Keulenschwinger zum Coke-Light-Mann. Aber kaum eine Generation war derart vor die Herausforderung der Integration gestellt, wie wir heute. Für uns existiert kein einfaches *oder.*

Wohl dem Bibelgläubigen, der auf fundierten Ratschlag zurückgreifen kann: *Er soll Dein Herr sein* (Zitat Gott). Diese Variante kommt wahrscheinlich häufiger vor, als ich vermute. Aber bevor ich an dieser Stelle weiterschimpfe: In unserem Kulturkreis kann sich die Frau halbwegs heraussuchen, ob sie sich in die Fänge eines dominanten Mannes begibt. Das ist in anderen Ländern ganz anders.

Gleichwohl ist Emanzipation, an der wir hier wieder angelangt sind, ein zweischneidiges Schwert. Interessanterweise diskutieren in meinem Bekanntenkreis nur unemanzipierte Frauen über ihre unterdrückte Existenz. Für die anderen ist dies kein Thema. Sie führen ihren eigenen Laden, zahlen Steuern, bekommen Kinder, ziehen sie groß und konzentrieren sich im Allgemeinen mehr auf die Gemeinsamkeit Mensch als die Trennung Mann/Frau. Auch erklären einige Manager in meiner Umgebung vehement, dass Frauen die aussichtsreicheren Kandidaten im Bewerbungsgespräch sind. Und das liegt nicht nur daran, dass der Personalchef meist männlich ist.

All diese Gedanken lassen sich vielleicht subsumieren unter *Edel sei der Mann, hilfreich und gut.* Das einzige Problem besteht in der Umsetzung. Mann muss es tun und darf nicht zuviel darüber nachdenken. Denn wer sich zu sehr bemüht, leidet rasch an einem Winnetou-Komplex.

SICHER IST SICHER

In den Tiefen der menschlichen Seele lauern Drachen. Bei Tag sind sie harmlos, aber wenn es Nacht wird in der Seele, kriechen sie aus düsteren Ecken und stürzen sich auf uns, sobald wir in die falsche Richtung denken. Mit jedem Fehltritt werden sie mächtiger und verwandeln die Welt in einen wüsten Ort, der sich nur mit vertrauenswürdigen Verbündeten durchwandern lässt. Genau deshalb gibt es Liebe. Sie bietet Sicherheit bei Gefahr, Schutz vor Kälte. Und das auf lange Sicht: Wir lernen uns kennen, lieben und sind glücklich bis ans Ende. Das ist Sicherheit in der 4. Dimension, mit dem Partner unseres Lebens verbringen fürderhin dasselbe gemeinsam. Wir sind am Ziel. Und können uns jetzt auf ganz andere Faktoren konzentrieren. Die werte Gattin steht am Herd und füttert die Blagen, während der Herr der Schöpfung Karriere macht. So muss es sein.

→ NIE MEHR ALLEIN

Sind wir einsam, werden wir anstrengend. Wir gehen uns auf den Keks, langweilen uns selbst. Voller Hoffnung stürzen wir uns in die neue Beziehung, unterhalten uns prächtig und die Dame zähmt die Drachen. Das ist der erste Trugschluss. Es mag eine ganze Zeit dauern, aber irgendwann stellen wir fest, dass wir in uns selbst immer noch allein sind. Obwohl wir Beziehungen gerne benutzen, um speziell diese Erkenntnis zu verdrängen.

Wenn wir unsere Hoffnungen auf den anderen setzen, werden diese schnell zu groß und sogar erdrückend. Denn nicht notwendigerweise entsprechen unsere Hoffnungen den ihren. So bleiben nur wir selbst, um uns zu unterstützen, Halt zu geben und - natürlich - regelmäßig zu enttäuschen.

Hinter diesen Erkenntnissen steckt kein Fatalismus, es ist nichts Schlimmes daran, irgendwie doch immer allein zu sein. Im Gegenteil: Sobald wir lernen, mit uns selbst zurecht zu kommen, sind wir weniger belastend für den Partner, der mit sich schon genug zu tun hat. Schlussendlich sind wir gar nicht

Bitte sei doch nicht gekränkt / dass ich mir nicht mein Hirn verrenk
was wohl morgen wird aus uns / scheißegal - komm lass uns leben
Marius Müller-Westernhagen

allein, sondern mit allem anderen verbunden. Aber so weit sind wir noch nicht ...

➜ BESITZERSTOLZ

Wer sich verliebt und eine Beziehung eingeht, scheint einen Vertrag zu unterschreiben, indem er mit dem Herz auch gleich das Hirn und den Rest des Körpers unwiderruflich dem Partner übereignet. Offensichtlich weiß der doch alle drei bestens zu nutzen/genießen/verwöhnen. Was sich am Anfang himmlisch anfühlt, kann höllisch enden. Denn dieser inoffizielle Vertrag schafft konkrete Erwartungen. So ist es dem Weib beispielsweise untersagt, mehr als 100 Gramm zuzunehmen, andere Männer anzulächeln oder gar Zeit mit ihnen zu verbringen. Der Forderungskatalog füllt sich schnell, Eifersucht auf Eltern, Kinder, Freundinnen und Kollegen der Liebsten haben eigene Absätze. Dieses Besitzstandsdenken stresst die Beziehung.

Rein physikalisch sind sogar unsere Atome geliehen, aufgenommen durch Muttermilch und Nahrung. Größtenteils treiben sie sich schon seit Jahrmillionen auf diesem Planeten herum und bestehen fast immer aus recyceltem Mist. Nur selten ist etwas Sternenstaub darunter. So viel zum Körper. Und ein besessener Geist wird in seinem Käfig schnell trüb und leer. Dann gibt er nur freche Widerworte oder, noch schlimmer, plappert alles nach. Beziehungen mit nur einer Meinung stehen nur auf einem Bein.

Der Grund für unser Besitzdenken ist psychologisch oft ein anderer: Wir fühlen uns nicht komplett ohne den Partner. Unsere Persönlichkeit mit all ihren Kanten und Dellen braucht eine verlässliche Basis, erst im Team sind wir

I WILL BE YOUR EVERYTHING

heißen zusammengefasst ungefähr 528 Liebeslieder. Tendenz steigend. Sie versprechen dem Besungenen, dass der Sänger alle wichtigen Rollen in dessen Leben übernehmen wird: verständnisvoller Freund, feuriger und zärtlicher Liebhaber, Bruder, Ernährer, breite Schulter, Vater, Sohn und heiliger Geist. Der Sänger meint, was er sagt. Er will und wird all dies tatsächlich sein. Bestimmt mehrere Monate. Danach ist beiden zu wünschen, dass sie sich etwas weiter von einander und ihrer Selbstüberschätzung lösen können. Alles andere führt in die Katastrophe.
Noch schlimmer: Auf eine Art lieben wir unsere Freunde, unsere Familie, sogar unsere xFrauen, wenn wir Glück haben. Manche Brüder lieben wir mehr, manche xFrauen ganz anders, aber immer ist eine Liebe im Spiel, die dem Partner nichts wegnimmt, aber trotzdem Raum zur Entfaltung braucht. Wer liebt, versteht das - es gibt keine Exklusivität in der Liebe. Aber wer seine xFrau dated, für den gilt diese Aussage nicht.

Es ist ein Ausdruck bedingungsloser Liebe,
wenn man dem anderen das Recht gibt, zu denken, was er will.
René Egli

rund. Dummerweise sind Partnerschaften mit Lückenfüllcharakter nur selten gesund, im Gegenteil. Solange wir nicht kapieren, dass wir nur in uns selbst rund laufen, werden wir den Partner stets als notwendiges Eigentum betrachten - und trotzdem nicht komplett sein. Das ist eine Sackgasse.

Andererseits ist die Versuchung verständlich, denn es bedarf der wahren Erleuchtung, um nicht in Besitzständen zu denken. Und tief in mir drin sehe ich das auch ganz anders - da gibt es den Begriff *mein Weib*. Archaisch ferngesteuert von Genen, die mit großer Liebe und Freiheit des Geistes nicht all zu viel zu tun haben. Und trotzdem findet sich das einzig sinnvolle Einsatzgebiet für derlei Gedanken und entsprechende Macht im Bett. Und das auch nur phasenweise.

Aber, so werfen mir heißblütige Leser entgegen, Frauen wollen besessen werden. Und erobert. Und versorgt, geführt, beschützt. Das stimmt, vermutlich. Aber nicht immer. Und auf Dauer bei immer weniger Frauen. Aber doch mehr, als Mann denkt.

Niemand hat gesagt, es sei einfach ...

→ KULTURELL GEFÄHRDET

Als ausgewiesener Amerika-Experte habe ich eine der größten Gefahren für Liebe genau dort ausgemacht. Zwar war ich noch nie vor Ort, trotzdem stam-

TREUE

ist eines der großen Themen einer jeden Beziehung. Denn näher als im Bett kommen sich die Menschen selten und viele Paare möchte diese Stellung exklusiv besetzen. Anderen Paaren ist sexuelle Treue weniger wichtig. Beide Haltungen basieren bestenfalls auf Konsens: Sind Seitensprünge zulässig und wenn ja, wie gehen wir damit um? Das hat direkt mit der Bewertung von Sex zu tun und ist einem Partner der Sex nicht wichtig, kann er kaum erwarten, dass der andrere sich in Askese übt. Entweder die Beziehung stirbt, oder sie trennt Liebe und Sex.

Der unvermeidliche Zeigefinger hebt sich für diejenigen, die über permanente Neueroberungen nicht nur ihr Ego polieren, sondern sich auch vor zu viel Nähe und Abhängigkeit schützen wollen.

Immer aber gilt: Affären sorgen für Komplikationen oder, positiv formuliert, machen das Leben spannend. Es gibt Theorien, nach denen sich die Intelligenz des Menschen auch in seiner Fähigkeit zur Lüge zeigt. Es gibt aber auch die Theorie, dass Geheimnisse krank machen.

Ausserdem: Je wichtiger der Sex wird - und das ist mit jedem weiteren Kapitel der Fall - um so schwieriger wird es, die Affäre an den Körper, nicht aber in die Seele zu lassen. Andererseits kenne ich durchaus Menschen, die den dritten Teil des Buches glaubwürdig gemeistert haben und mehrere Menschen lieben können. Auch körperlich.

I'm Mr. Right or Mr. Right now / And if you'd choose to be my wife I would love you all my life / I'd do everything your precious heart allowed / Or we could make love all night long - *Garth Brooks* men meine lebhaftesten und glücklichsten Kindheitserinnerungen aus dem Kalifornien der 60er Jahre - wenn Sophia Loren auf dem Hausboot für mich sang oder Doris Day mich bemutterte mit ihren monströsen Brüsten. Wenige meiner Erinnerungen sind vergleichbar klar, und wer weiß, ob mein Zweierpaarbild nicht hierher stammt und schon längst überholt ist.

Doch alles wird schlimmer - in letzter Zeit beobachte ich eine höchst beklagenswerte emotionskulturelle Neuentwicklung, den sogenannten *Mr Right*. Auch eine weibliche Variante ist im Angebot, und gemeinsam nähren sie die Hoffnung, es gebe irgendwo auf diesem Planeten den perfekten Partner: ein Blick in dessen Augen, die sofortige Liebe, irrsinniger Sex - auch noch in 30 Jahren -, ein tiefes Verständnis für die Sorgen und Nöte des anderen und all dies ohne größere Anstrengungen.

Im Gegensatz zu allen anderen Partnern - die sich zwangsläufig entlang der 4. Dimension auch in der Breite verändern - wird *Mrs Right* nicht zunehmen. Sie bekommt ihr Kind innerhalb einer Stunde und steht am nächsten Tag, das Kleine an der Brust, im Büro und managet einen mittleren Automobilkonzern.

Obwohl sie auch mit Mr und Mrs Non-Right schon hinreißenden Sex haben und manchmal auch ein gemeinsames Biotop beziehen, braucht es eine kleine Ewigkeit, bis der Amerikaner von Liebe spricht - die Verwendung des heiligen Wortes führt zu sofortiger Heirat. So etwas wie Liebe scheint es in den Staaten nicht zu geben. Es gibt nur LIEBE. Und die passiert nur einmal im Leben. Das wäre soweit völlig in Ordnung, wäre es nicht so aussichtslos.

In Deutschland wird Mr Right inzwischen von Funk, Fernsehen und Lichtspielhäusern kommuniziert und schürt die Hoffnungen der einfachen Gemüter: Ein solches Wesen existiert auch für mich. Doch dummerweise neigen Menschen zur Veränderung, und was, wenn Mrs Right mehrmals aktiv mit meinem Bild von ihr kollidiert? Vielleicht fehlt ihr ja nur noch der Motorradführerschein zu meinem Glück. Ist sie dann noch Mrs Right oder habe ich mich einfach getäuscht? So oder anders bietet der Mythos den einfachen Weg aus einer ansonsten vielleicht verheißungsvollen Beziehung - es war halt nicht die Richtige.

Bestimmt gibt es solche Wesen. Ich zum Beispiel bin im Gegensatz zu den allermeisten Männern gänzlich perfekt. Mens sana in corpore sano. Niemand - *ma chérè* - kennt Ihre Träume so wie ich. Jeden werde ich erfüllen. Ich bin selbstständig und eigenständig, weiß Raum zu geben und zu nehmen. Ach, was bin ich wundervoll. Jedweder Kratzer auf der Metalliclackierung meiner Beziehungen stammt daher immer von den jeweiligen Partnerinnen.

Echt wahr!

Wer eine Mrs Right erwartet, sollte vorher den eigenen Perfektionsgehalt kontrollieren. Einer Teetasse, die gänzlich makellos ist, fehlt die Eleganz - so die Japaner -, und nur Pechvögel sind gänzlich perfekt. Denn in einer Welt, die primär von chaostheoretischen Faktoren bestimmt wird, kann der Perfekte nur allein sein. Den Glauben an die Existenz von Mrs Right bringt sie relativ rasch ins Wanken. Dazu braucht sie unter Umständen nur eine Zahnpastatube.

Mrs Right ist vor allem eine stille Hoffnung auf ewige Faulheit. Sie steht vor uns, wir fallen in Ohnmacht vor Glück, Liebe und Hingabe. Sie aber fängt uns auf, küsst die Beule und trägt uns auf Händen zu einer 24stündigen Sexorgie ins Bett der Rekonvaleszenz, in dem sie genauso mütterlich wie animalisch alle Schwingungen unserer verzagten kleinen Seele entdeckt. Mrs Right muss nur den richtigen Knopf drücken, und alles wird gut.

Das enthebt mich sämtlicher Verantwortung für mein Tun. Denn, die ganz großen Patzer vielleicht mal ausgenommen, gleich was ich tue - sie wird es verstehen ... oder habe ich da was falsch verstanden?

Nun ist mir natürlich klar, dass wir oft und gerne jeden amerikanischen Blödsinn mitmachen, und solange Gitarren darin vorkommen, steh ich ja drauf. Aber diesen speziellen Hollywood-Mumpitz gilt es kritisch zu beäu-

REANIMATIONEN

Auf der vermeintlich sicheren Seite ist der Mensch mit einem ehemaligen Partner. Man hat schon alles durchgemacht, kennt sich, seine Vorlieben und seine Schwächen. Doch auch diese Sicherheit ist trügerisch: Nur in seltenen Fällen wird eine Beziehung erfolgreich reanimiert und auch dann nur mit sehr viel Klarheit der beiden Partner. Denn im unvermeidlichen Streit lässt sich noch leichter in alte Muster zurückfallen: *Das hätte ich mir ja denken können ...*

Daher sind Reanimation wohl zu überdenken: Hat sie wirklichen Boden oder ist nur die Wiederbelebung einer wilden in einer eher langweiligen Zeit? Ist tatsächlich noch soviel ungesagt, was in einer erneuten Beziehung Raum sucht und damit vielleicht sogar ein altes Dreamteam unter besseren Vorzeichen und vernünftigeren Ansprüchen wiedervereint? Diese und 1000 andere Fragen müssen gestellt werden, und eigentlich ist keine davon wirklich wichtig. Denn trotz aller Skepsis: auch Reanimationen können gelingen. Vielleicht sind die zwei ja für einander bestimmt. Wer weiß?

Die große Gefahr für die Menschheit liegt in der ständig steigenden Perfektion bei gleichbleibender menschlicher Unzulänglichkeit.
Charles F. Kettering

gen. Erheben wir uns also und rufen mit gen Westen erhobener Faust ein lautes: *Fuck you, Mrs Right!*

Tun Sie dies jetzt.

→ SAME PROCEDURE

Früher war alles viel besser. Eine Ehe hielt ein Leben lang, wenn schon nicht glücklich, dann doch zumindest zufrieden. Heute steht diese Zufriedenheit unter Dauerbeschuss. Bedingt durch den Teufel Medien werden die Menschen immer sinnenfroher und erlebnishungriger. Einerseits steigen die Anforderungen an die Konturen des geliebten Wesens - fit-for-fun-Aktivisten sollten es schon sein -, andererseits können wir mit Langeweile in der Beziehung nicht mehr umgehen.

Da hatten es Beziehungen in schwierigen Zeiten leichter - sie mussten ihre Inhalte nicht erst erfinden, denn das Leben wurde schon durch Krieg, Wiederaufbau und solche Banalitäten wie Hunger interessant. Automatisch rückte das Paar näher zusammen. Zwar halte ich sowohl die Medien als auch fit-for-fun-Aktivisten für wünschenswerte Entwicklungen, aber ihre Schattenseiten torpedieren das emotionale Durchhaltevermögen.

Letztendlich gibt es nur eines, dessen wir uns wirklich sicher sein können: Dass wir den gleichen Mist wieder machen werden, wie in der Beziehung zuvor. Das hat seinen Grund in unserer etwas unglücklichen Grundstruktur - wir haben eine genaue Vorstellung, wie unser Leben zu sein hat. Wir schauen uns um und stellen fest, dass sich andere Pärchen glücklich küssen und wild giggelnd durch die Fußgängerzone marschieren. *So muss das sein*, denken wir uns und beginnen zu vergleichen. Dabei schneidet die aktuelle Beziehung nicht gut ab, denn so einiges ist abgekühlt, vielleicht sogar krisengeschüttelt.

Indem wir unsere *Vor-stellungen* pflegen und immer öfter betrachten, stehen sie zwischen uns und dem, was wir aus der Situation machen können. Mit jedem neuen Blick werden sie größer und bald können wir nicht mehr sehen, was in unserer Beziehung an Gutem passiert, wir sehen nur noch Diskrepanz. Deshalb lohnt es sich auch nicht zu investieren, warum auch? So beginnen wir, um uns zu beißen, statt einfach nur da zu sein und unsere Sichtweise zu verändern.

Einen Fehler machen und ihn nicht korrigieren -
das erst heißt wirklich einen Fehler machen.
Konfuzius

➜ FAZIT

Sicherheit ist eine Illusion. Es ist nicht der Job des Partners, uns dieses Gefühl zu vermitteln. Ebenso wenig umgekehrt. Es ist auch nicht seine Schuld, wenn wir uns nicht sicher fühlen, im Gegenteil: Sobald er sich für unsere Sicherheit, unser Seelenheil und unser Wohlbefinden zuständig sieht, spricht er uns die Kompetenz ab, selbstverantwortlich zu handeln. Zudem kommt er unter Druck, denn auf Dauer kann er den eigenen Anspruch kaum erfüllen.

Natürlich wollen wir alle sicher sein, aber Sicherheit entsteht durch kleine, gemeinsame Rituale wie das samstägliche Frühstück oder das gegenseitige Füßemassieren beim Fernsehen. Beziehungen wollen gehegt und gepflegt werden, und genau das sind die Methoden. Sie zeigen dem Partner, wie wichtig er ist. Und indem er sich sicher sein kann, wächst auch der Freiraum, den er zu geben bereit ist. Zuständig sind grundsätzlich beide. Zur Manifestation erbringe der Mensch Liebesbeweise im eigenen Interesse, wobei jeder nur bedingt das Recht hat, diese einzufordern.

Immer allerdings gilt die andere Seite: *Here today, gone tomorrow* ist gängige Praxis - schmerzhaft, aber lebendig. Später werden wir einige Hoffnungsstreifen am Horizont einsammeln. Es gibt sie durchaus, aber auch sie füttern unsere Versicherungsmentalität nur bedingt. Liebe baut immer auf Sand. Dafür ist der Ausblick sehr hübsch.

Sicherheit erreicht man nicht, indem man Zäune errichtet -
Sicherheit gewinnt man, indem man Tore öffnet.
Urho Kekkonen

ENERGIEPOLITIK

All unsere Tätigkeiten in einer Beziehungen lassen sich als Energie beschreiben, die wir investieren und auch zurückzubekommen. Das klingt sehr nach kaufmännischem Jahresabschluss, und genau deshalb hängen wir auch mit der Nase an den beschriebenen Cockpitanzeigen. *Geben* und *nehmen*, *zuviel* und *zuwenig* sind Begriffe, auf die es in praktizierter Liebe absolut nicht ankommt, die aber doch wichtige Prozesse einer Beziehung beschreiben. Da wir hier in der Vergangenheit alle auf die Schnauze gefallen sind, haben wir bestimmte Strategien entwickelt, die wir mehr oder weniger subtil einsetzen. Hier nun einige der beliebtesten Dummheiten:

→ POLITIK DER KLEINEN SCHRITTE

Die meisten unserer Beziehungen enden im Fiasko. Speziell am Ende weiß der Partner einfach zuviel und scheut sich nicht, sein Wissen im falschen Moment anzuwenden. Teuer bezahlter Lerneffekt: Wer sich zu sehr öffnet, ist verletzbar, wer zu begeistert liebt, schnell verloren.

Ich bin dumm, aber lernfähig: Bei der nächsten Kandidatin warte ich also auf ihre Eröffnung, auf ihre Liebesgeständnisse. Meint sie, wir sollten zusammenziehen, meditiere ich erst huldvoll darüber, wenn auch mein Herz vor Glück zerspringt. So gehen wir langsam Schrittchen für Schrittchen auf dem gemeinsamen Weg, und sollte sie sich auf halbem Weg absprengen, werfe ich mich schnell hinter mein schützendes Mäuerchen. Bis dahin achte ich auf Zwischentöne, die mir ihre *wahre Natur* verraten.

So oder so ähnlich verstecken wir uns die meiste Zeit. Ob vor dem anderen, uns selbst oder der Liebe bleibt offen. Wir verlieben uns, weil es unvermeidlich ist, aber wir flechten uns ein Netz aus Zurückhaltung und Unverletzbarkeit. Indem wir nur 40% unserer wirklichen Leistung fahren, fährt auch die Beziehung nur 40% ihrer Möglichkeiten. Irgendwann werden wir uns ihrer sicher sein. Schätzungsweise in drei bis dreizehn Jahren. Auf jeden Fall nicht

Vorsicht ist die Einstellung, die das Leben sicher macht,
aber selten glücklich.
Samuel Johnson

heute. Nie heute. Wenn wir uns mit den Jahren nicht ernsthaft zerwerfen, ist sie der optimale Partner. Sollten wir uns vorher trennen, werden wir bei der Nächsten noch vorsichtiger sein.

Diese Vorsicht ist natürlich hanebüchener Quatsch. Auf jeden Fall wird sie uns verletzen, auch wenn sie uns jetzt schon seit zwanzig Minuten hingebungsvoll massiert (was allgemein als echter Liebesbeweis gewertet werden muss). Und auch wir werden sie verletzen. Blutend werden wir nebeneinanderliegen in einem Grad der Verzweiflung, der als einzig sinnvolle Reaktion nur Lachen erlaubt.

Der Weg ins Drama ist lang und wird nur kürzer, wenn wir ängstlich werden. Aber er ist gut ausgebaut, zahlreiche Beziehungen haben in der Vergangenheit daran gearbeitet und schreiben uns auf diesem Weg vor, wie das Leben hier und heute zu laufen hat. Diese Erkenntnis ist mir wahrlich teuer: Nach dem Ende einer größeren Beziehung verblieb mir die gemeinsame Küche nebst Kredit. Jetzt steht das elend teure Teil zusammengefaltet im Keller, ein ewiges Mahnmal dessen, wohin blinde Liebe führt. Aber selbst wenn nach der nächsten Beziehung eine Schrankwand daneben steht - dreimal so teuer und unsagbar hässlich - ich werde mir diese Schrankwand von der Küche nicht vermiesen lassen. Wieder und wieder werde ich mich verlieben, und wenn es sein muss mit wehenden Fahnen und meinen unnützen Möbeln untergehen. Der Mann hat ein Recht auf seine Schrankwand!

➜ ENERGETISCHES PING PONG

Ich muss immer ... ist ein häufiger Satz hinter verschlossenen Türen, denn im Allgemeinen ist die Berechnung des Energieaustausches in einer Beziehung komplexer und anspruchsvoller als die Berechnung des thermonuklearen Gleichgewichts im Universum.

Viele beziehungspsychologische Energieprobleme basieren auf der Grundschwingung: *Du machst nie, ich mache immer* ... Aber das Problem beginnt schon bei der Frage der Bewertung: Essen zahlen, spülen, kraulen, Windeln wechseln, Aufmerksamkeiten aller Art - welche Tat ist wieviel wert? Die unterschiedlichen Ansichten verwandeln so manche Beziehung in einen arabischen Basar. Einer wird zu wenig gekrault, der andere spült immer allein ...

Jede Form des Ausgleichs muss beiderseits anerkannt sein, sonst ist das Geschrei später groß. Denn eines ist von vornherein völlig klar: Was ich tue, ist de facto immer mehr wert ist als das, was du tust.

Die Liebe lebt vom Geben und Vergeben.
Sai Baba

Gemäß dem gesunden Menschenverstand kann nur geben, wer selbst genug hat, sei es Liebe, Aufmerksamkeit, Zeit oder Geld. Geht die Gabe über den eigenen Vorrat hinaus, kommt die Beziehung in eine Schieflage und läuft auf Grund. Wer dem geliebten Wesen möglichst viel Zeit widmen will, aber noch 1000 andere Verpflichtungen hat, kommt gewaltig in Stress - und das ist noch das einfachste Beispiel.

Analog dazu muss der liebende Nehmer wissen, was er nimmt und was besser nicht. Bringt er den anderen in die finanzielle Bedrouille aus nichtigem Grund, verdient er weder die Gabe, noch den Geber. An dieser Stelle gelten keine Ausreden - *Aber er hat doch gesagt, er kauft mir einen Porsche* ... Natürlich hat er. Der Mensch sagt viel, wenn er verliebt ist. Und alles stimmt. Bis zu dem Zeitpunkt, an dem die Realität wieder einsetzt und aktives Mitdenken fordert.

➜ HER DAMIT!

Als gefährdet erweisen sich Konstellationen, in denen der eine viel und der andere wenig Zeit hat. Ersterer erklärt zweiteren gerne zum Zentrum seines Daseins, unbewusst durchaus auch mangels sinnvoller Alternativen. Der Tag vergeht mit Warten, und kommt das geliebte Wesen endlich in Sichtweite, wird jedes Quäntchen Aufmerksamkeit dargeboten und drübergestülpt - was dem anderen oft zu viel ist.

Hat einer von beiden keinen Lebensinhalt außerhalb der Partnerschaft, kann und will er wahrscheinlich nicht verstehen, warum das umgekehrt nicht genauso ist. Und verhalten sich die Geldvorräte analog zur Zeit, will er auch gar nicht einsehen, warum der andere noch arbeiten müsste - es sei doch alles vorhanden. *Abhängigkeit* und *Freiheitsgrade* entspringen als Themen direkt dieser Diskussion ...

Manche Menschen achten zuviel auf den Energieausgleich und fühlen sich permanent im Defizit, was auf Dauer eine sehr ungesunde Position ist. Sie führt dazu, dass einer permanent fordert und ein anderer permanent genervt ist. Der Gipfel fehlinterpretierter Liebe ist die nett verpackte Pistole auf der Brust: *Ich kann nicht ohne dich leben* ...

Es gibt nach der Verliebtheitsphase nur wenige Raum-Zeit-Fenster, in denen dieser Satz noch etwas mit Liebe zu tun hat. Und dann auch nur in einem bestimmten Tonfall. In jedem anderen Fall ist er die perfekte Kombination von Liebe und Druck und führt dazu, dass die eine auf Dauer ab und der andere auf Dauer zunimmt. Gemäß der Statuten wird eine solche Beziehung markiert. Sie bekommt ein dickes rotes Kreuz, auf dass der Beziehungstod, sobald er mal wieder in der Gegend ist, hier seine Sense schwingt.

➜ ICH KRIEG NIE GENUG

Auf der anderen Seite des Spektrums gibt es die Endlosgeber, die den Partner regelmäßig mit Geschenken überschütten, um sich - nicht zuletzt - seine Gunst zu bewahren. Auch hier entsteht eine Energiekrise, wenn auch ganz anderer Art. Dem Endlosgeber - aber nur diesem - sei gesagt, dass sozialpsychologisch betrachtet die kleine Gabe mehr geschätzt wird, als dauerhaft große Geschenke. Aber viel schlimmer: wer mit Geschenken überschüttet wird, bekommt die Argumente für seine Liebe von außen geliefert. Er hat nicht einmal die Chance, den Partner einfach so zu lieben, sondern wird quasi konditioniert auf das Ritual von Geschenk und Dankesbekundung. Diese Erziehung schlägt zurück und fordert größere, teurere Liebesbeweise. Wer dagegen dosiert erhält, muss eigene Gründe aus sich selbst heraus schaffen.

Ein Weg, den Partner professionell zu verjagen, ist die nächste Variante: Ihn von vorne bis hinten zu verwöhnen, und sobald er etwas zurückgeben oder sich bedanken will - *ach, das war doch nichts, vergiss es.* Schießt die Sollseite des partnerlichen Ernergiekontos dergestalt in die Höhe, ist das nicht schlau. Wer will schon mit einem Partner zusammen sein, der nichts nehmen kann? Der uns das Gefühl nimmt, gebraucht zu werden?

➜ FAZIT

In den meisten Fällen energetischer Schieflagen sind die Gefühle wichtiger als tatsächliche Fakten, denn *zu viel* und *zu wenig* sind nie objektiv. Drum prüfe man jede Beschwerde des Partners mit möglichst offenem Geist. Das ist natürlich alles andere als einfach - ist es vielleicht wirklich so, dass sie immer krault und nie gekrault wird?

Oft genug ist ein *zu viel* oder *zu wenig* an der einen nur Symptom für ein Defizit an anderer Stelle: Fühlt sich einer unterversorgt an Aufmerksamkeit, lädt er seine Verzweiflung gerne an Aussehen, Kochqualität oder Kindererziehung des anderen ab. Darüber liegt er dann nächtelang wach, entwickeln ausgefeilte Argumentationsketten und führt monologische Diskussionen, ohne selbst zu bemerken, dass er im Grund nur etwas unterversorgt ist.

Fragen hinter Fragen, die durch Nachdenken immer größer werden, aber durch Aktion schnell aus der Welt geschafft werden.

Gimme all your lovin' / all your hugs and kisses too
Gimme all your lovin' / don't let up until we're through

ZZ Top

KEINE BEWEGUNG!

Es gibt nur einen verlässlichen Pol in unserer Existenz, um den wir permanent kreisen: wir selbst. Wir geben uns Halt, sind erstaunlich zuverlässig und überraschen uns eher selten. Jedes Jahr schauen wir zurück und denken uns: *Mein Gott, was habe ich nicht wieder gelernt.* Auf das Ich von vor fünf Jahren blicken wir milde lächelnd zurück - was waren wir damals dumm. Heute dagegen sind wir immer perfekt, wir sind das Maximum unser selbst. Dass wir in fünf Jahren wieder genauso milde lächeln werden, ist unvorstellbar.

Natürlich werden wir auch nicht älter, obwohl die 20jährigen auffallend jünger werden. Selten sehen wir von oben auf dem Zeitstrahl, wie sehr wir uns tatsächlich verändern - was natürlich permanent geschieht: Mit 15 geht es per Interrail durch Europa (Schlafsack), mit 25 auf der BMW (Zelt), mit 35 im BMW (Hotel). Mit 45 liegen die Zeltzeiten lange hinter uns und können uns nicht mehr locken. Wir sind nicht gesetzter geworden - mitnichten - *wir tun uns das nur nicht mehr an.* In der Partnersuchanzeige bezeichnen wir uns immer noch als sehr flexibel.

Während wir also einer stabilen Weiterentwicklung unterliegen, vollführt die Welt um uns die merkwürdigsten Sprünge - daher dieser unglaublich schlaue Spruch über die alleinige Verlässlichkeit der Veränderung. Gerne zitiere ich ihn wissenden Blicks, wenn andere Leute Schlüsselszenen ihrer Biographie erleben. Und riskiere damit einen Tritt - wer braucht schon Schlaumaiersprüche in der Krise.

Der Veränderungsspruch gilt in besonderem Maß für die Liebe. Die Grundvoraussetzung dafür legen wir selbst, denn wenn wir die Hauptrolle in unserer Biographie besetzen, wird das geliebte Wesen zum alleinigen Star - und dementsprechend behandeln wir sie. Der Heiligenschein auf ihrem Kopf stammt von uns, er wurde nie aktiv eingefordert - das kommt erst später. Selbst wenn sie wollte, sie hat nicht den Hauch einer Chance, ihre dunklen Seiten oder gar - wenn es so etwas gibt - ihr wahres Gesicht zu zeigen. *Oh*

Fürchte dich nicht vor dem langsamen Vorwärtsgehen,
fürchte dich nur vor dem Stehenbleiben.
Chinesische Weisheit

- du warst zwei Jahre im Gefängnis ... wie geheimnisvoll, wie romantisch ... So gesehen können wir ihr später weder Veränderung noch Täuschung vorwerfen - wir haben uns selbst getäuscht, sogar mit Vorsatz und zum eigenen Genuss.

→ ENT-TÄUSCHEND

Ihre - immer völlig überraschenden - Wesensveränderungen finden daher meist nicht in *ihrem Verhalten*, sondern in *unserer Wahrnehmung* statt. Diese hat Auswirkungen auf unsere Bewertung und definiert so unseren Standpunkt, der unsere Wahrnehmung definiert - eine simple Feedbackschlaufe. Die Liebste wird nicht plötzlich zur Säuferin. Mit abkühlenden Hormonen verlieren wir eher die Lust auf die allabendliche wilde Party, die wir bisher als Ouvertüre für eine noch wildere Nacht genossen haben. Sie war schon vorher dem Alkohol zuträglich, nur uns wird das erst als letztem klar. Liebe macht doch blind.

Nicht immer ist das Erwachen so extrem, aber auch in kleineren Fällen fühlen wir uns getäuscht und sind - natürlich zu Recht! - verärgert. Alle Aufmerksamkeit zoomt auf diesen Aspekt, das Fundament der Beziehung gerät ins Wanken. Hat sie sich verändert? Nein. Habe wir uns verändert? Ein wenig. Hat sich unsere Beziehung verändert? Oh ja!

Damit sind wir wieder beim Thema *Mindfuck* und der Unerträglichkeit perfekter Situationen. Es bräuchte nur eine Sekunde aktiven Nachdenkens, um in meiner Ent-täuschung ganz locker zu ihr rübergehen und einen der zwei Millionen Heiligenscheine abnehmen: Gut so, ich bin auf dem Weg, sie wirklich zu entdecken. *Zu sehen, was wirklich ist* - das Ziel aller spirituellen Praxis. Aber diese Aufgabe liegt noch einige Kapitel vor uns, fürs erste bin ich gedankenlos entsetzt.

Neben dieser schichtweisen Abtragung der Romantik gibt es natürlich auch aktive Veränderungen. Sie will einziehen. Interessiert sich auffallend für Kinder. Geht gar zum Friseur. Es braucht ein starkes Fundament, um diese Krisen zu überstehen, denn jede Art von Veränderung bringt den Menschen gerne an den Rand der Verzweiflung.

→ MAKROSKOPISCH

Veränderungen verlangen Verhaltensmodifikationen. Aber der Mensch ist ein Gewohnheitstier, daher machen Veränderungen den meisten Menschen

O wie gut erginge es manchen Menschen,
wenn sie einmal aus ihrem Geleise herauskämen.
Lucius Annaeus Seneca

anfangs Angst - je näher, desto ärger: Was ist schon eine Währungsumstellung gegen die Tatsache, dass sie plötzlich eine neue Frisur hat?

Einst saß ich mit einem progressiv eingestellten Menschen vor der Love Parade-Übertragung. Er kam gerade von vierzehn Jahren San Francisco zurück. Trotz dieser harten Schule in innovativem Lifestyle waren wir uns beide einig, dass Strings für Männer zumindest unser Leben nicht bereichern werden. 80% von Ihnen werden uns (2004 ± 2) zustimmen, für die anderen 20% habe ich mich gerade als alter Sack geoutet. Und genau das ist es: Jede ältere Generation schimpft zwangsläufig über irgendeine Manifestation der Jugend - seit Jahrhunderten predigt sie den Untergang des Abendlandes, aber tatsächlich wurde alles immer irgendwie besser. So gilt es, dem Geschimpfe über Trends und Moden dosiert zu frönen, denn sobald wir die Sprache der Zeit nicht mehr verstehen, werden wir alt.

Alt wird auch die Beziehung, wenn sie die ständig gleichen Wege nimmt und die immer gleichen Frisuren trägt. Wenn sie sich nicht verändern darf, dürfen wir uns nicht wundern, dass das Liebesleben langweilig wird. Es muss uns durchaus nicht alles, was sie anzieht oder in der Wohnung dekoriert, gefallen. Das heißt nicht, dass sie - oder wir - jeden Blödsinn mitmachen muss, aber es gibt deutlich schmalere Bretter als das zwischen Flexibilität und Stagnation.

Im Grunde sind nur die Veränderungen bedrohlich, die nicht in unserem Sinn sind und gegen die wir uns demzufolge stellen. Das reduziert das Problem nicht auf die Frage des Standpunkts, sondern eine Stufe tiefer auf Eigendefinition und Selbstvertrauen. Fühlen wir uns schwach oder im übergroßen Maß abhängig von der Welt, sehen wir uns gebeutelt und als Opfer. In uns selbst ruhend, nehmen wir die Zeichen der Zeit lächelnd in Kauf, um vielleicht beim übernächsten Trend geistig wieder einzusteigen. Das dehnt

MITTEILUNGSBEDÜRFTIG

Am deutlichsten ändern sich die Gespräche einer Beziehung. Mit der Zeit sind sie weniger tief und weniger häufig als zu Beginn. Das liegt zum Großteil am Mann. Am Anfang sind es diese eine Million Wörter, die den Standard legen. Und wir können auch gar nicht still sein, da sonst möglicherweise ein Konkurrent in die Lücke springt und sich anpreist.

Eine Million Wörter sind evolutionär betrachtet eine unglaubliche Menge an Energie, die wir in diese Beziehung stecken. Um sie zu erhalten, brauchen wir dagegen deutlich weniger, und wenn uns nur 20 Wörter regelmässigen Sex sichern, werden wir nur diese von uns geben. Das ist das bessere Kosten/Nutzen-Verhältnis. Und Biologen sprechen tatsächlich von Kosten.

Ich glaube, man kann sich in jedem Alter ändern,
aber es ist viel besser, es jetzt zu tun.
Rita Mae Brown

die geistigen Muskeln. Auf Dauer gewährt es sogar einen Blick für größere Wellen und Zusammenhänge.

➜ BIEGSAM

Solange wir zu viele feste Vorstellungen vom Leben haben - und wir haben sie alle -, können wir mit den Unsicherheiten der geistigen Freiheit kaum wirklich umgehen. Stehen wir vor dem Loch zwischen Vorstellung und Realität, versuchen wir etwas dagegen zu unternehmen. *Wehret den Anfängen* denken wir uns und schieben den anderen ganz behutsam in die richtige Richtung. Ruhig und liebevoll beginnt, was als aufreibendes Geschiebe und Gezerre endet: *Könntest du die Zigarette bitte am Fenster rauchen* - steigert sich über *Wie kannst du nur Fleisch essen??* zu einem deutlichen *Jetzt sprich doch endlich mit deinem Chef!*

Behutsam und *richtig* sind Schlüsselwörter dieses Satzes - wer immer noch an eine objektive Realität glaubt, sollte dies spätestens jetzt überdenken. Denn sehr wahrscheinlich kommt die Botschaft beim Empfänger nicht in der gedachten Form an - er interpretiert einen Eingriff in seine Persönlichkeit. Und wir sind noch nicht einmal bei wirklichen Themen: Noch geht es nicht um Fernsehprogramm oder Erziehungsmethoden, noch suchen wir nicht nach gemeinsamen Möbeln. Aus Sicht der Beziehung ist dies natürlich absoluter Humbug. Irgendwie verlieben wir uns ja in die Unterschiede, sehen das Potenzial in der Kombination und versuchen dann später doch, ihr wahren Musikgeschmack beizubringen.

Indem wir sie verändern wollen, bekennen wir uns zu der Weigerung, von ihr zu lernen - was denn auch? Nicht einmal das Gegenargument, wir wollten dem geliebten Wesen so nahe wie möglich sein, zieht. Wer sie liebt, lässt sie im Notfall auch mit DOSen arbeiten, statt ihr einen Mac zu kaufen. Das schmerzt, natürlich. Doch jeder Mensch hat ein Recht auf eigene Standpunkte, Vorlieben und Fehler. Sogar unser Partner.

➜ UNVERÄNDERT

War eine Beziehung wirklich tief, endet sie nie. Immer wieder stolpern wir im Geist über vergangene Tage, und kaum lassen wir uns auf eine Erinnerung ein, sind wir mitten im Film. Je nach Grad der Unzufriedenheit mit der aktuellen Beziehung werden alte Partnerinnen schöner, verlockender und interessanter. Wir sehnen uns zurück: *Ach hätt' ich doch ...*

Wandelbarkeit ist die große Tugend der Frau.
Wer eine echte Frau hat, braucht keinen Harem.
Gilbert Keith Chesterton

Mahnend muss hier der Zeigefinger erhoben werden. So führt mein Heimweg regelmäßig an der Rückseite eines Heidelberger Krankenhauses vorbei. Der Blick in die Zimmer zeigt mir Betten und Menschen, ich kann die Atmosphäre beinahe greifen. Und je mehr ich sehe, um so mehr erinnere ich mich: Überall waren Spielkameraden. Wenn ich nachts aufwachte, konnte ich die Schwester im Flur sehen, und kam mir sofort beschützt vor. Drei Brezeln und drei Eis gab es an einem Abend!

Diese Gedanken fühlen sich gut an. So gut, dass ich fast schon wieder Lust auf eine Operation bekomme. Eine gefährliche Nostalgie, denn das Unbewusste überlegt nicht - kommt der Wunsch oft genug, handelt es und läuft bei Rot über die Straße. Nur um mir eine Freude zu machen.

Die Aussage dieses inhaltlichen Nebengleises ist die: An Gutes erinnere ich mich, nicht aber an den Grund meines Aufenthalts, an die Schmerzen und die Tränen und die Angst und das Alleinsein. Die Vergangenheit ist oft nur im Rückblick romantisch ...

Vergleichbares geschieht in sehnsuchstsvollen Gedanken an vergangene Beziehungen. Ich erinnere ihre Füße, ihren Geruch, diverse neckische Begebenheiten und viele gute Lacher. Die Bilder werden um so deutlicher, je älter die aktuelle Beziehung wird, denn ich hatte Zeit, sie mir auszumalen und entscheidende Retuschierungen vorzunehmen. An den Grund der Trennung denke ich selten. Auch all die Krämpfe und geistigen Amputationen sind nur noch vage zu greifen. Nun gut, wir hätten mehr daraus machen können, aber warum mache ich nicht mehr aus dem Hier und Jetzt? Erinnerungen sind Flüche, die den Handlungsbedarf im Heute möglichst elegant zu ignorieren.

→ FLUCHT

Ab jetzt geht es rasant bergab, der Resignation folgt Stagnation und die führt über kurz oder lang zum Atemstillstand der Beziehung. Möglicherweise sind wir am Anfang in die Beziehung geflüchtet, aber immer wieder fliehen wir aus der Beziehung. Wenn es zu eng wird, oder doch zu weit ist. Wenn nichts mehr oder zu viel passiert. Dann wird der Partner zur Last und wir retten uns in die Kneipe, in den Job, in Unaufmerksamkeit. Wir können nichts dafür, wir haben einfach keine Zeit ... *das musst du doch verstehen, Schatz* ... Und wir haben wirklich keine Zeit. Um uns herum schlagen die Wogen des Alltags so hoch, dass wir überhaupt nicht mehr können, obwohl wir wirklich gerne würden ...

Ich schwärme für einfache Genüsse.
Sie sind die letzte Zuflucht der Komplizierten.
Oscar Wilde

Ich bin ein Vertreter der These, dass der Mensch bekommt, was er möchte. Ihm ist häufig nur nicht bewusst, was das ist. Ich behaupte nicht, dass unser Unbewusstes eine Vorstandssitzung nach der nächsten einberuft oder das Exportgeschäft dergestalt einbrechen lässt, dass wir aus dem Büro nicht mehr herauskommen. Aber ich behaupte, dass es Situationen gibt, in denen wir früher schneller gedacht und dass es Probleme gibt, die wir schneller gelöst haben. Denn wir wollten zu *ihr.* Damals waren wir motiviert, verliebt, die Beziehung noch jung. Heute sind wir nicht langsamer, wir lassen uns nur mehr Zeit, was uns einen guten Grund verschafft, uns nicht um die Beziehung kümmern zu können/müssen.

Das ist kein Vorwurf. Es ist vielmehr eine wichtige Frage in jeder Beziehung: Sind wir auf der Flucht? Wenn dem so ist, führen wir vielleicht nicht die Beziehung, die wir gerne führen möchten.

Und jetzt?

→ FAZIT

Ohne Veränderung könnten Beziehungen so schön sein. Verlässlich, sicher geborgen. Demgegenüber steht das zweite Gesetz der Thermodynamik. Es bedeutet - kurz gesagt und auf Beziehungen angewandt - dass wir unser Verhältnis zu Veränderungen besser überdenken sollten, wenn wir nicht permanent in ihrem Gegenwind stehen wollen.

Entscheidend ist natürlich das Thema der Veränderung - sprechen wir von einer Frisur oder von Polygamie? Die Grenze verläuft zwischen *Gleichmut* und *wissen was ich will.* Beide sind deckungsgleich, sobald wir das Gebiet des einen vergrößert und das andere genau durchleuchtet haben. Das ist nicht nur maximal erstaunlich, es ist auch erstaunlich einfach.

Von den sechsunddreißig Fluchtarten
ist das Davonlaufen die beste.
(angebliche) Chinesische Weisheit

SEX

Wahrscheinlich gibt es nichts größeres als Sex mit dem Menschen, den man liebt. Doch die Möglichkeiten von Sex zeigen sich schon viel weiter vorn. Auch in einer absoluten Minimalvariante - keine Zeit, kein Gefühl, keine Perspektive - sagt er uns für kurze Zeit: Du bist nicht allein. Das ist natürlich nicht genug, aber welche andere Erfahrung kann das schon.

Sex läuft in seinem dramaturgischen Verlauf parallel zur Beziehung: Am Anfang geschieht er wild und hemmungslos aus sich selbst heraus, dominiert alles um sich herum und ist von religiöser Größe. Wir hängen an den Fäden unserer Triebe und sind begeistert. Mit der Zeit aber verschwindet der Zwang, er weicht der Gewohnheit und verlangt mit den Jahren zunehmend an Engagement. Seriöse wissenschaftliche Kreise halten die Verliebtheit daher primär für eine sexuelle Verwirrung, die sich mit der Zeit legt. Das ist schwer zu ertragen.

Genau wie die Beziehung ist Sex voller Möglichkeiten - und genauso beladen mit allerhand Dramen: Ganze Bundesstaaten bestrafen Zungen und Münder; moralisch-katholisch lässt Onanie die Hände abfaulen; psychologisch-freudianisch ist der Kleine geschockt, wenn er seine Eltern in Aktion erwischt - wird er ein gestörtes Verhältnis zu Frauen entwickeln oder - Hilfe! - schwul werden? Mädels sollen sittsam und züchtig sein, bis sie ihre große Liebe kennen lernen. Dann erst dürfen sie ihren Körper entdecken und den Mann beknien, auf dass er sie zum singen bringt. Huren und Heilige sind die polaren Attraktoren in Männerphantasien. Dabei sind wir immer die besten und haben immer den längsten. Ist dem nicht so, zerbricht unser Weltbild. Und das ist kein Witz. Sex ist Psycho pur.

In der Verliebtheit löst sich all das auf - gesegnet mit jeder Menge Energie springen wir über mögliche geistige Hürden, denn in der Verliebtheit ist alles so stimmig, so natürlich. Die alten Programme greifen erst später wieder und werden dann als enormer Bruch empfunden. Denn Verliebtheitssex ist eine bedrohte Spezies, immer im Wettlauf mit der Zeit. Die gewinnt stets überraschend und plötzlich haben beide unterschiedliche Frequenzen - morgens gegen abends, Sonntags gegen täglich. *Evolutionär weiblich* lässt sich das einfach erklären: Sie hat ihn eingefangen und damit die Sicherung der Art gewährleistet. *Zweigeschlechtlich marketingtechnisch* ist offensichtlich, dass der Mensch immer will, was er nicht bekommt. *Sensibel* betrachtet braucht einer vielleicht nur mehr Zeit zum Warmlaufen, als der andere das gewohnt ist - vielleicht sind 20 Worte auf Dauer doch zu wenig. Sex ist etwas anderes als Erotik.

Üblicherweise will er mehr als sie, aber zunehmend berichten Studien, dass er es ist, an dem das ausgefüllte Bett-Beziehungs-Gefüge scheitert. Faul sei er und lustlos, nicht mehr interessiert am Körper der Dame. Und natürlich: irgendwann haben wir jeden Quadratzentimeter mindestens einmal geküsst, und der Mensch strebt nach neuen Erfahrungen. Aber diese Al-Bundy-Nummer - und hier bekommt der Schreiber einen ernsten Blick - ist völlig unverzeihlich. Sowohl ihr, als auch uns selbst gegenüber. Denn Sex ist nicht nur gesund, er ist auch eine Basis der Beziehung.

Für den Unerhörten schafft die Sexmüdigkeit des anderen eine schwierige Situation - gefangen zwischen *müssen* und *nicht dürfen* ist er den eigenen Vorwurf irgendwann leid und gibt auf. Das beginnt mit leicht verzweifelten Theateraufführungen: *Nein, heute mag* ich *nicht* - ein letzter Versuch, dem anderen die eigene Situation klar zu machen. Kommt dieser jetzt tatsächlich

HORMONELLE ORGASMEN

Sex bedeutet Doppelschichten fürs Immunsystem. Auf allen möglichen Kanälen kommen Fremdstoffe in den Körper und müssen gescannt und gegebenenfalls neutralisiert werden. Deshalb steigt rund um den eigentlichen Akt die Anzahl der natürlichen Killerzellen im Blut stark an.
Gleiches gilt für das Hormon *Prolactin*, das bis vor kurzem ausschliesslich für die Milchproduktion zuständig galt. Doch egal ob Mann oder Frau, Koitus oder Masturbation, der Prolactinspiegel ist der einzig bisher bekannte, der durch wenig Sex sinkt. Und ein niedriger Prolactinspiegel macht scharf und verstärkt sogar die Intensität des Orgasmus.
Ein hoher Prolactinspiegel dagegen gilt als Lustbremser, weshalb in Klöstern der Prolactin-fördernde Mönchspfeffer - botanisch *Vitex agnus-castus* - verabreicht wurde. Doch auch hier macht die Dosis das Gift, es muss schon eine hohe Menge genommen werden. Bei zu niedriger Dosierung wirkt der Mönchspfeffer kontraproduktiv. Also aus Sicht des Abtes.

Mit Küssen seines Mundes bedeckte er mich.
Süßer als Wein ist deine Liebe.
Altes Testament

angekrochen, ist es trotzdem oft zu spät. Kalkulierte Beziehungsreanimation bei gleichzeitig fehlender Lust wird ihm unterstellt. Aber kommt er nicht, wird alles nur schlimmer.

Gefangen in seiner Sackgasse fragt sich der Unerhörte, ob das Erlebnis den Aufwand noch lohnt - *will sie mich nicht, will ich sie auch nicht.* Warum Energie verschwenden? Aber der Vorwurf bleibt im Hintergrund bestehen und sägt am Ast.

Hier geht es nicht mehr um Spaß, sondern um Selbstwert. Wir leiden, wenn unser Hintern nicht ab und zu begehrlich begrapscht wird, neigen zu massiver Kneefigkeit, die sich in anderen Ecken der Beziehung niederschlägt. Blumen und Gutenachtküsse entfallen völlig. Wir träumen von fremden Frauen und den Freiheiten der Jugend. Und ziehen damit einen tiefen Graben um uns: Genau das wollten wir immer vermeiden.

Aber indem wir sie behandeln, wie wir es tun - fordernd und voller Vorwurf - üben wir einen ungeheuren Druck aus, der nicht zur weiteren sexuellen Aufladung der Luft beiträgt ...

Sex auf Dauer ist schwer, dabei ist er eines der wenigen Dinge, die mit dem Alter immer besser werden. Aber wenn aus Anziehung Abstoßung wird, verschwindet das Feuer aus der Beziehung. Die Versuchung ist groß, die eigene Begierde auf interessante Passanten zu übertragen. Manchmal stoßen wir auf Interesse und oft genug erschafft Sex so den Trennungsgrund. Teens und Twens bauen auf diesen Verlauf ihre eigene Dolchstoßlegende: Beziehung tötet Sex, Liebe erlischt in Gewohnheit.

Wissenschaftlich gesehen hat die Beziehung um so leichter Sex, je öfter sie ihn hat. Auch der Umkehrschluss stimmt: Je weniger Sex stattfindet, um so weniger wahrscheinlich wird er. Wird das Bett zum Streitthema, rutscht Sex schnell in den Kopf und dort hat er nichts zu suchen. Denn Sex sollte etwas sein, was der eine dem anderen zum Geburtstag schenkt. Daher gibt es nur eine wirkliche Möglichkeit: Nicht denken - tun. Nicht-Tun führt zu dem einen Thema, das sich wirklich nie ändert:

Auch wenn ich sie lieber aus der Ferne begehre,
habe ich doch Drüsen, die mich drängen.
John Cage

THIS IS NOT A LOVESONG

Wer liebt, bekommt Ärger - es dauert selten lang, bis der erste Missklang den Himmel des jungen Glücks mit Gewitterwolken überzieht. Dieser Absturz vom göttlichen ins banale ist wohl eine der größten Sauereien der Menschheitsgeschichte, der Vertreibung aus dem Paradies nicht unähnlich. Um so entscheidender in jeder Beziehung ist der Umgang mit Ärger und Streit. Denn obwohl beides völlig normal ist, ist es vor allem anstrengend und nicht immer erträglich.

Anfangs sind es oft Mißverständnisse mit hohem Klärungspotential - wenn zwei Konzerne fusionieren, müssen die Prozeduren der einzelnen Abteilungen eben abgeglichen werden. Der Ärger verraucht so schnell, wie er gekommen ist, da beide gerne zurückstecken. Später sind Kompromisse nicht so leicht zu erreichen und wir auch nicht mehr so rücksichtsvoll und nachsichtig. Doch zumindest am Anfang sind Streits wildromantisch und allein schon durch die Versöhnung gerechtfertigt. Aber irgendwann holt der Himmel die Geigen dauerhaft ein und dann lauert die Eskalation in den merkwürdigsten Ecken: Ein unbedachtes Wort zur falschen Zeit, und die Erde bebt.

DIE TYPISCHE SZENE

Er - oder sie - kommt nach Hause, erschöpft von des Tages Müh und nur bedingt in freudiger Erregung, sie - oder ihn - frohgemut und freudestrahlend anzutreffen. Ihre gute Laune steht in keinem Verhältnis zu seiner Befindlichkeit, und gerade deswegen wird er noch genervter. Üblicherweise lacht sie ihm zu, er meffelt zurück, sie zieht sich zurück, der Abend ist gegessen
Dabei haben beide Möglichkeiten. Bei ihr reicht ein Quentchen mehr an Empathie, um sich auf seine Befindlichkeit einzuschwingen und ihn nicht zu überfahren. Für ihn ist es schwerer, er kann sich der Frage stellen, warum er so schlecht drauf ist, und warum er sich nicht einfach von ihr mittragen lässt. Das ging doch früher auch ...

Wenn ein Mann einer Frau verspricht, sie ewig zu lieben,
dann setzt er voraus, dass sie immer liebenswert bleiben wird.
Michel de Montaigne

Streit ist vielschichtig und hat oft mit dem umstrittenen Thema nicht viel zu tun. So gibt es Menschen, die einfach streiten, damit Leben in der Beziehung bleibt. Die über wilde Schreiereien und peinliche Szenen in der Fußgängerzone feststellen müssen, dass der Partner sie noch wahrnimmt, ernstnimmt, liebt. In diesen Fällen ist Streit ein verbindendes Element und wenn beide damit umgehen können, verbietet sich die Diagnose der Pathologie.

Dieser lockere Umgang allerdings ist nicht die Regel und irgendwann bekommt der Streit eine neue Qualität: Er wird nicht mehr zelebriert, sondern gewinnt an Vehemenz. Die Partner erfahren in blutigen Gefechten, dass manche Inhalte doch Aufmerksamkeit verlangen und sich auf Dauer nicht vermeiden lassen. Streit ist ein Extrem jeder lebendigen Beziehung und wird oft als Gegenteil von Liebe gesehen. Das jedoch ist Gleichgültigkeit und damit hat Streit nun wirklich nichts zu tun.

Wichtige Fragen im Streit stellen die Genfer Konventionen: Welche Schläge sind erlaubt, welche Versöhnungszeiten sind anzusetzen, gibt es so etwas wie einen Stil oder eine Streitkultur und wie ist der Umgang mit Gefangenen? Lässt sich verhindern, dass die Konfrontation zu einer ausgewachsenen politischen Debatte eskaliert - mit ähnlich niedriger Effektivität?

Und wie geht die Beziehung nach dem Streit mit dem Streit um? Der Mensch hat dazu im Lauf seiner emotionalen Evolution so manche Strategie entwickelt. Da ist der beliebte Teppich: Drunterkehren, was geht, die Inhalte vergessen, um sich dann wild und hemmungslos darauf zu paaren. Das ist eine Möglichkeit. Aber nicht immer die beste. Nicht, wenn die Beschwerde berechtigt, der Inhalt wichtig war. Wegschauen funktioniert nur eine gewisse Zeit.

ANSTECKUNG I

Stimmungen sind merkwürdige Wesen. Kommen wir gutgelaunt nach Hause, erhellen wir ihr den Tag und sorgen dafür, dass sich ihre Sorgen vor dem Hintergrund unserer Stimmung auflösen. Auch der umgekehrte Fall trifft zu: Wir kommen genervt nach Hause und bringen ihr unsere schlechte Laune mit.

Dauerhafte Nerverei führt in die Krise und auch diese ist ansteckend. Hat sie uns beruflich am Kragen, springt sie gerne mal rüber ins Privatleben. Wir ziehen dann - mehr aus Versehen - eine zweite Front, wollen plötzlich umziehen, ein Kind, kein Kind, einen anderen Partner. Krisen treten im Rudel auf, aber wenn man einmal den Auslöser beseitigt hat, verschwinden die anderen recht schnell. Wie in Vampirfilmen. Bis dahin gilt: Manche Probleme müssen wir allein lösen, der Partner ist nicht die Müllabfuhr.

Unsere erste Reaktion ist immer Verteidigung. Daher wird auch der schnelle Konter gern genommen: Als erste Kriegslist ignoriere man sämtliche Aussagen des Angreifers ... *warum auch zuhören, wahrscheinlich geht es nur um Nebensächlichkeiten ...*, dann suche man ein einen thematischen Gegenschlag, der nicht automatisch etwas mit dem Vorwurf zu tun haben muss ... *wenn sie mich wegen meiner Geliebten anmeffelt ... wie kommt sie dazu ... soll sie doch erstmal den Haushalt in Ordnung bringen ...*

Diese Strategie hat ein Ziel: Mögen die Vorwürfe noch so berechtigt sein - ich will nicht hören, sie soll fühlen. Vielleicht hängen wir uns an Details ... *aber nicht in diesem Ton ...* , vielleicht sehen wir plötzlich, was sie an deutlich Schlimmerem tut, aber zuhören - nein, zuhören wollen wir nicht.

Hier nun scheiden sich die Dilettanten von den Könnern. Versager führen lange Gespräche, Duckmäuser hören zu, Softies versuchen es mit Vernunft und Kompromissbereitschaft. Wir nicht. Wir schlagen zurück. Damit haben wir uns möglicherweise für den Actionfilm entschieden, innerhalb von fünf Minuten können wir beobachten, wie uns die Situation zunehmend entgleitet. Kugeln pfeifen uns um die Ohren, große Teile der Truppen liegen blutend im Gras und den Grund der Schlacht haben beide schon lang vergessen.

Irgendwann wollen wir nur noch, dass die Schlacht zu Ende ist. Zumal wir bald nicht mehr wissen, welche Strategie wir einsetzen sollen. Und eigentlich auch keine Lust mehr haben, denn die Sinnlosigkeit unseres Tuns wird mit jeder neuen Angriffswelle ersichtlicher. *Kämpfen lohnt sich nicht*, sagen wir uns und resignieren. Hoch erhobenen Hauptes und stinkbeleidigt verlassen wir das Feld, um möglicherweise/hoffentlich am nächsten Tag die Kapitulation in Form einer rosengestützten Entschuldigung entgegenzunehmen. Schlimmer ist nur, wenn der andere vorher geht.

ANSTECKUNG II

Eine Hauptgefahr beim Streit besteht darin, dass wir uns mit der Zeit auf heiße Punkte einschießen. Wenn wir uns zu Thema A bereits mehrfach gestritten haben - Männer-/Frauenabende, Übergriffe in der Wohnungsdekoration - schauen wir beim nächsten Auftreten sehr viel genauer hin - der Weg in den Streit wird bedenklich kurz. Dass sie jetzt wieder mit dem durchgekauten Thema kommt, ist uns völlig unbegreiflich. Natürlich könnten wir anders reagieren, aber es ist zu viel Salz in der Wunde. Damit schaffen wir eine sehr sensible Bahn - in der Beziehung genauso wie im Gehirn: Je öfter das Thema kommt, um so heftiger reagieren wir. Bevor daraus ein Stellungskrieg wird, empfiehlt sich die Suche nach anderen Schlachtfeldern.

Die einzige Weisheit ist Zynismus.
Johann Gottfried Seume

→ UNKLARES

Oft explodieren wir an einem Thema, das uns schon länger nervt, das wir aber aus Gründen der Rücksichtnahme nicht thematisiert haben. Die Präsenz von Schwiegermüttern ist ein klassisches Beispiel - zu Anfang geben wir uns alle Mühe, aber später nervt es, wenn sie jeden Sonntag zum Essen kommt. Heben wir an dieser Stelle dann unwirsch den Finger, ist die Überraschung groß: *Bisher war doch alles in Ordnung. Was ist denn plötzlich los?* Aus ihrer Sicht ignorieren wir, was ihr wichtig ist und zeigen uns von der allerschlechtesten Seite.

Von aussen mag das wie Slapstick wirken, aber keiner der beiden Mitspieler lacht und keiner kennt das Drehbuch. Ein Blick hinein offenbart: Der Auslöser für abendliche Streits ist oft ein Energieloch im Aussen, also Ärger mit Kindern, Freunden, Chefs. Und damit das Bedürfnis nach einem entspannten Sonntag. Diese Stressfaktoren haben zwar mit der Beziehung nichts zu tun, sind aber ungemein real.

Psychologisch betrachtet echte Klassiker sind Themen, die mit dem Partner nichts zu tun haben, uns aber an eigene neuralgische Punkte führen: Wenn sie zu viel am Rechner sitzt und arbeitet, beginnt mich das zu stören. Ich bekomme zu wenig Beachtung. Noch schlimmer: Sie kümmert sich nicht um ihre Hausfrauen- und vor allem Mutterpflichten. Die Kinder hängen verwahrlost in dunklen Straßenecken herum, während die Mutter dynamische Websites meistert. Und ich bin genervt.

Doch erst jenseits meiner Wahrnehmung wird es interessant: Ich bin nicht genervt, weil ich zu wenig Beachtung finde - au contraire! Ich bin völlig uneigennützig genervt, weil die Kinder zu wenig Beachtung bekommen. Zweiter Punkt: Während sie zu viel am Rechner sitzt, schreibe ich diesen Text und kümmere mich genauso wenig um den Nachwuchs. In gewissem Sinn werfe ich ihr meine unterlassenen Tätigkeiten vor.

ANSTECKUNG III

Oft genug schimpfen wir nicht mit ihr, sondern über sie. Wir sitzen in gemütlicher Runde und kotzen uns aus. Je öfter wir das machen, um so geringer wird die Möglichkeit, dass wir sie in beschimpfter Situation anders wahrnehmen: Wir nageln sie an ein selbsterdachtets Kreuz, ohne die guten Seiten - ihre und die der Beziehung - zu sehen. So erhöhen wir die Wahrscheinlichkeit der nächsten Konfrontation, wir stecken uns quasi selbst an.
Gefahr Nummer zwei in diesem Spiel besteht darin, dass wir nur noch darüber leiden, aber nicht mit ihr darüber reden. Das macht uns zunehmend hilflos.

Diese Zusammenhänge sind schwer zu sehen, treffen aber so erstaunlich häufig zu, dass die Psychologie einen eigenen Namen dafür hat: *Projektion.* Projektionen sind voller Sprengkraft, sogar schon das Wissen um ihr Existenz ist gefährlich. Denn wer sie kennt, wirft sie gern dem anderen vor: *Das hat doch mit mir nichts zu tun, das ist doch dein Problem* ... An Eleganz ist diese Strategie kaum zu schlagen - potenzierte Projektion lässt sich kaum widerlegen. Aber eigentlich wollten wir genau das vermeiden ...

➜ KOMPLIZIERTES

Streit entsteht auch aus Verzweiflung. Selbes Beispiel: wir werden zu wenig beachtet und geliebt. Hat sich diese Überzeugung einmal in unserem Kopf breit gemacht, gehen wir in einen Vorwurfsmodus, der an Selbstkasteiung grenzt. In diesem Fall haben wir keinen offiziellen Streit, wir werden nicht laut, beschweren uns nicht einmal. Mit Hilfe einer diszipliniert-aggressiven Grundgrummelei legen wir eine dicke Schicht Vorwurf über den Alltag, unter dem die Beziehung irgendwann ersticken muss.

Denn selbst wenn sie reagiert, ist alles schon zu spät. Obwohl wir uns Aufmerksamkeit wünschen wie nichts sonst - kommt sie auf uns zu, hakt nach oder wird gar liebend aktiv, macht sie das nur, weil sie unsere Stimmung spürt und ihre Situation retten will. Vielleicht hat ihr gestern ja eine Freundin - mit der ich zufällig beim Einkaufen darüber gesprochen habe - einen Tipp gegeben. Sie fragt also nicht für uns, sondern für sich selbst. Das können wir so unmöglich durchgehen lassen. Auch wir haben unseren Stolz.

Das Leben in Form meiner Frau kann die Pest sein. Hat sie es wieder mal übertrieben, gibt mir das die Lizenz zum Schmollen. Oder nicht? Hier stellt sich ganz klar die *Schuldfrage*. Ein hässliches Wort. In seinem Dunstkreis wa-

VERLIERER

Unglücklicherweise rennen im Streit zwei Meinungen gegeneinander. Einer von beiden wird gewinnen, einer verlieren. Das ist hübsch bei Pferden, Fussball, Boxern, aber sobald wir in Beziehungen denken, verlieren beide, sobald einer verliert: Der Unterlegene ist verletzt und sucht sich einen Nebenkriegsschauplatz, auf dem der nächste Kampf ausgetragen wird. Gewinnen und Verlieren haben in einer Beziehung nichts zu suchen.
Trotzdem suchen wir keinen Kompromiss, denn dabei verlieren oft beide. Wir suchen - das zumindest empfiehlt die Vernunft - nach einer Lösung. Eine solche finden wir nur, wenn wir den anderen verstehen, seine Haltung einnehmen und uns dann fragen, ob an seiner Aussage nicht doch was dran ist. Amen.

Liebe, die in Hass umschlägt, ist oft enttäuschter Egoismus.
Titus Lenk

bern die Begriffe *Abbitte, Reparationen, Gebietsabtretungen* und die ungute Steigerung *Alleinschuld*. Wie könnten wir auf ein kleines Sorry mit einer großen Vergebung reagieren? Täten wir dieses zu häufig - wir verlören alle Autorität. Gehobenes Schmollen ist die einzig angemessene Antwort.

➔ EINGESPERRT

Im Schmollen gibt es kein freies Denken, keine Vernunft und vor allem keinen Zugang zu unseren wirklichen Gefühlen - Schmollen ist ein sehr geschützter Zustand.

Dabei wird es oft völlig unterschätzt: Während die Welt denkt, wir seien faul und erstarrt, leisten wir Unglaubliches, denn dauerhaftes Beleidigtsein erfordert viel mehr Energie, als gemeinhin bekannt. Solange eine zweite Person im Raum ist - vor allem die, wegen der wir schmollen -, dürfen wir absolut keinen Spaß haben. Schon das allerkleinste Lächeln kann die Arbeit von Tagen ruinieren und dem anderen das unberechtigte Gefühl von Hoffnung vermitteln. Überzeugendes Schmollen will gelernt sein.

Irgendwann allerdings überzeugen wir uns selbst nicht mehr und verlieren die Lust am Leid. *Liebe ich sie?* ist die Frage aus dem Schützengraben heraus, weil die einzig wirklich wichtige. Ist dem so, gibt sie mir die Energie, mich kurz neben mich zu stellen und zu untersuchen, was ich gerade mache. Statt kleine Kreise des Zorns in meinen Neuronen abzumarschieren, biege ich scharf ab und lande hoffentlich dort, wo ich eigentlich hin will: an einem geistigen Standpunkt, der eine Lösung zulässt. Oft sind es körperliche Bedürfnisse, die uns wieder in Umlaufbahn der Partnerin ziehen. Denn physikalisch gesehen entspricht Liebe der Gravitation.

Leider entwickelt sich der Ablauf *Schmollen - Aufmerksamkeit* gern zum Automatismus, sprich: Um sie wirklich zu spüren, müssen wir sie anscheißen, in die Knie zwingen und uns dann wieder von ihr erweichen lassen. Dieses Verhalten verselbstständigt sich gern und wer dergestalt manipuliert wird, erkrankt oft am Virus des Devotismus.

➔ VER-RÜCKTES

Viel häufiger und ein echtes Juwel unter den Streit- und Ärgergründen ist das der *angewandten Unvernunft*: Weil sie eine bestimmte Position einnimmt, bin ich dagegen. Quasi aus Prinzip. Der Klassiker hier ist die Kinderfrage. Möglichweise will ich ja auch Vater werden, aber da sie so starken Druck

Passion makes one think in a circle.
Oscar Wilde

macht, wird das Thema zum Stressor - mir bleibt kein Raum zur Eigeninitiative. So graben wir uns ein in Positionen, die wenig kompatibel sind.

Im kleineren Umfang geschieht dies allein durch die Bereiche, für die wir uns verantwortlich zeigen. Ich als Putzteufel bin im Haus so rührig, dass sie diese Position nicht mehr besetzen muss. Mit der Zeit denken alle Beteiligten, sie würde nie putzen, und in der Überspitzung, sie würde nur Dreck machen. Um dem entgegen zu wirken - auch sich selbst gegenüber - muss sie sich aufwerten, indem sie andere Bereiche besetzt. Fühlt sie sich danach nicht besser, wird sie mir möglicherweise Schwachstellen nachweisen - beim Putzen oder auch ganz woanders.

Eltern ziehen diese Front gern durch die Kindererziehung. Dann ist er als Vater für Autorität zuständig und sie für den Schmusekurs. Beide wissen, wie wichtig die jeweiligen Rollen sind. Und im Grunde ziehen sie an einem Strang - auch sie ist autoritär, wenn er nicht da ist, auch er schmust gern. Aber sind alle drei zusammen, ist die Verteilung klar, und das führt irgendwann dazu, dass wir uns mit unseren Rollen identifizieren. Sowohl die Rolle, als auch die Identifikation ist natürlich Quatsch. Aber erklären Sie das mal mir, wenn ich drauf bin ...

Der Mensch neigt zu digitalem Denken: *Ja/nein, richtig/falsch* - im Streit haben wir immer eine Haltung, die wir verteidigen und ausbauen. Aber die Welt funktioniert analog, sie umfasst viele Haltungen, und um sie zu verstehen, müssen wir in der Lage sein, schnell zwischen den einzelnen Sichten hin und her zu switchen. Diese Erkenntnis ist ziemlich simpel, aber groß und sauschwer in der Umsetzung.

→ LEGALES

Digitale Bewertungen verlangen Rechtfertigung: Ich habe zwar *x* getan, aber nur wegen Deines *y*. Als stünden wir vor einem Richter, argumentieren wir auf Leben und Tod und versuchen die Aussagen des Gegners zu plätten. Manchmal finden wir den Richter in der Meinung unserer Freunde. Schimpfen die uns plötzlich ein Schwein, weil wir der zarten Blume an unserer Seite das Herz gebrochen haben, denken wir daran, die Stadt zu verlassen.

STRESS UND ÄRGER

haben direkten Einfluss auf den Körper. Sie führen zu Tunnelblick, Denkblockaden, Verdauungsblockaden, Grobmotorik, Fluchtdrang, Zeitdehnung und einem angeschlagenen Immunsystem.

 Ich glaube an die Liebe, aber ich glaube nicht mehr an die Frau. Vielleicht schwebt mir ein zu hohes Ideal vor, wie allen, die tief in die Wirklichkeit eingedrungen sind.
Honoré de Balzac

Doch neben dem Umfeld ist es vor allem eine interne Instanz, mit der wir streiten: Wir argumentieren und grummeln oft schon vor und fast immer nach dem Streit in uns selbst und beschweren uns bei diesem inneren Richter - der zwar stets zuhört, sich aber nie überzeugen lässt. Überzeugt sind nur wir, nachdem wir uns eine ganze Zeit lang zugehört haben, nämlich von der Richtigkeit unseres Tuns.

Freudianisch gesehen ist dieser Gesprächspartner unser *Über-Ich*, das in seiner Grundfunktion als jedermanns penible Mutter nur bedingt unparteiisch ist - wir wollen kein schlechtes Gewissen, daher achten wir sehr darauf, dass der schwarze Peter immer an der richtigen Stelle liegt.

Auch der Sozialpsychologe weiß, dass wir uns, sobald wir uns eines kleinen eigenen Vergehens bewusst werden, in einer großen Krise befinden. Er nennt das *kognitive Dissonanz*. Der Misston ertönt, sobald wir zwischen der Beobachtung *ich habe etwas verbockt* und der Selbsteinschätzung *ich bin ein guter und gerechter* - die grundsätzlich jeder Mensch von sich hat - ins Trudeln geraten. Helfen wir beispielsweise der alten Oma nicht über die Straße, müssen wir uns selbst einen guten Grund dafür nennen. Dieser Grund besteht meist im Finden eines unsympathischen Punktes auf Seiten der Oma. Vielleicht ist sie ungepflegt oder hässlich, möglicherweise schlägt sie kleine Kinder. Indem wir unseren gesamten Logiksektor auf die alte Dame hetzen, verdammen wir sie zur Unperson und können uns so wieder reinen Gewissens in die Augen sehen. Ob Oma, Osama, Osmanien oder auch unsere eigene Liebste - mit genügend Zeit bekommen wir alles argumentiert. Und das durchaus überzeugend, denn unser Streben gilt dem Freispruch.

BÖSE

Möglicherweise haben Sie in Ihren Beziehungen des öfteren das Gefühl gehabt, dass Ihr Partner GENAU JETZT die Grenze überschritten hat, dass Sie unmöglich mit jemandem zusammen sein können, der sich in dieser Situation so unglaublich hinterhältig, fies und gemein, ja geradezu böse benimmt.
Um mit diesen Grenzübertretungen sinnvoller umzugehen, versetze man sich in des anderen Kopf. Möglichkeit 1 ist, dass er genauso von Ihnen verletzt wurde, wie Sie vermeintlich von ihm. Seine letzte Chance sucht er in einem verzweifelten Akt der Beleidigung. Diese Variante kommt öfter vor, als uns lieb sein kann.
Möglichkeit 2 ist, dass ihm die Vehemenz der Tat nicht bewusst ist. Kaum jemand sieht sich selbst als böse, und die es tun, halten sich selbst entweder für Opfer oder für intelligent und die Guten für doof. Niemand sieht sich selbst in einem ausschließlich schlechten Licht. Was die Tat relativiert. Und Fragezeichen hinter Ihr persönliches Agieren setzt. Und meines.

Wir finden drei Gründe für den Streit in der menschlichen Natur: erstens Konkurrenz, zweitens Mangel an Selbstvertrauen, drittens Sucht nach Anerkennung.
Thomas Hobbes

➜ KOMMUNIKATIVES

Unabhängig davon, wie weit und wohin wir uns intern verrannt haben, wir müssen immer noch mit dem Partner kommunizieren. Aber oft genug ist der Streit keine Kommunikation, sondern eine Kollision zweier auf Redezeit und Lautstärke bedachten Parteien. Um dem Partner unsere Position nahezubringen, greifen wir zu perfiden Techniken.

Da ist zum einen das *wie*, das uns schnell zu Tätern werden lässt: *Los, mach jetzt!* beispielsweise bietet relativ wenig Verhandlungsspielraum. Nach diesem Aufschlag hat sie nur die Chance, ein entschiedenes *Nein* auf die Rückhand zu kontern. Ab jetzt beträgt die geschätzte Spieldauer zwei Stunden.

Selbst wenn wir mit gebremstem Schaum fragen - *würdest du vielleicht mal bitte* - sind *vielleicht* und *mal* nicht wirklich schlau. Andererseits: häufig brauchen wir beide nicht einmal auszusprechen, sie schimmern durch den Tonfall. Denn sie kennt uns besser als wir uns selbst. Und: in bestimmten Situation will jeder den anderen so sehen, wie es ihm passt und Worte sind genauso wie der Tonfall sehr interpretationsfähig. Auf Dauer führen weder der überlegene, noch der genervte Standpunkt wirklich ans Ziel. Resignierte greifen zu einem ... *Du machst nie ...* - ein Akt der Verzweiflung und in sich so kraftlos, dass beide erschöpft ins Gras sinken.

Sicherer Killer einer jeden Streitkultur ist *O.k., dann lassen wir es halt!* Dieser Satz zeugt von außerordentlicher Debattierfaulheit, er nimmt jedem Beschwerdeversuch die Perspektive. Etwas stinkt, einer meldet sich, die Sache eskaliert - *O.k., dann lassen wir es halt.* Beim nächsten Mal wird das Thema

RESIGNATION

ist der Tod. In jeder Beziehung läuft irgendwann etwas massiv schief. Solange wir darüber reden, streiten und uns gegenseitig in den Wahnsinn treiben können, kommen wir nicht in den roten Bereich. Aber wenn einer das Gefühl bekommt, dass seine Meinung nicht wichtig ist, dass keiner zuhört, dass sich sowieso nichts ändert - *warum dann weiterreden?*

Beide - Resignierer und Ignorant - sollten sich über das Spiel und seine Folgen im Klaren sein: Der Ignorant geht den kurzen Weg, indem er die Diskussion nicht zulässt und den anderen so vor den Kopf stösst - vermutlich sogar ohne es zu wissen. Das Problem bleibt erhalten, weil nicht darüber gesprochen wird.

Der Resignierer zieht sich zurück, jede weitere Übertretung reduziert seine Bereitschaft, sich einzulassen. Wie ein schwarzes Loch entzieht ihm die Resignation Energie, die an anderer Stelle der Beziehung dringend gebraucht würde. Denn resignierte Menschen verzeihen allgemein weniger und verbreiten kaum noch Erotik. Die Beziehung ist angezählt, selbst wenn sie noch Jahre dauert.

Nichts ist erbärmlicher als die Resignation, die zu früh kommt.
Marie Freifrau von Ebner-Eschenbach

geschluckt und führt so zu beziehungstechnischem Schluckauf. Mit dieser Streitkultur wird die Beziehung schnell Geschichte. Dann lassen sie's halt.

Es ist nicht nur das *Wie* der Beschwerde, es ist auch das *Was*. Hier wird das System dann so komplex, dass kein vernünftiger Forscher sich freiwillig heranwagt. *Du holst nie die Brötchen ...* steht vielleicht nicht für morgendliche Faulheit, sondern bedeutet eventuell *Ich bin mir unsicher ob du mich liebst ... tu was für mich ... beweis es mir ...*

Die Zahnpastatube, die ich offen nicht ertragen kann, ist zwar auf Dauer nervig, aber die Beschwerde darüber transportiert andere Untertöne: ... *gib dir doch EINMAL Mühe ... auf dich kann man sich NICHT verlassen ... ICH muss IMMER die GANZE Arbeit machen ...*

Einmal mehr haben wir keine Ahnung. Nicht der Partner, der sich in Vorwürfen verfährt, noch ich selbst, der ich zwar jederzeit vermuten, aber damit auch völlig daneben liegen kann. Im Gegenteil - je mehr ich tiefere Gründe interpretiere, um so mehr erkenne ich meine eigene Unsicherheit. Woher wollen wir also wissen, dass das, was wir empfangen, auch das ist, was gesendet wurde? Oder ob es sich nicht nur um Nebenkriegsschauplätze handelt? Das funktioniert nur mit viel Übung. Und etwas Aufmerksamkeit.

➜ WENN ... DANN ...

Eine weitere Perle ist die bekannte *wenn/dann-Struktur*: *Wenn du nicht aufhörst, dann verlasse ich dich.* Oder gegen Ende bei der Schuldfrage: *Wenn du dich artig entschuldigst, dann will ich dir vergeben.* Wenn/dann-Strukturen steuern nicht nur jedes Computerprogramm inklusive Fernlenkraketen und Finanzamt, sondern auch sämtliche Beziehungsformen. Tatsächlich sind sie die treibende Kraft hinter allem menschlichen Zusammenleben - *tust du mir nichts, tue ich dir nichts. Wenn du die Regel nicht befolgst, dann trage die Konsequenzen. Wenn A, dann B.*

Regeln sind wichtige soziale Werkzeuge zur Vermeidung von Anarchie. Aber Liebe liebt Anarchie und wartet nur auf die nächste Spontanaktion, die sie am Leben hält. Sie braucht maximale Freiheit und Überraschungen wann immer es geht. Genügend wenn/danns aufeinandergestapelt ergeben eine ziemlich kräftige Mauer, gegen die so manche Liebe vergeblich anrennt.

Aber es gibt Gerechtigkeit: Wer wenn/dann-Waffen auffährt, ist oft auch durch diese verletzbar. Beispiel Konter: *Ist ja gut, wenn du* (zutreffendes bitte einfügen), *aber was mache ich dann?* Das ist eine grandiose Frage, denn sie lenkt nicht nur vom Thema ab, sie beschäftigt den Gegenüber auch mit meinem Problem.

Wenn ich meiner xFreundin meinen Fernseher nach dem Auszug erst mal überlassen habe und ihn jetzt wieder brauche, ist das natürlich nicht das, was sie hören will. Indem sie mich fragt, was sie dann bitte machen soll, sucht sie nach mehr Verständnis einerseits, macht ihr Problem zu meinem andererseits, führt zum dritten eine Minierpressung durch und kommuniziert als letztes eigentlich nur, dass sie meinen Fernseher nur ungern wieder rausrückt. Das allerdings ist ihr nicht klar, sie nimmt ihre eigene Argumentation durchaus ernst: ich würde ja und kann nur nicht. Menschen schaffen sich stets eigene Systeme.

→ KLÄRENDES

Im Streit kämpfen wir nicht nur mit dem Partner, wir kämpfen vor allem mit uns selbst: Um Klarheit, Überblick, Argumente und einen Rückweg. Doch der offene Geist ist das erste Opfer des Krieges. Ist absehbar, dass beide nur noch tiefer rutschen, hilft ein Ortswechsel - wer sich lautstark im Wohnzimmer streitet, mag sich in der Küche versöhnen. Wer in der Wohnung nur neue Flüche findet, mag bei einer Runde um den Block über seinen freien Willen stolpern. Das funktioniert oft, aber nicht immer.

Immer hilft nur ganz massive geistige Klarheit. Diese ist relativ einfach und doch nur sehr schwer zu bekommen: Sobald wir das Ego anleinen und uns weniger auf Angriff und Konter, als vielmehr auf das Thema also solches konzentrieren, entkommen wir allen Fallen. Er will seinen Fernseher - es ist seiner. Ich beachte sie nicht genug - was kann ich anders machen? Darauf kommen wir später genauer.

Eine Zeit lang schützen Vereinbarungen zum Umgang mit dem Streit: Beispielsweise, nie strittig ins Bett zu gehen, sondern das Thema noch heute zu klären. Das erspart einen höllischen nächsten Tag und vermeidet ein Anwachsen des Themas auf unverhältnismäßige Größe. Aber diese Vereinbarungen halten erfahrungsgemäß nur eine gewisse Zeit und schaffen gegen Ende faule Kompromisse ... *is ja gut jetzt* ... Auch werden die Verletzungen im Streit irgendwann schwerer wiegen als jeder gute Vorsatz: Selbst wenn

STRESSREAKTIONEN UND STRESSTYPEN

Die Psychologen unterscheiden zwischen *Kreativ-, Kampf-, Flucht- und Angsttypus.*

Für ein Individuum kann es keine Frage sein,
dass wenige klare Begriffe mehr wert sind als viele verworrene.
Charles S. Pierce

wir beschlossen haben, uns immer wie Menschen zu behandeln - vielleicht hat sie das an diesem Abend überhaupt nicht verdient.

➜ GUT, DASS WIR DARÜBER GESPROCHEN HABEN

Ist es nicht wundervoll, diese Klarheit in der Konfrontation? Nur einen Schritt weiter stellen wir fest: Wir brauchen keinen Streit, wir können mit ruhigem Herzen und offenem Geist unsere Dissonanzen besprechen und sie wie Erwachsene lösen - welch schöne Illusion. Denn weder ist der Mensch im Streit immer klar, noch macht diese Vernunftsarie auf Dauer Spaß. Die Beziehung wird möglicherweise langweilig und dröge, je nachdem, wie impulsiv es beide Partner gerne haben. Wie immer: jede zu große Stärke wird zur Schwäche.

Daher, bei allem Idealismus: Ein ordentlicher Streit ab und an, völlig ohne Regeln und mit einem Höchstmaß an Fiesheit, muss drin sein. Das reinigt die Luft und löst Verspannungen. Und auch hier hilft danach ein vernunftbetontes Mantra: *Ich bin nicht so empfindlich ...*

➜ AUGEN AUF UND DURCH

Standhaftes Drehen um das immer gleiche Thema führt die Beziehung in die Krise - ein worst case. Krisen sind grässlich weit verbreitet, den Finanzminister befällt sie genauso wie den Steuerzahler. Im Grunde hat jeder regelmäßig die Krise und regelmäßig erweist sie sich als überlebbar - selbst wenn alles schief geht, geht es danach doch immer weiter. Aber dieses *danach* muss erst erreicht werden.

Krisen haben etwas grässlich Ernüchterndes - sie werfen uns aus dem, was sein sollte/könnte/war in das, was ist. Und was tatsächlich ist, gefällt uns nicht: Ärger und Stress, Beleidigungen oder ganz einfach nur ein unglaublich mieses Gefühl, während der Partner nebendran nichts mitbekommt. Wir verstehen es nicht. Auf der Suche nach Erklärungen legen wir unglaubliche geistige Distanzen zurück. Wir erklimmen ganze Gebirgsketten von Problemen, die eine plötzliche Eruption in der Landschaft unserer Beziehung aufgefaltet hat. Alle geben uns neue Perspektiven auf die Krise. Keine davon ist erbaulich. Wir drehen uns im Kreis, der Kratzer in der cerebralen Platte lässt uns immer wieder über die gleiche Frage grübeln. Den Partner selbst sehen wir nur noch als mobile Manifestation der Krise - allein seine Nähe schmerzt. Verzweiflung das Hauptgefühl: *Nicht schon wieder ... ich kann nicht mehr ...* Der Energielevel ist auf null.

Den einen macht die Liebe blind,
dem anderen öffnet sie die Augen.
Wolfgang J. Reus

Krisen sind erschütternd, tief ins Fundament reichen die Risse. Das Schlimmste an der Krise ist allerdings die Unbeweglichkeit: Gekettet an die Felsen unserer Vorwürfe und Befürchtungen fressen wir unsere Leber täglich neu. Wir kleben fest und es hilft nur eines: Aktion.

Krisen sind laut oder leise, aber immer lebensbedrohlich. Dabei stecken sie voller Möglichkeiten: Die offensichtliche ist vielleicht, dass die Beziehung nicht überlebt und auch niemals dazu gedacht war. Aber das kann Faulheit sein. Die nächste liegt im Einblick ins eigene Seelenleben, bis auf den Grund. Am Beispiel *Sie kümmert sich nicht*: *Was macht mich so bedürftig? Kenne ich diese Szene aus anderen Beziehungen - und muss ich dann etwas in meinem Leben ändern?* Fragen wie diese sind extrem aufschlussreich und in der Krise bekommen wir Selbsterfahrung in Überdosis gratis. Dann ist da noch der Punkt, dass Beziehungen durch Gegenwind stärker werden. Üblicherweise kommt der von außen, aber manchmal eben auch von innen.

Die größte der möglichen Fragen ist natürlich die nach dem richtigen Partner - ist sie es, ja oder nein. Ohne ein wirkliches JA! brauchen wir uns nicht zu bewegen, der Energieaufwand saugt uns aus. Eine Teildefinition von Krise beinhaltet allerdings, dass wir uns genau dieses Ja oder Nein nicht sicher sein können - ein Ja kann für Abhängigkeiten stehen und das Nein ist der systemimmanente Zustand einer Krise.

Aber wenn wir das Drama schon eine ganze Zeit ertragen, muss etwas mehr hinter der Beziehung stecken. Andernfalls wären wir schon fort. Offensichtlich findet unser Unbewusstes mindestens einen lohnenswerten Punkt und die nächste Frage lautet, warum wir uns diesen Stress überhaupt antun. Das ist die Frage für den Einblick, die Frage für die Beendigung der Lähmung lautet, *ob* wir uns den Stress wirklich antun wollen. Die Antwort ist meistens Nein, und ein ausreichend großes Nein sorgt für Bewegung.

NEURONALE VORHERSAGEMASCHINEN

Unser Gehirn hat evolutionär vor allem deshalb so lange durchgehalten, weil es die Zukunft mit hoher Treffsicherheit vorwegnimmt. Dieser Segen wird im Streit zum Fluch, denn manche Themen haben wir schon zu oft durchgekaut und wenn Sie jetzt wieder damit anfängt, *wissen* wir genau, wo der Abend endet. Schlagartig geht uns die Energie aus, was auch neuronal zu begründen ist: Bekanntes ist langweilig.
Aber auch das weiss die Gehirnforschung: Geht die Geschichte völlig überraschend und angenehm weiter - entschuldigt sie sich plötzlich - überschwemmt uns das Gehirn mit einer Dopaminwoge, die nicht nur angenehm ist, sondern auch zu einem sofortigem Lernprozess führt. Das gleiche passiert ihr, wenn wir uns plötzlich entschuldigen.

Crisis?
What Crisis?
Supertramp

Durch die Weigerung, diesen unsäglichen Zustand auch nur eine Sekunde länger zu ertragen, öffnen wir neue Türen im Geist. Die folgende Beendigung muss nicht unbedingt die der Beziehung sein - sobald einer mit reden anfängt, zieht der andere meist mit. Aber zum Lernprozess gehört, dass wir das Ungemütliche in der Beziehung zulassen und uns den Fragen stellen.

Gegendarstellung: Wir müssen uns nicht jeder vermeintlichen Herausforderung stellen, Krisentauglichkeit kann auch zur Manie werden und nicht jedes Problem lohnt sich wirklich.

Gegendarstellung: Indem wir uns der Krise stellen, indem wir keine Angst davor haben, alles bisher Erreichte in Frage zu stellen, kommen wir nicht nur uns selbst erstaunlich viel näher - wir lernen auch, dass wackelige Situationen nicht unbedingt kippen müssen.

→ FAZIT

In der Einsamkeit des Singledaseins erscheinen uns sogar Ärger, Streit und Krise als ungeheuer attraktiv. Wir wissen, dass sie zu einer lebendigen Beziehung gehören und sind überzeugt, dass wir mit dem richtigen Partner auch das meistern werden. Und wir träumen von der Versöhnung. Haben wir dann eine Beziehung, ist alles so erschreckend real ...

Dabei stecken eben diese Situationen voller Möglichkeiten. So wachsen uns oft unglaubliche Kräfte zu, wenn wir mit dem Rücken an der Wand: Beispielsweise der Wille, an der Situation zu wachsen, nicht mehr davonzulaufen und vielleicht auch eine Beziehung zu beenden, die schon viel zu lange existiert hat. Oder auch, über den Schatten zu springen und die eigene Meinung zu hinterfragen. Der größte Teil einer Krise findet im Kopf statt. Sobald wir das einmal akzeptiert haben, können wir uns auf die Hinterfüße stellen.

Der Zen-Buddhismus würde auf die Parallele zum Koan verweisen, die Chaostheorie würde dissipative Strukturen erwähnen. Beide meinen dieses: Wann immer wir am Rad drehen und völlig überlastet sind, wenn die Welt nur noch aus Sackgassen und Problembergen besteht, können wir auf eine höhere Ebene der Erkenntnis kommen. Für die Beziehung heißt das, dass sich ein Problem erledigt. Für uns selbst heißt das, dass wir mit mehr Überblick die Beziehung weiterführen oder in der nächsten navigieren können. In jedem Fall haben wir etwas gelernt.

Allerdings muss dieser Effekt mit jeder neuen Krise von neuem entdeckt werden, wir brauchen immer einen neuen Anlauf, müssen uns jedes mal neu ausrichten. Und das ist schlichtweg gemein.

Krise kann ein produktiver Zustand sein.
Man muß ihr nur den Beigeschmack der Katastrophe nehmen.
Max Frisch

HERZVERSAGEN

Eines Morgens blickt die Beziehung in den Spiegel und entdeckt Falten. Kurz darauf erscheinen die ersten grauen Haare, sie beginnt zu lahmen und am Horizont droht der Zerfall. Unbehagliches Schweigen entsteht, durchaus auch nur einseitig: Wir reden über Banales, um die Zeit zu füllen und empfinden eine unangenehme Erleichterung, sobald wir wieder allein sind, unsere Ruhe haben. Bei ernsthaft bedrohten Beziehungen entsteht manchmal eine schräge Art von Ekel. Kleinigkeiten werden übermächtig, haben sie uns doch schon lange gestört. Irgendwann werden wir gar elitär: Sie hat keinen angemessenen Humor, ihre Ideen und Spleens sind zu klein für unsere große Welt. Allein schon die Ausführlichkeit dieser Gedanken ist ein untrügliches Zeichen für das Damoklesschwert der Trennung.

Wie immer finden die ersten Krisengespräche im Kopf statt. Diesmal sind sie voller hinterhältiger Vorwürfe: Sie steht ahnungslos unter der Dusche und der künftige Verlasser bemerkt nur die zunehmende Unförmigkeit des Gesäßes. *Warum macht sie keinen Sport?* funkt der Störsender im Kopf. Kurz darauf erwischen wir uns bei abschätzigen Kommentaren: *Mein Gott, was für ein Quatsch ... hat sie nichts Relevantes zu sagen? ... und dieses unerträgliche Lachen ...*

Natürlich hatten wir schon vorher ähnliche Gedanken - und die Selbsterkenntnis war immer irgendwie beschämend. Aber jetzt beobachten wir entsetzt, wie wir den Partner systematisch niedermachen und schon bewusst am Ast der Beziehung sägen. Einen Schritt weiter erklären wir uns, warum wir sie verlassen sollten und dass es auf dem Markt der Verlorenen doch bestimmt die eine Traumfrau für uns geben muss. Entsprechende Kandidatinnen werden bereits mit Leuchtstift markiert.

Wohlgemerkt: Wir sprechen hier nicht von den kleinen Krisen - ab jetzt wird es ernst. Wenn wir jetzt nicht gegensteuern, ist die Beziehung nicht mehr zu retten - sie stirbt am Nichtstun.

Every day I crucify myself / Nothing I do is good enough for you
Crucify myself / Every day I crucify myself / And my heart is sick of being in chains
Tori Amos

Der Tod kann durchaus schleichend eintreten: Zwischen Wissen und Umsetzung können Tage oder Jahre vergehen, das Fallbeil folgt einer sehr persönlichen Schwerkraft. Dieser Zustand zwischen Hängen und Würgen, ohne Gemeinsamkeit aber voller Fluchtgedanken, ist möglicherweise das Schlimmste, was einer Beziehung widerfahren kann. Sie ist renovierungs- oder abrissbedürftig, anderfalls wird sie zu einem Geisterhaus. Fassungslos stehen wir vor besagtem Spiegel und können uns nicht erklären, wie und warum uns diese Liebe abhanden kam - wie ein Stock oder Schuh.

→ GRÜNDE

Natürlich gibt es Gründe. Und ihre Zahl ist Legion. Er ist autoritär. Sie hysterisch. Er zu wild. Sie zu häuslich. Er erfolglos. Sie dick. Ein Ungleichgewicht bei Zeit, Geld oder Energie. Dazu kommen all die kleinen Verletzungen aus der Vergangenheit, mit denen wir uns damals abgefunden haben. In der Rückschau gewinnen sie an Gewicht, frühe Auguren der Inkompatibilität - *wir hätten es besser wissen müssen.*

Die Summe unserer nahezu chirurgischen Trennungslogik ist so vertrauenswürdig wie eine Statistik der Pharmaindustrie. Aber inzwischen stehen die Argumente in Gefechtsformation am Himmel, bereit, auf die Beziehung herabzustoßen und das letzte bißchen Liebe aus ihr heraus zu bomben.

Hinter den Gründen stecken oft ganz andere: Gewohnheit - mit ihrem Partner Langeweile, wofür wir immer zu jung sind - und Resignation. Im letzten Fall haben wir vielleicht zu viel diskutiert, zuviele Grenzen übertreten, zu hohe Erwartungen gehabt. Und dabei ging uns die Kraft aus. Wir wollen weder weiter streiten, noch sonst irgendwie Energie in die Beziehung stecken. Wir wissen einfach, dass wir nicht zusammenpassen und wollen sie - die Frau, die Beziehung, die Phase - deshalb schnellstmöglich hinter uns bringen.

Das ändert die Kommunikation und Grundhaltung in der Beziehung. Eine auf Verderb ausgerichtete Wahrnehmung registriert nur noch Übertretungen, hört nur noch Provokationen. Der aufmerksame Geist mag vielleicht erkennen, dass das halbleere Glas im eigenen Kopf steht. Wahrscheinlicher jedoch ist die Überzeugung, dass die Beziehung am anderen und dessen Art scheitern kann, wird und muss.

Immerhin, das Ende kann durchaus befreiend sein, manchmal ist die Zeit einer Beziehung auch einfach vorüber. Oft aber sind es verletzter Stolz oder Gewohnheit, die Sand in die feinen Federwerke der Gemeinsamkeit streuen. Die Beziehung ruckelt und stockt, die Abstände zwischen echten Begegnungen werden größer. Irgendwann ist es vorbei. Wieder mal.

Er leidet an einseitiger Liebe.
Wilhelm Busch

➜ SCHATTENBOXEN

Hochkomplex sind die Kapriolen, die der Mensch zur Beendigung einer Beziehung schlägt. Teilweise legt er unbewusste Beziehungsminen, die mit etwas Geduld jede Beziehung effektiv zerstören. In diesem Fall spielt eine pathologische Psychologie nicht auf Zukunft und Erweiterung, sondern auf Selbstbestrafung und Vergangenheit. Erstaunlich viele Menschen können sich auf Dauer kein Glück erlauben - wir hatten das im Bereich der Ko-Abhängigkeit. Indem sie schlagen, stechen und hauen, versuchen sie alte Muster zu verteidigen, denen der aktuelle Partner nicht entspricht. Vielleicht kommt er zu nah, vielleicht werden Verletzungen wahrscheinlicher, vielleicht ist er grundlos zu liebevoll und freundlich ... Aus welchen Gründen auch immer, die resultierenden Aktionen haben alle das Ziel, den Partner zu vertreiben.

Hier handelt es sich um eine klassische Fehlbesetzung, und wer das Pech eines solchen Partners hat, kann einfach nicht glauben, was passiert. Hier mag man sich heroisch in Rettungsaktionen ergehen. Oder ganz befreit trennen. Womit der andere sein Ziel dann auch erreicht hat: Er hat sich die Rechtmäßigkeit seiner eigenen Überzeugung bewiesen. Und leidet wie ein Schwein.

➜ OPFERNUMMERALTERNATIVE?

Die Frage, die sich dem Verlasser in einem letzten Aufbäumen stellt, ist diese: Wiegt der Schmerz des anderen mehr als die eigene Aufrichtigkeit? Ist der Verlassene irgendwann froh über dieses Übermaß an Ehrlichkeit, oder wäre er lieber weiter Teil einer Fassadenbeziehung?

Natürlich kann der Verlasser bleiben und sich opfern auf dem Altar der Rücksichtnahme. Besonders in einer Beziehung mit Kindern ist die Versuchung groß und der Grund kein schlechter - so manches lässt sich ertragen für ein höheres Ziel. Die Entscheidung mag als ehrenhafter Altruismus daherkommen, oder als plumpe Resignation. Sie kann auf ein simples Leben hinauslaufen, in dem der andere weiter das Geld nach Hause bringt/die Wäsche wäscht und der eine seine Träume in die Vitrine stellt. Man lege sich vielleicht eine Affäre zu und wiege den Partner in Liebesbekundungen. Das Leben kann so einfach sein.

Diese Entscheidung schlägt oft zurück: Ohne Fluchtpunkt verlaufen Sonntagmorgende äußerst griesgrämig, Urlaube werden übel, Abende endlos. Wer nicht völlig klar mit sich und seiner Opferentscheidung ist, verwandelt sein Leben in erbärmliches Dauergemecker. Nach zehn Jahren wird der Blick in den Spiegel unerträglich. Mehr noch, wer nicht völlig klar in seiner Entschei-

Wo man nicht mehr lieben kann, da soll man vorübergehen.
Friedrich Nietzsche

dung ist, strahlt Unsicherheit aus und vergiftet das Leben der gesamten Familie. Denn das ist die nächste Frage: Sollen Kinder mit einer Lüge groß werden, die sie garantiert irgendwie spüren?

Selbstbetrug ist nur begrenzt zu ertragen und führt zu psychosomatischen Flatulenzen. Frech geschätzt entstehen gut 50% aller psychosomatischen Krankheiten aus Unehrlichkeit sich selbst gegenüber. Und in einem anderen Buch habe ich die These vertreten, dass keine Krankheit ohne Mitwirkung des Geistes in den Körper kommt. Wollen Sie dieses Risiko eingehen?

Wer also bleibt, sollte auf lange Sicht sein Herz wieder zur Kooperation überreden. Ihm folgt weiter die Versuchung des Verlassens, das Fundament des Bleibens muss daher mit geistigem Stahlbeton gegossen werden. Dann passiert möglicherweise das Wunder, und die Auswanderungspläne erweisen sich als gut getarnte Midlifecrisis - eine elegante Lösung und nicht unwahrscheinlich. Denn in der Phase vor dem Ende haben wir natürlich nur Augen für die Cons: Der Partner macht dieses zuviel und jenes zu wenig. Indem wir uns bewusst entscheiden, zu bleiben, werden wir im eigenen Interesse wieder auf die Pros achten müssen. Liebe ist eine Entscheidung. Für.

→ DIE ANDERE SEITE

Sollte in dem argumentativen Hin und Her das Pendel doch auf die Beziehung knallen, folgt die nächste Komplikation: Dummerweise befällt die finale Erkenntnis nicht beide parallel. Der eine Partner taumelt blind durch eine Welt voller Zukunft, während der andere nächtens mit seinem Gewissen/ seiner Unlust/seiner Zukunftsplanung ringt und keine Ahnung hat, wie und was er tun soll. Er weiß nur, dass es so nicht weitergehen kann.

Die Versuchung ist groß, sich an dieser Stelle einfach in ein völlig liebensunwertes Monster zu verwandeln und den Partner durch emotionale Präventivschläge nachgerade zum Gehen zu zwingen. Die Erfahrung zeigt allerdings, dass das nicht funktioniert. Partner gehen nie, wenn sie sollen. Das Ergebnis ist ein Teufelskreis: Einer wird immer furchtsamer und kriecht, während der andere sein Verhalten in die Eskalation treiben muss, um die Botschaft mit größeren Ausrufezeichen zu versehen. Beide verzweifeln. Aber keiner hat das verdient.

Schauen wir der Tatsache ins Gesicht: Es ist gemein, wenn wir dem Partner Liebe vorspielen. Oder nur noch aus Mitleid bei ihm bleiben. Auch hat er unsere Unsicherheit nicht verdient, die ungerechtfertigten Anschisse und die üble Laune. Wir sind nicht der, den er braucht. Er braucht Liebe und Zukunft als ernstgemeinte Angebote. Nach Möglichkeit Mr/Mrs Right. Dass wir das nicht mehr sind, wissen wir selbst am besten. Also hauen wir ab und geben ihm eine neue Chance. Das ist fair. Und er wird uns dafür hassen.

Denn das ist leicht und theoretisch dahergesagt und nur eine Seite der Wahrheit. Natürlich hätte er uns lieber bei sich. Und wenn wir es auch nur einen weiteren Tag versuchten, nur noch eine Nacht blieben, ihm nur eine einzige Chance gäben ...

Der Verlassene wird es nie verstehen. Möglicherweise wird er ewig trauern und nicht loslassen können. Oder ein Leben lang stinkig sein und alle weitere Kommunikation, wenn überhaupt, nur noch per Anwalt laufen lassen. Meistens allerdings wird er eine neue Liebe finden. Und damit hat sich der Trennungsschmerz auch fast schon legitimiert. Gedanken wie diese sind speziell für potenzielle Verlasser gedacht, denn dieser Job wird allgemein unterbewertet:

→ ARSCHLOCHKARTE

Wer einmal den Sinn in der Beziehung verloren und sich zur Trennung entschlossen hat, steht vor trüben Aussichten. Er weiß, dass er sich für den Partner und schätzungsweise 50% des Bekanntenkreises in Kürze in ein Megaarschloch verwandeln wird. Es gibt nichts, was er dagegen tun kann. Und es geht ihm dreckig.

Der Verlasser diskutiert mit sich selbst, träumt von der Trennung in gegenseitigem Einvernehmen. Ein wundervolles Konzept, das ich bisher nur noch nie in der Praxis erleben durfte. Irgendwer leidet immer - eher auch beide. Diese Erkenntnis kommt langsam und schmerzvoll. Es bleibt nur ein sauberer Schnitt. Fünf Minuten, wie sie schwerer kaum sein können.

BEDAUERN

Es gibt vieles, was wir bedauern können. Eine entgangene Chance, ein verpasster Zeitpunkt. Doch beides gibt es nicht. Bei echten Chancen und richtigen Zeitpunkten stimmt alles. Besonders unsere innere Bereitschaft. Daher bedeuten Bereuen und Bedauern in den meisten Fällen nur verbrannte Energie: Wir verlieren uns in vergangenen Konjunktiven und vergessen dabei die Gegenwart.

Natürlich ist jeder Keller voller Leichen, haben wir uns nicht nur mit Ruhm bekleckert. Aber die Frage ist nicht, was wir damals anders hätten machen können, sondern was wir bis heute daraus gelernt haben.

Natürlich dürfen wir uns jederzeit entschuldigen oder auch aktiv büßen. Aber Bedauern bedeutet meistens, sich in ein geistiges Gefängnis zu sperren und das Leben zu bejammern. Und das Leben kann's wirklich nicht mehr hören ...

... Sie stirbt an Krankheiten und Wunden, sie stirbt an Müdigkeit.
Sie siecht dahin, sie wird gebrechlich, aber sie stirbt nie einen natürlichen Tod ...

Natürlich kann er sagen: *Das war's - und tschüss!* Und genau diese Botschaft wird beim Verlassenen ankommen, egal wie viel Mühe sich der Verlasser gibt. Doch wenn er kein unsensibles Verräterschwein ist, hat er sich die Entscheidung nicht leicht gemacht. Denn er weiß genau, welche Arien ihm bevorstehen, immerhin beruhen sämtliche Gegenargumente auf einer gehörigen Portion Egoismus: Das gemeinsam erbaute Nest wird über Nacht gesprengt, die meisten Faktoren des bisherigen Lebens werden gekippt. Neue Freunde, neue Wohnung, neue Möbel. Geldstreitigkeiten.

Die einzige Frage für den letzten ehrlichen Test ist natürlich diese: Liebe ich sie noch? Gibt es noch einen Funken von Restliebe, auch nur den Hauch einer Chance, ist der Verlasser eigentlich der Beziehung soweit verpflichtet, dass er das Verlassen unterlässt und sich erstmal um die Beziehung als solche kümmert. Eigentlich ...

Aber wer lange Nächte mit sich selbst diskutiert hat und feststellen musste, dass ein Versuch an der eigenen Überzeugung scheitert, muss gehen.

→ SCHMERZEN

Nehmen Sie ein Mikro und befragen Sie das Volk: Sie finden kein narbenfreies Herz im Umkreis von 20 Meilen. Wie wohl durchdacht eine amouröse Biografie sich auch entwickelt - bei maximaler Vermeidung von Herzschmerz und immer schnellem Absprung - Leid trifft immer beide. Auch für den Verlasser ist das Ende nur selten ausschließlich mit Freiheit verbunden. Speziell nach großen Beziehungen leidet auch er, irgendwann in einer ansonsten harmlosen Sommernacht erwacht der Schmerz plötzlich und unerwartet, schwingt das Messer und stößt es tief ins einsame Herz. Wer sich auf Liebe einlässt, den wird sie zerfetzen.

Die banalste Form des Schmerzes ist die Leere: Wir haben verlassen, oder ein schon beinahe ungeliebter Partner hat sein Bündel geschnürt und ist scharf rechts abgebogen. Plötzlich liegen wir allein im Bett. Wir treffen Freunde und langweilen uns. Flirten ist unmöglich, Sex sowieso - wir sind schlicht zu dumpf. Hinterhältigerweise wissen wir nur selten, warum wir so entsetzlich leiden. Der Diamant unserer Beziehung, lang schon war er stumpf geworden. Auf eine merkwürdige Art fühlen wir uns frei, aber diese Freiheit ist eine des Denkens, sie findet in unserem Kopf statt, wird kurzfristig gefeiert aber verläuft sich doch wieder in der Leere des Herzens. Gepriesen sei da jede Form der Arbeit, je stressiger, desto besser. Jetzt nur nicht zu viel denken müssen. Wir vergraben uns, bis uns das Leben wiederfindet.

... Jeder Liebende könnte des Mordes an seiner eigenen Liebe bezichtigt werden.
Anäis Nin

In anderen Fällen fühlen wir uns vielleicht unverhältnismäßig hart getroffen. Wir blasen das Ereignis auf, werfen uns voller Begeisterung ins Elend und leiden einen Elefant, während uns eine Mücke verließ. Das ist uns irgendwie klar, aber wir hängen so tief in den Seilen, dass auf den ersten Blick kein Ausweg zu finden ist. Hier gibt es verdeckte Aspekte, die bei direktem Blick in die Seele ganz anders daherkommen. *Haben wir sie doch mehr geliebt?* ist relativ offensichtlich. Das mag durchaus zutreffen, wenn es auch nicht für unsere Intelligenz spricht.

Dahinter kann aber auch anderes stehen: Vielleicht können wir nicht allein sein. Zurückgeworfen auf uns selbst langweilen wir uns, öden uns an. Haben wir unseren Partner vielleicht nur, um uns von uns selbst abzulenken? Eine Frage, die nur dosiert zu ertragen ist. Und doch gehört sie zum fast schon normalen Repertoire der Trauerphase, in dem neben dem stillen Leid auch überraschend Krampfartiges, Lautstarkes zu überstehen ist. Von hier aus ist der Weg zur Wut nur kurz und Wut ist ein Helfer in der Not. Dazwischen liegt eine ausgefeilte Palette unterschiedlichster Schmerzen, die wir genauer kennenlernen, als uns lieb ist.

Ein echtes Sahnehäubchen des selbstzerquälenden Denkens rührt an die Fehler, die wir in der Beziehung gemacht haben; wir konzentrieren uns auf dämliche Sätze und unterlassene Liebesdienste. Das ist ein guter Zeitpunkt, um sich das Selbstbild schnell und nachhaltig zu versauen: *Was bin ich doch für ein Kotzbrocken ... an ihrer Stelle wäre ich auch gegangen ... wie können es andere Menschen überhaupt mit mir aushalten ...*

LIEBESKUMMER

Es gibt viele Krankheiten, aber wenige sind so hinterhältig wie der Liebeskummer. Jeder Handgriff ist zu viel, der ganze Körper schmerzt, Essen ist unerträglich. Bei Jugendlichen und jungen Erwachsenen ist Liebeskummer der Hauptgrund für Selbstmord, für manchen Überlebenden der Einstieg in den Alkoholismus. Frauen sind stärker gefährdet, aber wer wen verlassen hat, scheint kaum einen Unterschied zu machen.
Die Soziologin *Ina Grau* schließt von frühen Erfahrungen auf den heutigen Umgang mit Liebeskummer: Wer als Kind sicher gebunden war, erlebte die engsten Bezugspersonen als verlässlich. Mit diesem Vertrauen im Rücken reagieren die Betroffenen weniger mit Depression, sondern suchen vielmehr Hilfe bei anderen. Ängstliche dagegen fühlen sich wertlos, der Schritt in die Depression ist naheliegend. Professionelle Vermeider haben sich schon damit abgefunden, dass Beziehungen irgendwann enden. Sie ziehen sich weniger zurück und suchen auch weniger Hilfe, denn ihre Beziehungen sind in sich distanzierter und der Schmerz daher nicht so groß.
Es gibt diverse Stimmen, die die Anerkennung von Liebeskummer als Gemütskrankheit und damit Grund für ein ärztliches Attest fordern.

The chemicals between us / The walls that lie between us / Lying in this bed
The chemicals displaced / There is no lonelier place / Than lying in this bed
Bush

Diese Gedanken sind naheliegend, haben aber nur selten Bezug zur Realität. Es sind Selbstgespräche eines einsamen und genervten Geistes, die nur durch das Echo des häufigen Denkens diese Lautstärke erreichen können. Niemandem ist damit gedient, wenn wir jetzt den letzten Rest unseres Selbstbewusstseins an die Wand fahren.

→ TOD

Der Verlust eines geliebten Wesens führt zwangsläufig in eine Phase der Trauer - auch wenn das Wesen eine ausgelaugte Beziehung ist. Trauer jedoch ist ein merkwürdig Ding - sie lässt uns Dinge tun und sagen, die in jedem anderen Zustand unpassend und peinlich sind. Wer trauert, wird mit einem Mal mit den abstrusesten Emotionen konfrontiert.

Viel Zeit verbringen wir mit Erklärungen und Analysen. So denken wir manchmal in Machtstrukturen, verdoppeln unseren Schmerz, weil wir denken, sie hätte gewonnen. Und wir verloren. Oder uns packt nach anfänglich auffälliger Klarheit die kalte Wut, weil wir erkennen, dass der andere einfach nur zu faul und feige war, den nächsten Schritt zu gehen. Dies sind natürliche Übersprungsargumentationen und sie sagen nur eins: Wir sind zu lange um ein Thema gekreist und beginnen geistig zu eiern. Andererseits sind sie völlig normal.

Die Leere nach dem Ende der Beziehung - besonders, wenn wir sie nicht gehen lassen wollen - ist ein kleiner Tod. Sie relativiert gleichzeitig andere Alltagsprobleme und kann uns in eine fast schon beneidenswert unabhängige Fuck-you-all-Position bringen, die den Restalltag verblassen lässt. Lass mich in Ruhe, ich wurde verlassen. Elend ist auch ein Freibrief.

Aber was heißt hier Elend: Die Hälfte unserer Identität ist weggebrochen. Gerade waren wir noch ein Wir, jetzt bin ich nur ein einsames Ich. Unbeeindruckt von dieser Katastrophe geht das Leben weiter, obwohl es keinen wirklichen Grund dazu hat. Es ist nicht wichtig, ob wir leben oder sterben, Trost ist nur ein fernes Wort mit o. Natürlich - so bequatschen uns die Freunde - müssten wir loslassen und uns freimachen. Vielleicht wissen wir sogar, dass wir uns im Marsch durch die Trauer frei für eine bessere Zukunft machen. Bessere Zukunft - ha ha. Wir wollen nicht loslassen, wir wollen auch keine Zukunft und am allerwenigsten brauchen wir diese nächtlichen Fantasien von ihr und ihrem Neuen in Aktion.

Es ist zum Kotzen.

Tonight I feel so weak, but all in love is fair / I turn the other cheek
And I feel the slap and the sting of the foul night air
And I know you're only human / And I haven't got talking room ...

→ FAZIT

Es gibt kein Fazit nach einer Beziehung. Auch wenn die Beziehung übel endet und die Enttäuschung groß ist - die Zeit war es in den allermeisten Fällen wert. Fest steht, sie ist zu Ende. Wir wussten das wahrscheinlich vorher. Wir hätten es nur nie gedacht.

Alle Arten von Gejammer und Schmerz und Wut sind zulässig, solange der Sachschaden nicht zu hoch ist und kein lebendes Wesen verletzt wird. Denn auch das ist wahr: Wir spüren neben aller Verzweiflung phasenweise auch eine ungeheure Lebendigkeit - eine Freude, so tiefes Leid überhaupt empfinden zu können.

Selten verbringen wir so viel Zeit mit uns, wie nach dem Ende einer Beziehung. Wir sitzen allein in Cafés, liegen rücklings auf dem Bett und starren Löcher in die Decke. Wir haben jede Menge Zeit zu denken, denn die Zeit ist fünf mal so lang wie normal. Bei aller Denkerei und Erkenntnis sollte durchlittene Seelenpein nicht in grundsätzlichen Lebensentscheidungen münden, denn vor dem Hintergrund starker Emotionen getroffene Beschlüsse wirken nachhaltiger als jeder Neujahrsvorsatz. Auch wenn die X sich als Aas herausstellt, wer jetzt Frieden schließt - wenn schon nicht mit ihr, dann doch wenigstens mit der Beziehung und der investierten Zeit - erspart sich Vorbehalte im nächsten Lebensabschnitt. Vor *Ich werde nie mehr*s wird gewarnt.

Zur weiteren Bewältigung empfiehlt sich Sport. Er macht das Elend zwar nur bedingt erträglicher, reduziert aber Kummerspeck. Und wenn Sie plötzlich doppelt so lange laufen können wie noch vor Monatsfrist, steigt auch das Selbstbewusstsein. Zudem: Die nächste Liebe kommt sowieso, Sie brauchen also Kondition.

Meditieren Sie. Oder machen Sie sonst etwas Schlaues für den Geist. Konzentrieren Sie sich auf sich selbst, lernen Sie sich in der Krise kennen. Wenn Sie das Buch jetzt an die Wand klatschen wollen, lesen Sie diese Seite in einer Woche wieder - irgendwann werden Sie merken, dass Sie nicht mehr verzweifelt gelähmt sind, sondern zornig aktiv werden.

Wichtigster Punkt: Niemand leidet umsonst. Indem wir trauern wie wir es tun, ehren wir auch die Tiefe der Beziehung. Das hat sie tatsächlich verdient und ein Teil in uns weiß das auch.

Am Schluss ein Appell an das Umfeld: Wenn Beziehungen auseinandergehen, herrscht auch Krieg unter Freunden. Wenn Sie mit *ihm* befreundet sind, wird *ihr* Verhalten Sie garantiert schon aus purer Sympathie entsetzen.

 ... But tonight while I'm making excuses / Some other woman is making love to you
Melissa Etherigde

Doch niemand *muss* sich entscheiden, wenn er beide gerne mag - Loyalität ist zwar gewünscht, kann aber nicht verlangt werden. Natürlich können und sollen Sie immer noch heftig mitleiden und -schimpfen - sowohl beim Verlassenen wie auch beim Verlasser. Denn wer sich wie ein Trottel benommen hat, muss sich das auch anhören. Aber das braucht den Freundeskreis nicht in zwei Lager zu spalten.

FAZIT PSYCHOKRAM

1. Alles ist ganz anders: Bei genauerer Betrachtung unserer Einstellung ist das Gegenteil oft mindestens genauso wahr. Im Ernst - Sie glauben doch nicht wirklich, dass Sie Ihre xFreundin hassen? Sie lieben sie, warum sonst sollten Sie so viel Energie verschwenden? Wir sind nur zu verletzt/ aufgebracht/stinkig, um einen Gedanken jenseits des Tellerrandes zuzulassen, und vielleicht haben wir recht. Das Dumme ist: Viele unserer Probleme beruhen auf dem Magnetismus des Gegenteils. Wenn wir nur mit einem Auge sehen, sind wir faktisch blind.

2. Alles dreht sich nur um uns. Selbst wenn wir noch so altruistisch handeln, tief in uns drin feilen wir am Gefühl, gute Menschen zu sein. Wenn wir selbstlos dem Penner Geld geben oder uns selbstlos die Probleme unserer Freunde anhören oder selbstlos den Witwen und Waisen helfen, geht es immer auch um das eigene Selbstwertgefühl. Ganz besonders gilt dies in unseren Beziehungen. Wir rechtfertigen und argumentieren stets mit einem Ziel: Vor uns selbst gut da zu stehen. Dass wir dabei den anderen oft unrechtmäßig mit Vorwürfen überhäufen, ist ein oft unterschlagenes Nebenprodukt.

3. Wir können nichts ändern. Selbst wenn wir uns 1000fach beim Leben beschweren - wir können nur uns und unsere Einstellung ändern, nie aber den Partner. Das ist doof, denn es bedeutet Arbeit. Aber es ist gut, denn wir haben für jedes Problem nur einen Ansprechpartner, auf den wir uns meistens verlassen können - uns selbst. Und darum geht es jetzt:

 Man braucht einen Finger, um auf den Mond zu zeigen. Aber ist der einmal erkannt, müssen wir uns diese Mühe nicht mehr machen.
Zen-Weisheit

... wir können nichts ändern, selbst wenn wir uns 1000fach beim Leben beschweren. Aber wir können auf dem Laufenden bleiben. Updates für dieses Buch finden - wissenschaftlich und praktisch. Unsere eigenen Geschichten erzählen. Über wüste Witze lachen. All das und mehr auf der Website zum Buch:

www.wenndieliebekopfsteht.de

TEIL 2 - I WANT MORE

Bisher haben wir die Vergangenheit nach Wurzeln üblen Verhaltens durchwühlt - warum wir nicht können, wie wir wollen. Das ist natürlich Quatsch, denn was interessieren uns die Vergangenheit, wir wollen eine Perspektive, frei von altem Psychogerümpel. Wozu haben wir denn einen Verstand? Doch egal, wie vernünftig wir mit uns und unserem Partner umgehen, wie aufgeschlossen und liebevoll wir denken mögen - Beziehungen sind gefährdet, sinnlos und unmöglich, auf Dauer gibt es einfach zu viele Fehlerfallen.

Wer den Verstand benutzt, um Fehler zu vermeiden und die Beziehung auf sicherer Spur zu halten, benutzt das falsche Werkzeug: der Verstand bringt wenig, denn jedes *richtig* kann morgen *falsch* sein. Die Gesetzmäßigkeiten einer Beziehung sind andere, vergleichbar eher denen der Quantenphysik. Sprunghaft. Nicht linear. Wahrscheinlichkeitsbetont. Das führt den Verstand zwangsläufig in die Krise.

Diese Krise schafft einen interessanten Automatismus: Da die geistigen Werkzeuge zur Bewältigung der Situation nicht ausreichen, rutscht der Mensch auf die mentale Stufe, auf der er sich zuletzt sicher gefühlt hat. Deshalb verhalten sich verängstigte Kleinkinder wie Babies und verletzte Teenager wie Kinder. Und deshalb verhalten wir uns in extremen Fällen wie die letzten Idioten.

Da der Verstand allein kein verlässlicher Gefährte ist, geht es in diesem Kapitel nicht um verstandesmäßige Standpunkte, sondern um geistige Anbaumöglichkeiten. Der Geist ist ein ätherisches Geschöpf, mehr von Gefühlen als von rationalen Gedanken gefüttert. Er verfügt über gute Drähte zum Unbewussten und zur Seele, und oft stehen sich Verstand und Geist so polar gegenüber wie Kontrolle und Vertrauen.

Zum Beispiel Vertrauen in den Prozess: Wenn wir uns heute streiten, muss das morgen nicht genauso sein. Oder Vertrauen in uns selbst: Wir reden in epischer Breite über jeden Mist, achten auf ausgeglichenes Geben und Neh-

Lebe gefährlich!
Friedrich Nietzsche

men und befolgen sämtliche Regeln im Buch der Gesetze. Wir wachsen, auch wenn wir vom Gegenteil überzeugt sind.

Trotzdem kann die Beziehung den Bach runtergehen. Vielleicht sogar, weil wir so vorsichtig waren. Das ändert sich weder durch das Schreiben, noch durch das Lesen dieses Buches. Liebe ist voller Gefahren, und wenn sie kippt, mutiert sie häufig in andere Gefühle, die auf dem Stressometer enorme Werte erreichen. Wenn wir aus ganzem Herzen hassen, lieben wir häufig trotzdem.

Der Verstand kann rotieren ohne Ende. Aber für den Geist gibt es kaum ein Problem, an dem er nicht wächst. Und wer sich nach dem letzten Kapitel nicht getrennt hat, für den beginnt die Arbeit jetzt. Sie besteht in der Suche nach einer inneren Haltung zu Stress und Meinungsverschiedenheiten, Gewohnheit und Aufmerksamkeit. Weisheit aus dieser Sicht ist das Wissen um die eigenen Grenzen und ein Zulassen anderer Meinungen. Hier werden die Haltungsnoten vergeben.

Es gibt 1000 Dinge, die der Mensch in einer Beziehung richtig machen kann. Natürlich für den Partner und die Beziehung, aber am meisten profitieren wir selbst von diesen richtigen Aktionen. Manches davon ist banal, anderes scheint auf den ersten Blick widersprüchlich, vieles ist mit aktivem Denken verbunden und alles erfordert Arbeit. Das Leben ist mitteilungsbedürftig und Krisen sind seine bevorzugte Kommunikationsform. Wenn wir schlau sind, hören wir zu. Denn es gibt immer noch eine tiefere - näher bei sich selbst - und eine höhere Stufe - näher bei etwas, das sich als allumfassendes Bewusstsein bezeichnen ließe. Die Situation ist selten perfekt. Durch Änderungen am eigenen Verhalten praktizieren wir Intelligenz: *Sehen. Ändern. Genießen. Von vorn.*

SEHEN ...

Augen auf, denn nicht alles an Ihnen ist so sympathisch, wie Sie denken. Beispielsweise sind Sie nicht kritikfähig. Oder warum schauen Sie das Buch jetzt so böse an?

Indem wir uns entwickeln, entwickeln wir vor allem ein Bild von uns selbst, das wir hegen und pflegen. Der Psychologe nennt dies das *Vorzeige-Selbst.* Dahinter steckt viel Arbeit und deshalb glauben wir daran, so fest wir können. Allerdings ist das Vorzeige-Selbst oft zu gut, um wahr zu sein. Denn Menschen haben Marotten. Wenn ich beispielsweise Samstags nicht putze, fühle ich mich faul, ungewaschen und fehlbesetzt. Ich bin unerträglich bei Widerworten und halte größere Teile der Menschheit für ein Konglomerat von Idioten. Zumindest letzteres habe ich mit ca. sechs Milliarden anderer Menschen gemein. Und dies: Erst kommt meine Meinung, dann eine ganze Zeit lang nichts, dann ein Misthaufen und dann ... ganz weit hinten ... vielleicht Ihre.

Unsere Marotten wachsen mit dem Alter, wenn wir die Welt in nette kleine Rechtecke unterteilen. Was außerhalb unserer Rituale und Glaubensätze liegt, halten wir für unmoralisch, unverantwortlich oder illegal. Manche Eigenheiten ziehen sich bis zur Skurrilität, von der einige asiatische Weise behaupten, sie spiegle nur unbearbeitete Psychologie.

Gleichwohl: All diese Ecken und Kanten, Überzeugungen und Meinungen, Definitionen von gut und böse bilden in der Summe unser ethisches, kreatives und intellektuelles Fundament. Eingebaut sind durchaus auch Anteile, die wir nicht gerne sehen. Höhenangst oder andere Unsicherheiten. Eine Unfähigkeit zu streiten oder im richtigen Moment die Schnauze zu halten. Wir sehen uns in diesen Schwächen gern als Opfer unglücklicher Umstände, aber um die Änderung selbst in die Hand zu nehmen, sind wir oft zu bequem.

Einschlafen nennt diesen Zustand der amerikanische Psychologe Charles Tart. *Aufwachen* rufen dagegen viele östliche Philosophien. Aber wir schlafen nicht freiwillig. Wir schlafen, weil wach sein anstrengend ist. Es ist ner-

Du schaust in dich allein hinein und plötzlich wird es still
hey ich weiß was ich bin und ich muß machen was ich will
Die Fantastischen Vier

vig, liebgewordene Vorurteile immer wieder zu überprüfen. Und viel einfacher, *Du bist schuld* zu rufen. Daher bezweifle ich zunehmend, dass es dumme Menschen gibt. Denn Dummheit entsteht aus der Faulheit, etwas weiter oder auch nur das Nötigste zu denken und entsprechende Konsequenzen zu ziehen. Kurzum, wenn wir nicht aufpassen, schlafen wir ein, werden faul und dumm und bewegen uns in vorhersagbaren Bahnen. Trotzdem halten wir uns für flexibel und intelligent.

Allein funktionieren wir immer, es gibt einfach niemanden, mit dem wir kollidieren könnten. Eine Liebesbeziehung dagegen liefert sofortiges Feedback auf unsere eingefahrenen Gleise und Marotten. Das gibt es natürlich überall, kostenlos, ungefragt, ungewollt. Immer wieder ecken wir an das Weltbild anderer Leute. Aber deren Meinung ist nicht wichtig - siehe oben. Doch den Anschiss unserer Süßen müssen wir wirklich ernst nehmen. Er ist so aufdringlich real, so nah an uns dran, so liebesbedrohlich. Hören wir nicht zu, wird uns der Partner so lange mit den Aspekten unseres Nervigseins konfrontieren, wie beide und die Beziehung an Geduld aufbringen. Im weiteren Verlauf des Buches werden wir diesen Sachverhalt grundsätzlich als Positivum betrachten.

Nun müsste meine Süße schon ziemlich bescheuert sein, mir das samstägliche Putzen abgewöhnen zu wollen. Aber vielleicht wird sie mir Facetten meines Putzteufeltums zeigen, die ich so noch nie gesehen habe. Und auch nie sehen wollte: Manie, Schludrigkeit, übertriebener Perfektionismus. Auch wird sie sich Widerworte an anderer Stelle nicht verbieten lassen.

Sehen ist die größte Herausforderung in einer Beziehung, denn das Terrain ist unübersichtlich, steinig und voller Egofallen. Machtkämpfe und rhetorische Konter lauern hinter jeder Ecke. Wer an dieser Stelle zu ausgiebig den Kopf benutzt, hat ein Problem: Das Gehirn greift tief in sich hinein und fördert wahllos ein Unterprogramm zutage, meist das, welches sich am lautesten um Bearbeitung bemüht. Dabei können wir Glück haben, und es das des offenen Ohres. Wir können aber auch Pech haben, und der verantwortliche Aspekt erweist sich als Freud'sche Schmerzvermeidungsprozedur. Egal wer es ist, das Hirn wird davon ausgehen, das genau dies die wahre innere Haltung zur Situation ist und entsprechende Argumentationsketten produzieren.

Und wir werden sie kaufen.

Beziehungen bieten wundervolle Möglichkeiten, unsere Strategien offenzulegen. Die eigenen, wohlgemerkt: Zwar ist es nicht fair, wenn Sie sich diese Selbsterkennungsarie aufzwingen und der Partner nicht. Ein solches Missverhältnis kann auf Dauer die Beziehung nachhaltig zum eiern bringen. Aber wir können nur bei uns selbst beginnen, ändern können wir immer nur uns. Und das auch nur an Stellen, die wir wirklich ändern wollen.

Es funktioniert nicht, einem Raucher zu sagen, er möge zu rauchen aufhören. Es bringt auch nichts, einer Casinobekanntschaft das Spielen abgewöhnen zu wollen. Auch kann ich von niemandem erwarten, dass er kein Fleisch mehr isst - wenn er auch danach keinen Kuss verdient hat. *Ändern, statt ändern lassen* hilft uns in die eigene Verantwortung. Die uns aber gleichzeitig zwingt, auch uns selbst gegenüber fair zu sein. Weshalb der zweite Teil des Sehens nur im Spüren liegen kann. Im In-sich-hinein-Spüren.

Gibt es etwas an ihrem Vorwurf, das resoniert? Stehe ich tatsächlich unter der Fuchtel meiner Mutter? Hat mein gestörtes Verhältnis zur Pferdeleidenschaft meines Vaters mein Sexualverhalten nachhaltig derangiert? Wer weiß? Vielleicht klingelt etwas in mir. Vielleicht schreien mir auch alle 278 Unterpersönlichkeiten *Is nich!* entgegen und ich kann - mich würdevoll zurücklehnend - meine Liebste ganz locker fragen: *Sag mal, wo ist eigentlich deine Psychose?*

Dem skeptischen Beobachter will es scheinen, als führe das gestrenge Prinzip der maximalen Sauerei stets polare Partner zusammen - Familienmenschen und Soziopathen, Karrieristen und Alternative, Osmoten und einsame Wölfe. Liebe ist, wenn die Neurosen harmonieren.

Das ist der schwierige Teil: Sich ein mögliches Defizit zeigen lassen und nicht dem Automatismus der Verteidigung zu folgen, sondern offen nachzudenken, ob der *Hinweis* Substanz hat. Noch schwieriger ist nur das aktive Sehen - beispielsweise festzustellen, dass eine bestimmte Situation - *Hund bellt* - immer auf die gleiche Weise weitergeht - *Herr schreit.* Sprich: Unreflektierte Automatismen im eigenen Tun zu finden, die Sackgassenschilder, an denen wir uns regelmäßig den Kopf stoßen. Derer gibt es erschreckend viele, denn in dieser einen Hinsicht ist der Mensch maximal kreativ: Er schafft sich Situationen, die steten Ärger produzieren, ohne dann zu wissen, wo der Ärger herkommt. Die gleiche Kreativität auf eine elegantere Lösung angewandt, ist ein Zeichen praktizierter Intelligenz. Wer sagt denn, dass schon die pure Erwähnung der Schwiegermutter zu schlechter Laune führen muss? Die größere gute Nachricht kommt im nächsten Absatz. Die kleinere kommt jetzt, denn auch das ist wahr: Nicht alles an uns ist so unsympathisch, wie wir denken ...

Es gibt nichts Schöneres, als geliebt zu werden,
geliebt um seiner selbst willen oder vielmehr: trotz seiner selbst.
Victor Hugo

→ ÄNDERN

Da kommt also diese wundervolle Feedbackschleife in unser Leben geplatzt, mit der wir auch anderweitig jede Menge angeregter Zeit genießen, und zusätzlich liefert sie uns wertvolle Hinweise, was in unserem bisherigen Leben schief lief. Wer will sich da beklagen? Im Gegenteil: Wenn wir etwas in unserer Persönlichkeit finden, das uns - und den Partner - hochgradig nervt, können wir es hier und sofort ändern. Ändern ist nicht so schwierig, wie wir immer denken. Was wir als *Ich kann nicht* formulieren ist größtenteils ein *Ich will nicht.* Haben wir genug Energie in uns, lässt sich alles ändern.

Es gibt nur eine Einschränkung: Ändern funktioniert nicht *für* den Partner. Im Gegenteil, es geschieht häufig *trotz* des Partners. Diverse Frauen wollten mich zum Nichtrauchertum bewegen. Hätten sich nicht andere Trennungsgründe gefunden - daraus hätte einer werden können. Wir Suchtraucher lieben wenig mehr als unsere Zigaretten - auf Dauer auch nicht unsere Frauen. Und doch habe ich aufgehört. Trotz einer Partnerin, die nach dem ersten Jahr entnervend regelmäßig auf die potentiellen Gefahren des Rauchens in fortgeschrittenen Alter hinwies. Aus Liebe, wie sie behauptete ...

Vielleicht/wahrscheinlich war ihr steter Tropfen ein zusätzlicher Tritt in meinen mentalen Hintern. Aber schlussendlich aufgehört habe ich wegen mir. Und für mich.

Kein Partner kann vom anderen Änderungen *erwarten*, und darum geht es hier auch nicht. Es geht auch nicht darum, dem anderen sämtliche Löcher seiner armseligen Persönlichkeit mit der Präzision eines Gehirnchirurgen zu präsentieren. Es geht vielmehr darum, sich anzuschauen, *was wirklich ist.* Bohre ich tatsächlich in der Nase? Was meint sie, wenn sie von pubertärem Machtgehabe spricht? Warum sagt mir jetzt die dritte Frau, dass sie mich wegen meiner Besserwisserei verlässt?

Vor allem die letzte Frage ist interessant, denn wenn der Mensch in einer Beziehung ein Problem nicht angeht, bekommt er es in der nächsten erneut serviert. Und der übernächsten. Wir Menschen tun gerne so, als seien wir Opfer unserer Umstände. Dem ist so nicht. All unsere Verdrängungsversuche scheitern an einer nahezu karmischen Beziehungssymetrie.

Wie gesagt: Ändern funktioniert besonders leicht in der Phase der Verliebtheit. Da der Verliebte jede Menge Energie hat, sind weder Entschluss noch Durchhalten das wirkliche Problem. Wichtig ist nur, bis zur Übergangsphase Verliebtheit → Liebe vor sich selbst einen oder mehrere plausible Gründe gefunden zu haben, die die Veränderung auf eigennützige Füße stellen.

→ GENIESSEN

Wem eine Veränderung der Größenordnung von Nichtrauchen so locker aus dem Frontallappen fließt, sollte sie angemessen genießen. Kaum etwas füttert das Selbstbewusstsein so nachhaltig wie vollbrachte Veränderungen. Stolz ist kein schönes Wort, und häufig wird es zur Unzeit verwandt. Aber in diesem Fall ist es angebracht.

Die Erkenntnis der eigenen Veränderungsfähigkeit ist erstaunlich - eine Mischung aus völliger Überraschung und blankem Entsetzen. Überraschung, weil wir nie gedacht hätten, dass dieses Ziel zu knacken sei. Entsetzen darüber, dass wir den Berg so lange für zu hoch gehalten haben.

→ VON VORN

Und nachdem wir viel geleistet und verändert, gelernt und erfahren haben, beginnen wir uns in Sicherheit zu wiegen und stellen fest: Alles ist in Ordnung und der Berg liegt hinter mir. Genau dann wird das Universum wieder aktiv und beweist uns das Gegenteil. Dummerweise ist unsere Persönlichkeit nie wirklich rund, von ein- bis zweitausend Erleuchteten weltweit mal abgesehen. Sobald wir dem Rauchen erfolgreich entsagen, fällt unser Kaffeekonsum schmerzhaft ins Auge.

Im Sourcecode der Psychologie steht hier: Return to (1)

Wer Menschenkenntnis besitzt, ist gut; wer Selbsterkenntnis besitzt, ist erleuchtet.
Chinesisches Sprichwort

VERANTWORTL*ICH*

Ein Großteil des Lebens wird bestimmt durch die Pole *Aktion* und *Reaktion.* Das Universum wirft uns die Realität situationsweise vor die Füße, und wir müssen irgendwie damit zurecht kommen. Oft genug erweißt sich einer dieser Pole als Problem. So wird die Dame unseres Herzens unbegründet beleidigend und wir ringen um eine angemessene Reaktion. Oder eine ganz andere Dame lächelt uns an und wir diskutieren unsere weiteren Aktionen anderntags mit unserem Gewissen.

Viele Reaktionen sind Automatismen und laufen ohne bewusste Entscheidung. Das ist sinnvoll im Dschungel, aber nur bedingt im Großraumbüro. Dummerweise scheinen unsere Gene einseitig auf schnelle Lösungen optimiert zu sein, so dass wir auch in weniger dynamischen Situationen auf Knopfdruck reagieren; Fehlentscheidungen gedeihen wunderbar auf Stress und Zeitdruck.

MILLISEKUNDEN

Die gute Nachricht ist: Unsere Automatismen sind keine Automatismen. Auch mit seiner enormen biologischen Rechnerkapazität braucht das Gehirn einen kurzen Moment, um das angemessene Reaktionsprogramm zu wählen und zu starten. Es öffnet sich ein Zeitfenster, in dem wir tatsächlich eingreifen können. Dieses Zeitfenster bemerken wir beispielsweise im Streit als winziges Zögern: Kurz bevor wir die Lautstärke bis zum Anschlag aufdrehen, erscheinen Fragezeichen auf dem Monitor - wollen wir den Abend wirklich final an die Wand fahren? Nach kurzer Diskussion siegt der Grad der Verletzung, den wir so unmöglich weiter ertragen können ... und der Automatismus setzt wieder ein.

Es ist das Verdienst aller meditativer Praktiken, diesen Millisekunden einige entscheidende hinzuzufügen. Und es ist das Verdienst der Beziehung, uns regelmäßig mit unseren Automatismen zu konfrontieren. Die Bewusstwerdung ohne Meditation dauert zwar länger und ist deutlich anstrengender, aber auf lange Sicht und mit der entsprechenden Lernfähigkeit vergleichbar effektiv. Sehen wir es als Traininglager ...

Die Scheu vor Verantwortung ist die Krankheit unserer Zeit.
Otto von Bismarck

Dieses Spannungsfeld gibt uns oft das Gefühl, Opfer der Umstände zu sein. Einige Menschen finden sich damit ab und resignieren. Andere beschießen die Welt aus purem Trotz mit Aktionen, damit es zwangsläufig die anderen sind, die reagieren müssen: Nie mehr Opfer, egal um welchen Preis.

→ CHANCEN UND RISIKEN

Diese Präventivschläge sind der übertriebene Einsatz einer ansonsten sehr positiven Technik: der Eigenverantwortung. Wann immer wir die Verantwortung für uns, unsere Entscheidungen und Handlungen übernehmen, kommen wir ins Tun. *Tun* im Gegensatz zu *lassen*. Die Amerikaner - ein von Verben geprägtes Volk - nennen diese Position den *driver's seat*: Wir sitzen am Steuer des eigenen Daseins und bestimmen so nicht nur Richtung und Ziel, sondern auch Geschwindigkeit und Kurvenverhalten. Das sind die Chancen.

Jenseits des zwanghaften Aktionismus ist Selbstverantwortung - als fast schon spirituelle Haltung - natürlich voller Risiken: Überreaktionen und Kurzschlüsse, bisher hervorragend mit Launen und Stressometerextremen zu erklären, sind besonders vor uns selbst nicht mehr einfach zu begründen: Auch für weniger rühmliche Taten müssen wir gerade stehen. Denn unsere Aktionen und Reaktionen sind grundsätzlich abhängig von der eigenen Befindlichkeit. Zwar haben wir auf diese nicht immer Einfluss, wohl aber auf den Zeitpunkt unserer Handlungen. Tatsächlich bleiben nur wenige Situationen, die von der Eigenverantwortung, wie ich sie verstehe, ausgenommen sind. Versicherungen nennen sie höhere Gewalt.

Dieser erhobene Zeigefinger mag unangenehm sein, aber in der Bewertung anderer Menschen nutzen wir ihn genau so: Wenn die keinen Erfolg haben, entlassen werden und bettelnd auf der Strasse sitzen, sind sie selbst schuld. Haben wir dagegen keinen Erfolg, haben wir Pech. Andere sind unverantwortlich bis zur Dummheit - wir sind Opfer unglücklicher Umstände. Diese Ausreden gehen uns verloren.

Dabei sind wir oft gerne Opfer, speziell in der Liebe sogar mit großem Genuss: Liebe passiert, wir sind ein Spielball höherer Mächte. Die im Fall von Lust *Hormone* heißen. Es ist romantisch und hat etwas Gottgewolltes, ist aber so nicht ganz richtig. Wahrscheinlich sind wir in unserer eigenen Gefühlswelt alles andere als Experten. Dahinter steckt die schlechte Beziehung zum eigenen Unbewussten - deshalb der Name -, und deshalb ist der Mensch auch schon mal länger verliebt, bevor er selbst es mitbekommt. Das ist ein Drama, aber ein hübsches.

Verantwortlich ist man nicht nur für das, was man tut,
sondern auch für das, was man nicht tut.
Laotse

Doch hinter dem Drama steckt viel unbewusste Entscheidungsarbeit: Einige schaffen es regelmäßig, sich in unerreichbare Göttinnen zu verlieben, und so unverletzt und ungefährdet auf dem Boden des Alleinseins zu verbleiben. Anderen passiert das nie, ihre Kandidatinnen sind weder anderweitig verliebt, noch ungeeignet oder unerreichbar. Sie verlieben sich irgendwie immer richtig.

Es scheint ein ausgefeilten Plan hinter der spontanen Wahl des künftigen Partners zu existieren, und ich behaupte, dieser Plan umfasst mehr als die ersten zwei Wochen. Liebe ist, wenn die Ausbauarbeiten der Seelen harmonieren, wenn wir voneinander lernen können. Der bewusste Verstand hat damit nichts zu tun, er beschränkt sich auf das Aushecken von Verführungsstrategien und die Konstruktion von Luftschlössern.

Nur einen Schritt weiter lauern die Folgewahrheiten: Wenn der Liebe Anfang nicht ausschließlich ein Werk des Himmels ist, ist auch ihr weiterer Verlauf von Austrocknung und Absterben nicht ohne aktives Zutun möglich. Womit wir wieder bei den Chancen wären, denn tatsächlich können wir uns mit etwas mehr praktizierter Eigenverantwortung immer wieder neu verlieben. Zwar sind die Paukenschläge leiser und die Hormone entspannter, aber für Beziehungen ist die Entscheidung immer noch der verlässlichste Jungbrunnen.

Das ist eine der Undurchdachtheiten der Liebe - die Ouvertüre bekommen wir geschenkt, und genau so empfinden wir es auch. Aber nach dem ersten Satz müssen wir etwas dafür tun, und dieses Tun fällt uns um Klassen leich-

STRESSSTRATEGIEN

Wenn wir glücklich sind, lächeln wir. Unsere Gesichtsmuskeln entspannen sich, die Augenringmuskeln ziehen sich etwas zusammen. Lachfalten entstehen, die Mundwinkel zieht es nach oben. Das Gehirn ist nicht nur Steuermann, sondern auch Beobachter dieses Prozesses. Das hat einen lustigen Nebeneffekt: Wenn wir gerade nicht glücklich sind, können wir mit Vorsatz lächeln oder lachen, und stecken uns manchmal selbst an - der Körper zeigt dem Hirn, welche Gefühle zur Mimik produziert werden müssen. Dabei fühlt sich anfangs jeder wie ein Idiot. Aber mit der Zeit zeigt sich: es funktioniert. Profis lernen mit der Zeit den Humor in verzweifelten Situationen zu sehen.
In stressigen Situationen hilft auch ein tiefes Atmen. Das holt den hektischen Geist sofort wieder in den Körper zurück, wo auch immer er sich rumgetrieben haben mag.
Immer wieder spannend ist die Frage, warum wir denn gerade so gestresst sind. Oft haben wir nicht mal eine Antwort, denn das cerebrale Rattenrennen hat eine Tendenz zur Verselbstständigung. An dieser Stelle sollten wir Männer dann so logisch sein, wie wir es angeblich sind.

I used to be so indecisive, but now I´m not so sure
After Dark 4.0 (antiker Bildschirmschoner)

ter, wenn wir am *Warum* keinen Zweifel haben. Die Erkenntnis ist nicht neu und zieht sich durch das ganze Leben - Lernstoffe, Verhaltensänderungen, Projektmanagement - wenn wir uns einmal entschieden haben, fällt uns der nachfolgende Aufwand ungleich leichter: Wir wissen genau, warum und wofür wir all dies tun. Verantwortung ist die nächste Stufe der Sicherheit, Kraftquelle in der Not.

→ DIE UMSETZUNG

Das hört sich sehr nach Produktlyrik an und folglich spricht der Skeptiker: *Verantwortung ist abstrakt, aber Stress ist real.* Jetzt und hier, wenn sie wieder ewig im Bad braucht, während wir unter Termindruck vor uns hin köcheln, wird jede Sekunde zur Qual. Doch einen geistigen Schritt zur Seite können wir uns fragen, ob es wirklich wichtig ist, Punkt zehn auf der Party zu erscheinen. Das ist es oft nicht, und in der Frage steckt der Ausweg. Es hilft niemandem, wenn wir unseren Druck jetzt bei ihr abladen - er schlägt nur zurück. Also atmen wir dreimal tief ein und fahren ihn so bei uns selbst herunter. Denn Stress ist nicht real, er ist im eigenen Kopf und kann auch dort enden.

Real ist die Entscheidung, und sie ist die praktische Umsetzung der Verantwortung. In diesem Fall die Entscheidung, uns doch noch vor den Fernseher zu setzen. Uns nicht weiter wuschig zu machen, weil Freizeitstress Blödsinn ist. Wie auch immer der Strohhalmgedanke aussieht, er rettet einen ganzen Abend.

Die unbewusste Ebene sorgt ständig für Probleme - in diesem Fall den Zeitfresservorwurf an die Süße und beständiges Gegrummel im Hinterkopf. In-

VERHÜTUNG IST MÄNNERSACHE

Das zumindest bemerkte eine junge Dame in der Diskussion. Sie war Anfang zwanzig, zweifache Mutter. Es muss ein tiefer Wunsch nach Mutterschaft dahinter stecken, wenn sie an dieser wichtigen Stelle ihre Verantwortung abgibt. Oder anders gesehen: Sie übernimmt die Verantwortung, möglichst bald Mutter zu werden trotz aller offenen Fragen. Der Erfolg aber gibt ihr Recht. Dass der Versorger gleich mitgeliefert wird, war wohl nicht unerwünscht.
Dieses Beispiel hat mit dem Geschlecht nichts zu tun, es ist nur angenehm extrem. Auch im männlichem Kontext kommt praktizierte Dummheit regelmässig vor, und in jedem Leben gibt es diesen blinden Fleck: *G'schiet meiner Mutter grad recht, wenns mich an den Händen friert; hätte sie mir Handschuhe gekauft.*

Der eine wartet, dass die Zeit sich wandelt.
Der andere packt sie kräftig an - und handelt.
Dante Alighieri

dem wir uns entscheiden, heben wir den weiteren Verlauf des Abends aus dem unbewussten Sumpf in bewusste Fernsehglotzerei. Wenn man das so sagen kann.

Die Entscheidung als solche ist ganz einfach. Wir sagen einfach nur *ja* oder *nein*. Das ist natürlich sehr simpel, denn Entscheidungen sind zu schnell im Bauch und zu langsam im Kopf. Das macht ihre Anwendung zweischneidig, zumal wir oft erst Jahre später wissen, welches *richtig* falsch war. Andererseits wächst Intuition auf Erfahrungen. Und am Ende ist es tatsächlich nur ein Ja oder Nein.

Am Besten treffen sich Entscheidungen über Nacht. Eine andere sehr stressreduzierend-selbstvertraute Haltung mit hohem Erfolgsfaktor ist diese: *Ich werde morgen wissen, wie ich es heute gelöst habe ...*

→ ZEIT SPAREN

Wann immer der Mensch mit dem Leben kämpft, beschwert sich ein Teil in ihm lautstark. Uns verwöhnten Mitteleuropäern fällt eine Feder auf den Fuß und wir beginnen ein ausdauerndes Lamenti über die Ungerechtigkeiten dieser Zeit. Beziehungen als zuverlässiger Lieferant von Problemen produzieren dieses Gejammer besonders ausdauernd. Mit zunehmender Abkühlung wiegen wir unsere Liebe in jeder kleineren Krise gegen den Aufwand, den sie verursacht. Schließlich ist der Alltag schon stressig genug, warum muss ich am Feierabend noch diskutieren - *Ich will nicht mehr, ich kann nicht mehr, ich muss das nicht mehr haben ...*

Die meisten Probleme werden gelöst, aber bis dahin sind die Reibungsverluste enorm. Zeit und Energie verbrennen, während wir Kreise im Geist marschieren: *Warum setzen wir diese übermütige Schnepfe nicht einfach vor die Tür?* Dass wir diese übermütige Schnepfe ansonsten mit Begeisterung lieben, ist uns im Moment wohl entglitten. Haben wir uns dagegen vorher entschie-

ÜBERLEGEN: DAS FRONTALHIRN

Der Mensch ist voller Bedürfnisse: Zigaretten, Süßkram, Schweinebraten. All das ist nicht wild, kann es aber werden. Daher steht zwischen der Lust und der Befriedigung als Vertreter der Vernunft das *Frontalhirn*. Das behält den Überblick über Kontext der Fragestellung - Lust vs. Gesundheit - und überlegt sich die entsprechende Reaktion: Es gibt sich hin oder widersteht. Diese *Impulshemmung* ist in jedem Hirn fest verdrahtet, ohne sie wären wir schon mehrfach verheiratet und genauso oft wieder geschieden. Sie ist durchaus trainierbar und ihre Nichtinanspruchnahme kommt dem Eingeständnis eines Hirnschadens gleich. Oder Faulheit.

Es gibt Diebe, die nicht bestraft werden
und einem doch das Kostbarste stehlen: die Zeit.
Napoleon Bonaparte

den, dass dieses Weib nun eben *unser Weib* ist, hängen wir die Diskussion nicht mehr so hoch und konzentrieren uns auf Lösungen, statt Probleme. So schaffen wir nicht zuletzt eine Trennung zwischen ihrem Wesen und ihrem Verhalten. Letzteres können wir weiter beschimpfen, ersteres weiter lieben.

→ REVERSIBEL

Die Kraft der Entscheidung liegt darin, dass sie einmal fällt und für den Rest des Lebens gilt. Das heißt nicht, dass wir sie nicht rückgängig machen oder anpassen können. Klingt paradox, ist aber genau so. Wahrheit ist immer situativ, sie gilt auf ihrer Ebene und kann der Wahrheit einer anderen Ebene widersprechen. In diesem Buch aber suchen wir nach *Wahrhaftigkeit* im eigenen Leben und dazu gehört auch die Möglichkeit, eine Entscheidung zu verändern.

Wenn wir erkennen, dass wir nicht (mehr?) zusammengehören, dass wir uns in unterschiedliche Richtungen bewegen und die gemeinsame Vision ausgebrannt ist, haben wir jederzeit die Möglichkeit, die getroffene Entscheidung zu kippen. Eine Option, die dem Partner natürlich genauso zusteht.

Tatsächlich müssen wir unsere Entscheidungen sogar immer wieder neu treffen und überdenken. Möglicherweise ist unser Plan der Zukunft inzwischen veraltet, vielleicht hat sich mein Ziel geändert oder ihr Weg. Auch Ziele leben in ihrer Zeit und bei aller Entschiedenheit müssen wir uns vor allem selbst treu bleiben, sonst verlieren wir uns.

Zu Recht bemerkt mein Lektor, dass es sich hierbei um einen direkten Widerspruch zu allem bereits Gesagten handelt. Und tatsächlich befinden wir uns hier auf einem besonders schmalen Brett. Auf der einen Seite müssen wir klar mit der Entscheidung sein, sie immer wieder verstärken und neu treffen. Indem wir das tun, erhalten wir Beziehung und Glück. Auf der anderen Seite bringt es nichts, sein Herz einer Frau zu kredenzen, die ihm nach Jahren

ENTSCHEIDUNG AM BERG

Der Skianfänger im Kurs: Bisher hat alles gut funktioniert, aber jetzt hat es mich doch geschmissen. Der Ski fünf Meter tiefer, ein Gefälle von mindestens 98%. Die Gruppe wartet. Und sieht zu. Als sei der Stress nicht groß genug. Mühsam robbe ich zum abtrünnigen Ski. Aber ich komme nicht rein. Normalerweise kein Problem - Ski gerade, Fuss drauf, abstützen, Druck, fertig. Jetzt hänge ich fest und bekomme Ski und Hang nicht koordiniert. Ich stehe zwischen dem Impuls, mich von der Lehrerin retten zu lassen und dem Wissen, dass es nur der Stress ist, der mich wanken lässt. Nach Minuten der Verzweiflung reicht ein *Schluss jetzt!* und drin bin ich. Es dauert immer etwas länger, mich selbst zu treten.

Es ist besser, unvollkommene Entscheidungen durchzuführen, als ständig nach vollkommenen Entscheidungen zu suchen, die es niemals geben wird.
Charles de Gaulle

nichts mehr zu sagen hat und es vielleicht sogar schlecht behandelt. Eigenverantwortung kann nicht darin bestehen, dass wir sie aufgeben.

➜ EINFACH KOMPLEX

Wer Verantwortung übernimmt, braucht einen guten Blick auf Grenzen - eigene und fremde. Denn die Welt ist voll von Menschen, die einem völlig ungefragt ihre Verantwortlichkeiten aufhalsen und sich dann den Lenz machen. Extrembeispiele sind manche Selbstmörder - sie hinterlassen eine Unmenge unsinnig übernommener Verantwortung, ein Heer von Freunden und Verwandten, die sich alle mit der Frage quälen, was sie anders hätten machen müssen. Alle fühlen sich schuldig. Was oft genug im Sinn des Selbstmörders ist: *Seht, wozu ihr mich getrieben habt ...* Selbstmord kann ein sehr hinterhältiges und egoistisches letztes Ausrufezeichen sein.

Nun gut, dieses Beispiel ist extrem und es hat wenig zu tun mit Aussagen wie *Für dich habe ich mein Studium aufgegeben* oder *Du nimmst dir nie Zeit für mich.* Jede Form von Langeweile produziert Forderungen an die Umwelt. Auch Haustiere für Kinder sind klassische Beispiele. Man kaufe den Kurzen keinen Hasen, wenn man ihn nicht selbst jahrelang versorgen will. Denn der Kinder Begeisterung währet nur kurz und später haben die Eltern das Vieh an der Backe.

Oder ganz praktisch: Wir sind nicht verantwortlich für den Gemütszustand unserer Süßen und sie nicht für unseren. Wir müssen auch nicht drei Monate lang allabendlich einem Freund beistehen, weil ihn die Frau verlassen hat. Wir müssen uns nur immer wieder entscheiden, wo wir unsere Energie freiwillig geben und Verantwortung übernehmen wollen. Andererseits übernehmen wir sie manchmal sogar zu gern, ohne dem anderen seine Eigenverantwortung zuzugestehen.

KURZE DISTANZEN

Das Universum schenkt uns so manchen Sieg über uns selbst. Wir besiegen unseren inneren Schweinehund, wann immer wir einer Versuchung nicht erliegen. Aber wir kämpfen mit geschulten Gegnern, und der Preis ist hoch. Um so weniger ist zu akzeptieren, wenn andere sich genau diesem Schweinehund hingeben. Gehe ich beispielsweise schweren Herzens nicht fremd, fällt mein Urteil über Seitenspringer härter aus. Tatsächlich könnte es nur in einem Fall härter ausfallen: Wenn ich selbst schon einen Seitensprung probieren wollte und nicht gelandet bin.
An diesen Stellen sollte uns klar sein, wie kurz der Weg zwischen zwei Entscheidungen ist. Und wie groß die Distanz der Ergebnisse: Wer der Schuld nahe kam, wirft seine Steine schneller.

In zweifelhaften Fällen
entscheide man sich für das Richtige.
Karl Kraus

➜ DER RESTALLTAG

Das selbstverantwortliche Übungsfeld der Beziehung sorgt für regelmäßiges Training; schnell sind wir so gut, dass wir nicht nur die Verantwortung für Situationen in der Partnerschaft, sondern auch für den Restalltag übernehmen können. Vielleicht hören wir auf, über den allabendlichen Feierabendstau zu fluchen und fragen uns, warum wir ausgerechnet zur Lemmingzeit auf die Autobahn müssen. Auch hier öffnet Eigenverantwortung den Blick für Alternativen und erspart dem Blutdruck jede Menge Aktion. Denn Stress entsteht erwiesenermaßen da, wo wir uns ausgeliefert fühlen.

In der Verantwortung können wir die Grenze jederzeit selbst ziehen. Deadlines oder Krankheit, Streit mit Eltern oder Arbeitslosigkeit - indem wir uns selbst in den mentalen Hintern treten, zeigen sich ganz neue Möglichkeiten. Wir sind nicht mehr das hilflose Opfer der Umstände, sondern können uns aktiv Alternativen und Wege überlegen. Das ist zwar Arbeit, aber effektiver kann sie kaum sein. Und wenn wir an einer Stelle gerne betriebsblind sein möchten, dann steht uns das frei - völlig aus eigener Entscheidung heraus.

Hier entsteht die Sicherheit, die wir weiter vorne vergeblich gesucht haben. Und sie entsteht aus uns selbst heraus: Nach der Entscheidung kann mich niemand, aber auch gar niemand überreden, wenn ich nicht überredet werden möchte. Auch ich selbst nicht.

Euer Ja sei ein Ja, euer Nein ein Nein.
Neues Testament

VON DER SEELE REDEN

Das eigentliche Problem der Menschheit liegt in der Kommunikation. Einer hat etwas zu sagen, aber keiner hört zu. Ein anderer würde gern, aber keiner sagt ihm was. Botschaften kommen trotzdem an und es sind meist die falschen. Nur wir sind uns zuverlässige Zuhörer, aber manchmal langweilen wir uns sogar selbst. Kommunikation ist nicht zu greifen ...

Der Theoretiker spricht von *Sender* und *Empfänger* und verweist dabei auch auf die Veränderung, der eine Information auf ihrem Weg unterliegt. Momentan sende ich, aber empfangen Sie auch? Oder denken Sie an Ihr Date heute Abend? Ich könnte es Ihnen nicht verdenken. Heute Abend dagegen sollten Sie nicht an dieses Buch denken, denn wenn sich Sender und Empfänger gegenübersitzen, wird die Empfangsstörung schnell offensichtlich - und noch schneller abgestraft.

→ ZUNGENFERTIGKEIT

In bestimmten Situationen tragen wir das Herz auf der Zunge - wir sagen direkt, was uns bewegt, was uns stört und was wir fühlen. Speziell für Liebeserklärungen ist das eine wertvolle Eigenschaft, denn wenn überhaupt, erreichen wir nur so das anvisierte Herz. Während diese Botschaft kaum zu miss-

JAJA

Hast du den Müll runtergebracht? Jaja. Liebst du mich? Jaja. Kennen Sie diese Aussage schon zur Genüge? ... Es ist wichtig zu wissen, was wirklich gesagt wird. In diesem Fall *Lass mich in Ruhe, nerv mich nicht.* Grundsätzlich können wir davon ausgehen, dass eine Botschaft mit dieser Artwort nicht ankam.
Andererseits steckt hinter einem rechthaberischen *Hab ich dir doch gleich gesagt* nicht zwangsläufig Rechthaberei - die wir in dem Satz, wenn wir ihn selbst zu hören bekommen, immer hören. Oft ist er auch so gemeint, wie wir ihn verwenden, wenn wir ihn selbst sagen: *Hör doch einfach etwas mehr auf mich, ich hätte dir viel Zeit und Ärger ersparen können.* Also doch Rechthaberei ...

Hello, I love you, won't you tell me your name?
The Doors

deuten ist, produzieren verbale Schnellschüsse in anderen Fällen oft interpretierbare Aussagen. Das macht speziell die Pubertät zur Hölle, wenn wir mit den Feinheiten der Diplomatie zu kämpfen haben. Das hier erfahrene Unverständnis prägt uns fürs Leben.

Grundsätzlich hängen Form und Farbe fast jeden Inhalts von zwei Stimmungen und einer Interpretation ab. Daraus resultieren nicht nur die dämlichsten Missverständnisse, sondern vor allem viele kleine Schnitte in der stetig dünner werdenden Beziehungshaut. Selbst wenn wir abhärten - was oft nur Resignation bedeutet-, die Beziehung tut das nicht.

Eine Säule der Kunst der Kommunikation besteht natürlich darin, vor dem Öffnen des Mundes das Hirn zu benutzen. Und schon das ist ein zweischneidiges Schwert, wie manisch-professionelle Verkäufer gerne im negativen Extrem demonstrieren. In der Liebesbeziehung dagegen geht es nicht darum, eine schnittige Antwort oder exakt eingepasste Schlaumeierei von sich zu geben, sondern möglichst klar und nahe bei sich selbst zu sein. Und doch verständnisvoll diplomatisch.

Das zweite Standbein ist der geistige Aufenthaltsort - und zwar der des anderen. Hat sie gerade einen Kampf mit dem Kind gefochten, ist das möglicherweise kein guter Zeitpunkt, um ihre mangelnde Feinfühligkeit zu diskutieren. Sie steckt noch voller kriegerischer Energie und kann unsere Aussage keinesfalls hören. Sie hat einfach kein Ohr dafür und muss nachgerade böse Kritik vermuten.

Auch umgekehrt: Wenn wir im Gespräch durch die Augen des anderen sehen, können wir seine Aussagen anders bewerten - jenseits möglicher persönlicher Ressentiments. Das übt sich am Besten im Umgang mit Kellnern und Verkäufern. Den Leuten geht es erstaunlich oft erschreckend schlecht und dementsprechend steht es um die Feinfühligkeit ihrer Rede. Wenn wir unserem Impuls entsprechend reagieren, sind wir nur ein weiterer Beweis für die Schlechtigkeit der Welt.

Doch Freundlichkeit und Verständnis brauchen eine stabile geistige Energieversorgung, sie sind anstrengend und eine oft unverdiente Gabe an eine unwirsche Welt. Einfacher ist es, auf innere Schimpfereien zu hören und entsprechend zu handeln. Das ist jetzt nicht nur ironisch: Indem wir diese wahrnehmen und ihnen zuhören, lernen wir viel über uns und die eigene Art zu ticken. Denn völlig unabhängig vom Anderen, seinen Aussagen und Tendenzen sind es doch immer wir, die aktiv eine der 1000 möglichen Interpretationen wählen. Wir hatten das schon im Abschnitt *Verantwortlich.*

Neun Zehntel der Weisheit bestehen darin,
zum richtigen Zeitpunkt weise zu sein.
Theodore Roosevelt

→ LISTEN TO ME ...

Fast jeder Mensch hat viel zu sagen. Und am Anfang einer jeden Beziehung erfreut er sich eines interessierten Zuhörers - allein das schon ist ein guter Grund, den anderen zu lieben. In den ersten Wochen und Monaten tauschen Sender und Empfänger die Rollen freiwillig und mit Hingabe - ein weiterer Beweis dafür, dass Verliebtheit ein märchenhafter, aber keinesfalls dauerhafter Zustand ist. Weiter rechts auf dem Zeitstrahl ringen wir um Redezeiten, aber am Anfang ist Kommunikation nicht Selbstzweck, sondern Euphorie. Neugierig auf uns selbst und den anderen teilen wir mit, was auch immer uns in den Sinn kommt. Dabei übertreiben wir manchmal ein wenig ... *ich kann viermal am Tag* ... manchmal untertreiben wir ... *einmal im Monat schaue ich Fußball* ... und manchmal entdecken wir ganz neue Seiten an uns ... *Fallschirmspringen - da komm ich mit* ..., die wir später dann doch nicht genauer ausloten. Nicht alles, was wir in der Verliebtheitsphase von uns geben, lässt sich auf lange Sicht umsetzen. Aber alles kommt von Herzen und ist, zumindest im Moment, völlig aufrichtig.

Auch die Körpersprache wartet in der Verliebtheit mit einer überraschenden Fülle feiner Details auf, die auch alle ankommen, zumal es sich meist um

STREITSTROHHALME

Wie schon 1000fach bemerkt, liegt der Schlüssel zum Glück nur in unserer Haltung. Wir können die Börse positiv oder negativ sehen, an den objektiven Fakten ändert sich dadurch nichts. Aber uns geht es entweder besser oder wir bekommen Schnupfen. Auch für den Streit gibt es einige sinnvolle Argumente:

- *Wir führen eine sinnvolle Beziehung.* Dieser Gedanke ist auf den ersten Blick schlicht pervers, aber wer momentan allein lebt, dem erscheint ein gemeinsamer Streit sogar verheissungsvoll - er bietet die Möglichkeit, sich auseinanderzusetzen und dannach zu versöhnen. Er zeigt, dass die Beziehung lebt und nicht eingeschlafen ist. Wenn Sie in einer streitbaren Beziehung leben: Versetzen Sie sich kurz zurück.
- Streit - mit offenem Geist und offenen Ohren geführt - bringt uns auf wichtige Punkte. Wir fühlen uns nicht gehört, ohnmächtig - warum ist das so? Jeder Streit ist voller Hinweisschilder, die wir meist nur mit 120 km/h überfahren.
- Sehr hübsch ist dieser Strohhalm: Wenn wir uns streiten, verbraten wir sehr viel Energie, die wir nicht einsetzen würden, wenn uns das Thema nicht so wichtig wäre. Hinter dem Thema allerdings steht der Partner - wir führen also eine Beziehung, die so wichtig ist, dass wir all diesen Ärger auf uns nehmen. Auch wenn sie uns momentan auslaugt, und wir etwas Frieden durchaus vertragen könnten - vermutlich lieben wir sie.

Es ist sehr gefährlich, zuzuhören. Hört man zu, kann man überzeugt werden, und wer sich durch ein Argument überzeugen läßt, ist ein von Grund auf unvernünftiger Mensch. *Oscar Wilde*

Einladungen handelt. Später werden wir kommunizieren, indem wir nicht kommunizieren, jetzt aber lernen wir die subtilen Signale des Partners zu lesen, und bald schon erfolgt die Kommunikation blind. Hier wächst uns der Partner wirklich ans Herz, wir sind zunehmend entzückt vom ständigen Zuwachs an Potential im neuen Team. Das ist Teil der Magie und zeigt, dass wir uns in der neuen Rolle ein Zuhause schaffen - auch für unsere unbewussten Anteile. Denn viele unserer Subpersönlichkeiten wollen überzeugt werden. Das eigene *innere Kind* sucht einen Spielgefährten, der *Moralapostel* will seine Werte bestätigt sehen, der *Kreative* sucht seine Muse. In dieser Phase genießen alle Beteiligten das Erkunden von Gemeinsamkeiten. Aber nicht lange - Sie wissen ja: Seit wir reden, reden wir aneinander vorbei und bald wird die Kommunikation sehr irdisch: Smalltalk und Belehrungen, das Durchsetzen von Meinungen und der Kampf um Kompromisse.

→ EMPFANGSSTÖRUNGEN

Wir haben dem Streit bereits ein ganzes Kapitel gewidmet. Aber die Grundsteine legen wir weit vor dem Ausbruch, indem wir nicht auf das achten, was wir sagen. Wir plappern fröhlich vor uns hin, und der andere hört, was er hören möchte. So ist für die Eroberungsmentalität der Verliebtheit - eine gewisse entschlossene Borniertheit vorausgesetzt - alles ein *Ja*, was kein ausdrückliches *Nein* ist. Um so größer die Überraschung, wenn sie dann doch auf Distanz geht.

Ungemach droht der Beziehung, wann immer es um *Fakten* geht. Der Mythos ihrer Existenz hält sich beständig, aber wie es darum bestellt ist, zeigt jede Politikertalkshow. Fakten sind nur eine Frage der Beleuchtung und inzwischen bin ich so weit, dass ich jede Argumentationskette vor ihrem Hintergrund nachvollziehen kann. Nur nicht die meiner eigenen Süßen ...

KOGNITIVE GEIZHÄLSE

Laut einer Theorie der Sozialpsychologinnen Fiske und Tayler versucht der Mensch möglichst viel kognitive Energie zu sparen. Da wir nur begrenzte Kapazitäten für die Informationsverarbeitung haben, vereinfachen wir komplexe Probleme: Wir ignorieren eine Seite und überbewerten die andere. Jede gewichtige Diskussion ist ein wunderbares Beispiel dafür: Gedankengänge, die ins eigene Muster passen, werden zügig adaptiert, selbst wenn sie unvollständig sind oder sogar hinken. Ein praktisches Beispiel liefern wir, wenn wir unserer Partnerin im nächsten Streit vorwerfen, sie sei ein kognitiver Geizhals. Denn wir sind es auch.

Wer am meisten liebt, der gibt am meisten weg. Wer am meisten anhäuft, der verliert am meisten. Wer sich bescheidet, der erfährt keine Schande ...

Fakten haben den Vorteil, dass sie unumstößlich und von jedem nachvollziehbar sind. Wenn ich ihr beispielsweise sage, sie könne nicht küssen. Aus meiner Sicht - und durchaus auch innerhalb des Anspruchs dieses Buches - handelt es sich hier um ein Faktum. Ich gebe ihr simples Feedback, biete ihr die Möglichkeit, etwas zu lernen, ein zarter Hinweis. Sie soll sich nicht so anstellen. Für sie ist das Entsetzen um so größer, da ihr das noch nie jemand gesagt hat. Und ich auch schon zwei Jahre Zeit hatte, mich dergestalt zu äußern. Und warum ich denn dann überhaupt mit ihr zusammen bin ...

In der nun folgenden Situation liegt die Verantwortung bei dem, der noch klar genug ist, sie zu erkennen. Er muss sehr genau überlegen, was und wie er antwortet. Das ist anstrengend, denn in Streitsituationen ist das Brett zwischen Gestelze und Getrampel - in den Augen des Gegners - besonders schmal. Deshalb ist Klarheit der alles entscheidende Faktor, sie ermöglicht ein Mindestmaß an Fairness.

Klarheit als entscheidender Faktor - das gilt in besonderem Maße für *Neins* - Nein sagen ist wichtig. Wie soll der andere wissen, dass er in dieser Sekunde den falschen Knopf drückt, wenn wir das nicht klar kundtun. Jede Frau weiß, dass wir Jungs von Kindesbeinen an dieses Bild der weiblichen Kommunikation lernen: *Nein. Nein. Nein. Nein. Ja.* Das ist charmant und macht uns Mut, nervt aber die Frau, die tatsächlich NEIN meint.

Klare Neins erleichtern die Realität. Und interessanterweise steigt mit dem Grad der eigenen Klarheit die Qualität des Neins. Ohne Anheben der Lautstärke und bei maximalem Verständnis des Diskussionspartners inklusive Freundlichkeit macht Klarheit ein nein zum NEIN.

Doch immer muss jedes Nein auf mögliche Faulheitsaspekte abgeklopft werden - ist meine Hürde wirklich höher, als ihr das Thema wichtig?

Besonders wichtig ist Klarheit, sobald sie uns ernsthaft auf den Schlips tritt: Sie weiß möglicherweise nicht um die Schärfe ihrer Worte, kennt nicht diese Grenze in uns. Sagen wir nichts, streut sie ständig Salz in eine ihr unbekannte Wunde. Das klare Wort kann durchaus humorvoll sein, aber wenn das nicht hilft, darf auch ein gewisser Ernst durchschimmern.

Zum einen sind wir uns selbst diese Klarstellung schuldig, sobald wir tatsächlich verletzt wurden. Zum anderen - und das ist wichtiger - wachsen ungeklärte Situationen im eigenen Kopf gern zu Streitpunkten. Allein schon ihre Genese schafft Distanz.

→ FORM ...

Jeder Mensch hat seine eigene Form der liebevollen Kommunikation. Manche schreien ihr Glück in die Welt, andere lieben still und unauffällig. Liebe und Zuneigung bewegen sich oft unerkannt zwischen den ihren: Väter lieben häufig, indem sie ihre Kinder benörgeln. Verschämt Verliebte schimpfen über das Objekt der Begierde. Manche Menschen zeigen ihre Liebe, indem sie den anderen überhaupt wahrnehmen. So kenne ich eine tiefe Liebe, die sich in banalen Dialogen ausdrückt: Ärger mit Behörden, Handytarife, das Wetter in Nordafrika. Nicht der Inhalt des Gesprächs zählt, sondern nur die Tatsache, dass sie stattfinden.

Einige extrem schlechte Diplomaten ehren das geliebte Wesen, indem sie ihm am Abend den Bürostress vor die Füße werfen, zänkisch, launisch, grantig sind und sich Rettung vom Partner erhoffen: *Dich liebe ich, du als einzige darfst mich vom Alltag erlösen.* Ihr mag diese Form des Vertrauens nervig vorkommen und anstrengend - die Grenze zu Missachtung und Ausnutzung ist hauchdünn. Aber in einigen, seltenen Fällen haben wir hier tatsächlich einen Fall von praktizierter Liebe.

Diese stellt die betreffende Dame vor gewaltige Herausforderungen: Nicht nur muss sie sich die Krümel seiner Liebe mühsam auf dem Boden der Genervtheit zusammenfegen, sie muss auch ihre eigene Liebe für ein latent ängstliches und daher stoffeliges Wesen wider besseres Wissen und Gefühl aufrecht erhalten. Das kostet Energie. Betroffene konfrontieren den Grantler bitte mit diesem Absatz.

Denn in diesem Spiel ist das der wahre Liebesbeweis: dem schimpfenden Partner Ohr und Schulter zu leihen und gegebenenfalls laut mitzuschimpfen. Den Ärger des anderen mitzutragen und ihm so klar zu machen, dass tatsächlich die Welt spinnt, und nicht er. Der weise Partner wird unterscheiden zwischen *in einer Sackgasse verfahren* und *von der Seele reden.*

Mehrdeutige Formen liebender Kommunikation sind schwer zu decodieren und belegen viel Rechenkapazität im Hirn. Genetisch und neurologisch sind

AKTIVES ZUHÖREN

Manchmal sprechen wir, um Ordnung in das Chaos unserer Gedanken zu bringen - wenn wir diese also vor dem Anderen ausbreiten, ergeben sich im begeisterten Gespräch oft neue Zusammenhänge. Das macht Zuhören zu einem aktiven Prozess, der das Beste aus dem Sprecher hervorzaubert.

Wie kannst du so was nur aus deinem Mund rutschen lassen.
Kannst du denn nicht dein Hirn als Filter benutzen?
Ally McBeal

Frauen im Vorteil: was Empathie und Soziales angeht, sind sie besser ausgerüstet. Aber auch wenn dem Mann das Empathische weniger liegt - was wir an Zuhörzeit nehmen, müssen wir auch geben. Nicht in Form von Tand und Geschmeide, sondern idealerweise von Zeit im Dialog. Sind wir dabei interessiert, kommen auch Themen jenseits von Speiseplänen und den Preisen im Supermarkt. Aber vielleicht hat sie auch schon resigniert ...

Grundsätzlich sind Art und Erhalt der Kommunikation eine Herausforderung für jede Beziehung, die den Regenbogen hinter sich hat. Das wird noch komplizierter, da Kommunikation sich nicht auf Schallwellen begrenzt, auch nicht auf böse oder verheißungsvolle Blicke - Information kennt viele Kanäle, und alle haben ihre Aussage. Steht sie im Bad und braucht Stunden, hat sie vielleicht keine Lust auf den Polterabend. Oder es ist ausgesprochen wichtig, wirklich gut auszusehen - vielleicht fühlt sie sich momentan nicht schön.

Extrem ist diese Möglichkeit: Wird sie ungewollt und unerwartet schwanger, kann(!) auch dies seinen tieferen Sinn haben. Zum Beispiel: *Ich will die Beziehung auf sichere Füße stellen. Ich will den nächsten Schritt gehen. Mit dir!* Die Aussage wird immer durch den Kontext bestimmt, und lässt sich in diesem Fall auch nicht verhüten: Sobald sich - meist unbewusst - genug geistiges Material angesammelt hat, schmuggelt sich das Spermium locker durch die Versagerquote der Verhütungsmethode. Im Kampf der Entschiedenheit zwischen Geist und Materie hat letztere immer das Nachsehen.

Es mag gewagt sein, die Zeugung eines Kindes als Kommunikationsform zu betrachten, aber nach den aktuellen Erkenntnissen der systemischen Sicht von Humberto Maturana ist Kommunikation keine Informationsübertragung, sondern die Koordination von Verhalten zwischen lebenden Organismen.

Besonders das Kinderbeispiel stellt die interessante Frage nach dem Mitteilungsbedürfnis des Unbewussten. Irgendwo zwischen Freud'schem Versprecher und Nihilismus tummeln sich viele Interpretationsmöglichkeiten, die

WORT UND TAT

Ein Großteil unserer Befindlichkeit hängt von dem ab, was wir uns selbst zu sagen haben. Schimpfen wir mit uns, jammern wir uns selbst die Ohren voll oder mäkeln permanent an den anderen und der Welt, haben wir bald die Schnauze voll von uns selbst. Bei allen bodenständigen Argumenten gegen positives Denken - wenn wir nicht selbst positiv denken, tut es keiner für uns. Und was wir denken, worauf wir unsere Aufmerksamkeit richten, etabliert den Rahmen unserer Realität. Selbstgespräche können ein Leben verändern. Vielleicht Ihres.

Darin besteht die Liebe: Dass sich zwei Einsame beschützen und berühren und miteinander reden.
Rainer Maria Rilke

sich unter dem Begriff *es gibt keine Zufälle* summieren lassen: Spricht sie mich mit dem Namen ihres xFreundes an, stolpere ich beim Besuch meiner Schwiegereltern schon an deren Türschwelle, hat sie während der Liebeserklärung diesen gelangweilten Blick ... Jede dieser Einzelheiten ist aussagekräftig, aber alle lassen sich überbewerten. Sprich: Jede Kleinigkeit ist entscheidend, und genau das ist absolut unwichtig.

➜ ... UND VIELFALT

Kommunikation ist auch deshalb so anstrengend, weil wir nie wissen, wer gerade am Ruder ist. Wir wissen grundsätzlich nicht, mit wem wir reden und auch nicht, welcher Aspekt unserer Persönlichkeit aus uns redet - wir haben keine Ahnung.
Scheißt sie uns nach allen Regeln der Kunst zusammen, meint sie dann wirklich uns oder schreit sie eigentlich ihren Steuerberater/Chef/Vater an, und wir sind nur zur falschen Zeit am falschen Ort? Letzteres trügen wir ja locker mit - sofern sie uns in das Elend ihres Nachmittags einweiht. Wir brauchen den Kontext, müssen wissen, wo sie steht. Doch dieser Kontext ergibt sich oft erst auf dem Weg, weshalb so manche Botschaft zu spät ankommt. Hinterher sind wir immer schlauer.

Eine Abstraktionsebene höher lauert Freud mit seiner Unterteilung des Menschen in *überbewusste, bewusste* und *unbewusste* Aspekte. Sowohl Bezeichnung als auch Teilung sind austauschbar, in der Transaktionsanalyse beispielsweise wird unterschieden zwischen dem *Eltern-Ich*, dem *Erwachsenen-Ich* und dem *Kind-Ich*. Und von Robert Ornstein stammt gar der Begriff *Multimind*. Während ich hier schwer dozierend mit Fachbegriffen um mich werfe, warten Sie vielleicht nur auf den nächsten fluffigen Lacher. Damit bin ich im Eltern- und Sie sind im Kind-Ich. Verstehen Sie das? Natürlich nicht, zumindest, wenn das Beispiel zutrifft. Und schon reden wir aneinander vorbei.

Selbst wenn Sie glauben, im normalen Ich - was ist das normale Ich? - zu sein, wurde dieses möglicherweise von einem unbewussten Aspekt gekapert, der bei der obigen Frage *Verstehen Sie das?* üble Erinnerungen an einen dominant-dozierenden Vater reaktiviert - prompt fühlen Sie sich in diesem Gespräch unterbewertet und schlagen mit der Faust auf den Tisch. Ihre Umwelt wundert sich dann über ungerechtfertigt harsche Reaktionen.

Willkommen auf dem Minenfeld des tödlichen Wissens: Die letzten Absätze stecken voller Sprengstoff, denn wenn wir der Dame unseres Herzens,

Apocolypse now / Who's talking shit now
Give me the countdown / 3...2...1
Limp Bizkit

ausgestattet mit fundiertem Halbwissen und einer guten Portion Selbstüberschätzung in der nächsten Diskussion ihr unterversorgtes inneres Kind um die Ohren hauen, sollten wir uns besser anschnallen - sie wird in Nullzeit zur Höchstform auflaufen.

Immerhin ist die Erfahrung, obwohl wahrscheinlich recht kurz, doch so lehrreich, dass wir schnell lernen, manche Weisheit/Erkenntnis/Vermutung doch nicht sofort zu kommunizieren. Buddha sagt: *Sag immer die Wahrheit, aber nicht jede Wahrheit muss gesagt werden.* Womit wir wieder beim Zeitpunkt wären.

Interessanter und lehrreicher ist es, sich selbst als Meerschweinchen zu nutzen und immer wieder nachzuforschen, warum man sich gerade beim Partner so beschweren musste. *Warum fühle ich mich so, warum sage ich das, woher kommt der Zorn, der mich gerade befällt?* Die Antworten auf diese Fragen sind oft spannender, als uns lieb ist.

Indem wir sie stellen, springen wir auf eine höhere Ebene - und damit aus der Situation heraus. Das ist meist grandios, da wir mit dem neuen Blick andere Lösungen finden, aber manchmal auch daneben: das Minenfeld wird erweitert um eine möglicherweise übertriebene Selbstbeobachtung. Es gibt ein zu tiefes Wühlen, und wer weiß schon, ob wir uns einiges an psychologischen Defiziten nicht selbst andichten. Aber im rechten Maß ist Selbstbeobachtung mehr als hilfreich: wir lernen uns kennen ...

Dieses neue Wissen ist mit das Größte, was der Mensch erleben kann - es ist pure Freiheit. Von Ängsten, Automatismen, von all diesen dappigen Patzern, die der Mensch so gerne macht, wenn er nicht analog zu seinen inneren Werten läuft. Und manchmal führt es zu einer gänzlich unterbewerteten Kommunikationsform: der Entschuldigung. Mit etwas Übung ist der Gang nach Canossa kein demütiges Kriechen, sondern der aufrechte Gang des freien Mannes. Und in der Effektivität kaum zu toppen.

Sie sehen, es gibt viel zu lernen. Und wenn Sie sich einmal damit beschäftigen, werden Sie jede Menge Spaß haben, Wissen und Weisheit erwerben. Sie werden klarer kommunizieren, da Sie sich Ihrer wahren Natur sicher sind. Aber es wird Ihnen nicht helfen. Selbst wenn Sie sich als Beziehung und Paar gemeinsam in die Tiefen der Kommunikationsstrukturen stürzen - Sie finden nur neue Themen, über die Sie trefflich streiten können.

Doch das Universum zielt mit dieser Entwicklung nicht auf Fatalismus, sondern auf Freiheit:

Shut up / Just shut up / Shut up [3x] / Shut it up, just shut up
Shut up / Just shut up / Shut up [3x] / Shut it up, just shut up
Black Eyed Peas

→ DAS KLASSENZIEL

in der Kommunikation ist ein freier Kopf: Frei von Vorwürfen und Selbstvorwürfen, von Bedauern und Überbewertungen. Die beste Umsetzung zeigt sich dabei an den Spitzen und Extremen, eben im Streit. Der Lehrplan sieht Folgendes vor:

Vergebung: Beispiel Kinder - wir können uns aufs Aberwitzigste mit ihnen fetzen, aber nach kurzer Zeit kommen sie angedackelt und erbitten Aufmerksamkeit oder Nahrung. Ich bin immer noch im Schmollen, aber die Kids haben Grund und Krise schon verziehen/verarbeitet/vergessen. Der erste Lerneffekt im Streit besteht also tatsächlich in der Einsicht, dass das Leben danach weitergeht und die Beziehung keinen tiefen Kratzer abbekommen muss. Davon muss ich mich nur selbst immer wieder überzeugen.

Klarheit: Wir können im Streit und durch den Streit lernen, bei uns selbst zu bleiben. Nicht auf die Frechheiten des anderen - die häufig nur vor seinen verletzten Gefühlen stehen - einzusteigen, sondern ganz klar zu bleiben und ohne Widerstand zu hören, was er sagt. Das ist nun wirklich sauschwer, denn wenn er provokativ oder beleidigend rüberkommt, antworten wir gern auf gleichem Niveau. Dummerweise haben wir dann schon verloren. Die gefährlichen Positionen heißen Forderung und Verteidigung.

Freiheit: Statt uns auf Grabenkämpfe einzulassen, können wir berichten, wie es uns geht: *Ich habe Schwierigkeiten mit ... daher geht es mir so ... heute komme ich schlechter mit ... zurecht ...* Das ist natürlich blöd, weil sehr nah am Gestelze - jeden Satz gilt es zu wägen. Trotzdem ist die Umsetzung weise, da wir die Verantwortung für unsere eigene Befindlichkeit übernehmen. Wir verteilen keine Schuld, zeigen nicht mit dem Finger auf sie. Wir urteilen nicht, noch greifen wir an. Wir trennen zwischen *ihr* und *ihrem Verhalten.*

Damit vermeiden wir nicht zuletzt den Boxring als solchen. Wir berichten, wir streiten nicht. In der Diskussion darf auch sie ihre eigene Meinung haben, die - mindestens aus ihrer Sicht - genauso viel Wert hat wie meine eigene. Was nur fair ist. Indem wir die Hosen runter lassen und uns nicht verteidigen, schaffen wir neue Möglichkeiten. Vielleicht finden wir eine andere Haltung zum ihrem Verhalten. Gleichzeitig aber machen wir es auch ihr einfacher, neues Verhalten zuzulassen. Denn wir erwarten nichts. Nur so kann das Leben von selbst in die Richtung laufen, die ihm vorschwebt. Das ist ziemlich buddhistisch und groß ist der Lohn, der Sie erwartet: Friede im Tal.

Jeder muß seinen Frieden in sich selber finden, und soll der Friede echt sein, darf er nicht von äußeren Umständen beeinflusst werden.
Mahatma Gandhi

Doch zurück zum Irdischen: Jede Art von Klärung erfordert einen massiven Energieaufwand und jeder *Oh-nein-jetzt-nicht-* oder *Ich-will-nicht-*Gedanke ist nur verständlich. Zwar wissen wir, dass wir das Thema unbedingt klären müssen, aber doch bitte nicht heute. Morgen, vielleicht ...

Das ist eine radikale Fehleinschätzung: Unser Energiemangel befällt uns nicht anlässlich der bevorstehenden Klärung - im Gegenteil, er bleibt uns erhalten, bis wir das verdammte Gespräch hinter uns haben. Je länger wir warten, um so höher wird der abzutragende Berg.

Und noch schlimmer: Je mehr wir uns wehren, um so anstrengender wird die Erledigung. Aber Unlösbares klärt sich sofort, sobald wir unseren Widerwillen los geworden sind. Das natürlich bezieht sich nicht nur auf zu führende Klärungsgespräche, sondern auch auf Buchhaltung, Spülarien und abzuliefernde Manuskripte.

Wenn wir in Liebe kommunizieren, kann uns nichts passieren. Das ist Esokram - ich weiß. Aber völlig ernst gemeint: Wenn uns etwas am Anderen stört, wenn wir im Streit sind, wenn wir einfach nur schlecht drauf sind, wird es der Effektivität unserer Kommunikation dienlich sein, wenn wir uns vor dem nächsten Satz an die Liebe erinnern, die wir für sie empfinden. Erinnern heißt in diesem Fall *spüren*.

Sind wir tatsächlich in einem grenzwertigen Streit, gehen die Forderungen des anderen zu weit, merken wir, dass gerade eine ungute Grenze überschritten wird, kommt es gar zu Tätlichkeiten, dann erinnern wir uns an die Liebe, die wir uns selbst schuldig sind. Auch das führt zu sinnvoller Kommunikation.

DER FALL DER MAUER

Auch jenseits deutscher Schlager gibt es die Theorie, nach der jeder Mensch eine Insel ist. Meine Insel mag an manchen Küstenabschnitten zu der Ihren passen, aber große Teile des unwegsamen Hinterlandes haben nichts gemeinsam. Der Strand der Insel ist meine persönliche Grenze. Die ist beispielsweise erreicht, wenn Sie mich mit Currywurst und Wiener Schnitzel auf Ihr Eiland locken möchten. *Danke nein*, antworte ich und treibe von dannen. Natürlich werde ich nicht sterben, wenn ich Fleisch esse - aber dieser Fleck meiner Insel liegt so lange unter Wasser, bis ich kurz vor dem Verhungern bin.

Andere Grenzen werde ich freiwillig weitaus früher überschreiten. Sollten Sie zufällig die Frau meines Lebens sein, werden Sie mich bestimmt zu einigen Aktivitäten überreden können, die mich bis dato nicht aktiv angezogen haben. Aber viele Grenzen sind vergleichsweise fix und können nur mit Mühe überschritten werden. Gleichgültig, ob es sich dabei um physikalische Grenzen handelt, ästhetische, kulinarische oder moralische.

→ EXPANSIONSKURS

Tatsächlich sind es selbstauferlegte Grenzen, die uns zum Individuum machen, beginnend mit der Abgrenzungsphase der Teenagerzeit, wenn Pop plötzlich Pickel macht, aber Punk frei. Unsere Grenzen definieren das mentale Biotop, in dem wir gedeihen. Wird unsere Welt zu klein, entwickeln wir

MORAL

Moral und Ethik seien rationale Elemente der Vernunft, sagen die Philosophen. Die es als Wissenschaftler nicht leicht haben in einer rational orientierten Wissenschaftslandschaft. Die weiß es inzwischen besser: Kernspintomographische Untersuchungen zeigen, dass moralisch/ethische Probleme primär von Gehirnarealen entschieden werden, die sich ansonsten mit Angst und Trauer beschäftigen - Moral scheint aus der Vermeidung von unangenehmen Emotionen zu entstehen. Das wäre fast schon tragisch.

Jeder sieht die Grenzen seines Gesichtsfeldes als die Grenzen der Welt an.
Arthur Schopenhauer

geistiges Neuland. Das ist immer ein Abenteuer: Es gibt neue Regeln zu lernen, neue Freunde und neue Feinde zu entdecken.

Vielleicht bleiben wir in diesem neuen Land, vielleicht treibt es uns weiter. In beiden Fällen entwickeln wir ein Weltbild, das uns widerspiegelt, begrenzt, trägt, hält und nährt. Dabei haben die Grenzen unserer Persönlichkeit keine Ecken und Kanten, sondern werden bereichert durch *markante Konturen*. Der Strand unserer Insel ist in seiner Form, Sehenswürdigkeiten und Naturschönheiten grundsätzlich als echtes Wunder zu werten und der Umwelt zur Nachahmung empfohlen.

Immerhin: Teile davon sind wahr.

➜ KOLLISIONSKURS

Nun treibt dieses wundervolle Wesen auf uns zu. Schnell ist klar: Wir harmonieren hormonell und generell und nach spätestens drei Monaten ziehen wir zusammen. Sie mag Dali. Ich finde Dali kitschig. Ich liebe die Farben von Monet. Der hängt bei ihrer Mutter im Klo. Zum Putzen höre ich Rammstein. Sie singt zum Aufwachen indische Mantren. Kurzum - unsere geistigen Gestade erweisen sich als nicht völlig deckungsgleich.

Kein Problem, gegenseitig lehren wir uns die Sprache der anderen Musik und erweitern damit unsere Hoheitsgewässer. Dann tauschen wir uns aus über eine sinnvolle farbliche Trennung der Wäsche, die Verlustrate von Hausschlüsseln und die Erziehung von Kleintieren. Der Austausch wird zur Diskussion, die Diskussion wächst zum Streit ...

Nur wenige Beziehungen ertragen gänzlich unterschiedlichen Strandpanoramen. Doch wacker wird darum gerungen. Aber warum? Nun, wir kämp-

FLEXIBILITÄT

Der Mensch bewegt sich gerne auf sicheren Bahnen. Novitäten sind ihm suspekt, Verhaltensänderungen ein Greuel. Unsere Faulheit grenzt an Arroganz, aber eine solche können wir uns locker leisten: Wir leben in Europa. Wir müssen nicht, wir können, auch wenn es sich oft anders anfühlt. Sollte morgen allerdings der Krieg ausbrechen, werden sich bestimmte Verhaltensadaptionen kaum vermeiden lassen. Kinder werden sich fast sofort umstellen, und auch wir Erwachsene werden - so wir überleben - den bestmöglichen Weg des Umgangs mit der Situation finden. Menschen sind auf Flexibilität in der Not ausgelegt.
Sobald in der Beziehung Not herrscht, neigen wir zur Flucht. Das ist der einfachere Weg - und manchmal durchaus angebracht. Es braucht eine gute Verbindung zu sich selbst, um die Unterscheidung zwischen *Befreiungsschlag* und *Flucht* zu finden. Und Meinungen sind einfach nur Meinungen.

fen um unsere Insel. Entweder darum, dass sie mit der des anderen zu einem ausbaufähigen Kontinent verschmilzt, oder darum, dass meine Insel meine Insel bleibt. In beiden Fällen werden die Grenzen des anderen die dominanten Grenzen der Beziehung. Unsere eigenen sind ja bekanntermaßen über jede Kritik erhaben.

Sowohl aus chaostheoretischer als auch aus entwicklungspsychologischer Sicht liegt ein Hauptvorteil einer Beziehung darin, dass beide Partner sich bewegen müssen ... *ich kann das nicht ... ich bin zu klein/dick/dumm/dünn ... ich bin halt so* ... all die liebgewordenen Glaubenssätze mögen zutreffen, aber darauf zurückziehen kann sich auf Dauer nur, wer alleine lebt. Natürlich ist der Mensch faul und träge, und schon ohne Partner ist das Leben schwer genug. Aber jetzt leben wir in einer Partnerschaft, und die erfordert Sprünge. So wissen wir nur zu genau, wann ein freundliches Wort oder gar eine Entschuldigung angebracht wäre - aber wir schauen in die andere Richtung. Wir reden uns raus, sogar vor uns selbst: *Aber ich habe doch ...* Doch wenn wir ehrlich sind, dann haben wir nur halbherzig oder gar nicht.

Tatsächlich *wollen wir nicht* und verschanzen uns auf einer unhaltbaren Position. Wäre unsere Beziehung eine Apfelmännchengrafik, könnten wir erkennen, dass Information primär an den Rändern stattfindet. Und genau hier stehen wir jetzt. Wir können nicht mehr in unsere alten Grenzen zurück, denn sie funktionieren nicht mehr. Also müssen wir uns bewegen. Das tut uns gut, denn Stagnation ist der Tod. Aber der Tod ist angenehm ruhig.

Unsere Beziehung ist das nicht, und am Lautesten sind unsere Ausreden. Doch eines ist uns allen klar: Wenn wir verliebt sind, interessieren uns unsere Grenzen keinen Deut. Der Partner ist das Trampolin, das uns in neue Erlebniswelten katapultiert, und alle sind sie bunt und schön. Natürlich ist in der Verliebtheit die Motivation eine andere und damit unser Energielevel höher. Aber nur, weil der Sprung heute schwerer ist, heißt das nicht, dass er unmöglich ist. In der weiteren Beziehung gibt es also nur zwei Gründe für das Nicht-springen: Faulheit oder besseres Wissen. Faulheit aber ist kein Grund und besseres Wissen situationsabhängig.

➔ SPRINGEN - WARUM?

Manchmal beengen uns die Grenzen, die uns gestern noch schützten. Sowohl die Flexibilität des Erkennens als auch das Überspringen können wir in einer Beziehung trainieren, aber natürlich geht es uns gegen den Strich - schließ-

Die ganze Menschheit teilt sich in drei Klassen:
Solche, die unbeweglich sind, solche, die beweglich sind, und solche, die sich bewegen.
Arabisches Sprichwort

lich ist es der Hafen der Beziehung, in dem wir auftanken und uns erholen wollen nach den Stürmen des Lebens.

Schon allein um diese Diskrepanz zu ertragen, müssen wir springen - in den Anforderungen an uns, an die Beziehung und in vielen 1000 Kleinigkeiten: *Wie viel Vergebung können wir aufbringen? Wie belastbar sind wir? Wie offen können wir sein? Wie tolerant?*

Je größer die Beziehung wird, um so weniger können wir den fundamentalen Fragen ausweichen, ohne die ganze Beziehung zu kippen. Ab einem gewissen Punkt - und bis zu einem gewissen Punkt - haben wir keine Wahl. Und das begegnet uns nicht nur in der Liebesbeziehung. Wir müssen springen oder vergehen.

Springen steht im Zusammenhang mit *über seinen Schatten* und *geistigen Hürden*. Interessant sind besonders die Themen, die im bisherigen Leben nicht vorkamen. Manche fallen sofort durchs Raster, aber andere sind soweit außerhalb des eigenen Neugierspektrums, dass sie nur gut für uns sein können. Die Esoteriker sagen: *Der Weg geht da lang, wo die Angst ist.*

Um unseren Sprung nicht als Gestoßen-werden zu empfinden, müssen wir wissen, warum wir springen. Wir hatten das schon: Springen wir für den Partner, stauchen wir uns den Knöchel und verweigern - bewaffnet mit einem ärztlichen Attest - jede weitere geistige Beweglichkeit. Das ist ein Rückfall in alte Muster und unser nicht würdig. Wir sagen also entweder NEIN. Oder wir sagen JA. Stichwort Entscheidung. In jedem Fall ist der Sprung so leicht, wie wir ihn uns machen.

→ GEFÜHLSSACHE

Wir können uns auf die Position zurückziehen, dass jeder Mensch nur ein gewisses Maß an Leid und Ärger ertragen kann, bevor er die Flügel hängen lässt und weiterzieht. Und das stimmt. Es gibt eine Grenze des Erträglichen, die der Mensch besser nicht überschreitet, wenn er sich nicht verraten will. Dahinter lauern unglückliche Beziehungen, unausgegoren, einschränkend, voller Elend und Leid.

Die alte Weisheit, dass niemand beim Sprung des Freundes von der Brücke hinterherspringen muss, gilt hier mehr denn je. Speziell beim Übergang Verliebtheit → Liebe werden wir manchmal Opfer unserer eigenen Euphorie. Aber wer weiß schon vorher, wo die Grenze zwischen gesundem Wachstum und pathologischer Hingabe gezogen ist? Auf eine Art ziehen wir sie täglich selbst - anhand eines Gefühls. Dieses Gefühl sagt uns, ob wir noch im grünen Bereich sind oder der Beziehungsmotor uns in Kürze um die Ohren fliegt.

Und damit sind wir an der ersten Latte, die wir zwangsläufig höher hängen müssen: der des Vertrauens zu uns selbst und zu unserem Gefühl. Egal, was ich an dieser Stelle sage und wie viel Rat Ihnen Ihr Umfeld bietet - der todsichere Instinkt verlässt uns nach der Verliebtheitsphase, wenn die Probleme beginnen. Umwelt und Fachliteratur kennen sich zwar perfekt aus, präsentieren aber zu viele - und häufig gegensätzliche - Weisheiten. Und alle sind die einzig richtigen. Denn wenn es um Beziehungen geht, ist jeder Experte.

→ BEGRENZTE PARTNER

Da wir unsere eigenen Grenzen selbst nicht sehen, sehen wir eben die des Partners. Dieses Verhalten nennt sich *Projektion* oder *Spiegelung* - wir hatten es schon beim Thema Ärger: Wir unterstellen dem Partner, was wir selbst bewusst oder unbewusst denken. Bei Kindern zeigt sich das sehr offensichtlich, wenn eines Angst vor der Achterbahn hat und deshalb das andere einen Feigling schimpft. Wenn Sie sich an dieser Stelle über das *deshalb* wundern: Die Kausalkette funktioniert genau so.

Jeder kennt vergleichbare Situationen, und sobald wir offenen Auges unsere Haltungen abklopfen, werden es mehr. Die Frage, ob denn nun meine Heiratsunsicherheit unbewusst bei ihr ankommt und unter Umständen sogar der Grund ihres Neins ist, wollen wir hier nur der Rhetorik wegen stellen - sie lässt sich nur mit ja beantworten. Und Sie fragen sich wirklich, warum bisher keine Ihrer Beziehungen überdauert hat? Das wundert niemanden, der um Projektionen weiß. Viele kennen die Theorie, aber niemand fasst sich während der Projektion an die eigene Nase. Nachträglich ist der Mensch zwar immer schlauer, aber nicht immer bewusster.

→ GEGENPOL

Langsam zeigt sich die ganze Komplexität des menschlichen Miteinander: Immer wenn wir denken, wir hätten eine Ebene durchschaut, lauert eine neue dahinter. So ziehen wir manche Grenzen nur, weil der Partner sie überschreiten will - das hatten wir schon. Indirekt funktioniert das Prinzip noch besser: Wenn sie besonders gut in Geschäftlichem ist, muss ich diesen Teil nicht mehr besetzen und kann mich im Gegenteil sogar davon weg bewegen. Parallel dazu kann ich mich erst zum Denker entwickeln, weil ich a.) neue Kapazitäten frei habe und b.) hier am meisten Möglichkeiten in der Beziehung für mich sehe. In diesem Fall sprechen wir nicht mehr von praktizierter Unvernunft, sondern - Jahre später - von merkwürdigen Wegen des Lebens.

 Die Liebe ist eine Gleichung. Ein Ich und ein Du ergeben ein Wir. Das ist wirklich ganz einfach. Damit will ich sagen, dass die Basis für jedes Wir immer ein Ich ist ...

→ FAZIT

In Teil 2 haben wir nur beschrieben, aber hier in Teil 3 müssen wir uns Unsere Haltungen und Positionen unter den Lupen *Projektion* und *Gegenpol* betrachten. Ganz einfach, weil wir uns andernfalls selbst Freiheiten und Entwicklungsmöglichkeiten nehmen. Wenn alle Rollen im Spiel dauerhaft vergeben sind, wird es ihr, der Beziehung und auch mir wahrscheinlich irgendwann langweilig.

Hier gibt es aber auch eine sehr hübsche kleine philosophische Erkenntnis zu bewundern: Grabenkämpfe sind sinnlos, da wir in einer anderen Situation mit einer anderen Vorgeschichte die andere Position genauso vehement vertreten würden.

Doch Grenzen haben auch Vorteile: Innerhalb sehen wir uns ganz genau. Wir kennen unser Territorium und fühlen uns sicher. Aber unsere Grenzen sehen von innen viel flexibler aus als von außen. Von innen sind sie weit und plüschbemantelt, von außen erscheinen sie eher eng und voller Selbstschussanlagen. In der Verliebtheit reißen wir unsere Grenzen mit Begeisterung nieder, und wenn wir schlau sind, versuchen wir, diesen Zustand möglichst lange aufrecht zu erhalten.

Andererseits droht einer Beziehung ohne Grenzen der Osmosetod. Beide können ohne einander nicht mehr existieren und suchen nach Verschmelzung auch noch in der kleinsten Kleinigkeit. Das resultierende Glück ist flach und schal. Denn schlussendlich sind unsere Grenzen auch genau die Punkte, die wir mit dem Partner gemeinsam haben. Grenzen verbinden.

VERTRAUEN IST GUT

Alte Freunde, Kinder und - später - auch Eltern stehen neben uns und haben die gleiche Blickrichtung. Ihnen zu vertrauen, ist leicht. Läuft es gut, blickt auch der Partner in die gleiche Richtung. Aber manchmal stehen wir in Opposition und schauen uns zornig in die Augen - wir verlieren das Vertrauen in ihr Denken und Handeln. Doch da wir immerhin alle wichtigen Dinge miteinander teilen, müssen wir ihr auch irgendwie vertrauen.

Alles andere wäre Quatsch.

➜ WERTLOS

Vertrauen braucht eine Basis, die sich oft aus geteilten Werten ergibt, und seien es auch nur Kleinigkeiten. Wie pünktlich hätten wir's denn gerne, wie ordentlich in der gemeinsamen Wohnung? Diese Werte sind wichtig, denn erscheint sie vier Stunden nach dem vereinbarten Termin, wird nicht nur der Wert Pünktlichkeit verletzt, sondern unser Selbstwert - *wenn wir ihr wichtig sind, kommt sie pünktlich und lässt uns nicht warten ...* Da Werte unser Weltbild kreieren - wir sind stolz, wenn sich unser Umfeld auf uns verlassen kann -, verwechseln wir gern unsere Werte mit unserer Persönlichkeit.

Nun können sich beide Parteien natürlich samt Rechtsanwalt hinsetzen und die fraglichen Werte vertraglich festlegen. Da aber Seitenblicke auf die genetische Konkurrenz juristisch schwer abzusichern sind, wäre ein beratender Philosoph angebrachter. Zumal viele Werte auf der Zeitschiene einem Wandel unterliegen.

Vertrauen wird enttäuscht - immer und immer wieder. Das lernen wir früh, und den Spruch über die Kontrolle gleich mit. Auch heute kontrollieren wir gerne, wenn auch mit Mitteln so subtil, dass sie uns selbst oft verborgen bleiben. Selbst die Einsicht, dass aktive Schnüffelei vom Partner selten als Liebesbeweis gewertet wird, hält uns nicht davon ab, permanent mit der Kontrollinstanz in unserem Hirn zu konferieren. So verbraten wir viel Energie.

Liebe besteht nicht darin, dass man einander anschaut,
sondern dass man gemeinsam in dieselbe Richtung blickt.
Antoine de Saint-Exupery

Am Anfang mag der Wert der Schönheit oder der finanziellen Unabhängigkeit tragend sein - auf eine schöne Frau wartet Mann ohne Murren. Aber auch nur eine gewisse Zeit. Denn wie die meisten von uns allmorgendlich im Spiegel erkennen, sind es die inneren Werte, die auf Dauer zählen. Je mehr wir uns entwickeln, um so mehr verändern sich die Ansprüche. Und damit wird das Gegenteil wahr: Wer unsere Welt teilt und unsere Probleme versteht, bei dem lässt sich Schönheit leichter entdecken.

Bekommt eine Beziehung diese Art von Basis, entwickelt sie mit der Zeit eigene, fundamentale Werte. Kinderbedingt oder anhand ausführlicher politischer Diskussionen schälen sich mit der Zeit gemeinsame Schnittmengen heraus. Sie weiß, dass Kreativität eines meiner höchsten Güter darstellt und lässt mich schreiben, wenn ich schreiben muss. Das ist bestimmt nicht einfach, denn da wir selbsternannten Kreativen immer an höheren Zielen feilen, erwarten wir automatisches Verständnis und sind um so erschütterter, wenn dies nicht gewährt wird. Sie dagegen toleriert in ihren Augen vielleicht nur einen Spleen, und auch das muss von unserer Seite honoriert werden: Wenn Liebe funktioniert, tritt die Begründung in den Hintergrund.

Wir pendeln also zu weit nach rechts, zu weit nach links und uns irgendwann dann auch ein, entwickeln ein gegenseitiges Verständnis: lernen, loslassen und verteilen Freiheiten. Jede Beziehung entwickelt ein eigenes Set an Werten, und es ist gut, sie zu kennen, sich auf sie zu beziehen und im Zweifel auch einzufordern. Vertrauen basiert auf vorhersehbaren Reaktionen.

→ DAS GEGENTEIL VON ANGST

Regelmäßig finden wir uns in einer Schlaufe, die sich fragt, wer von beiden mehr investiert, mehr produziert und möglicherweise mehr liebt. Manche erleben das anstrengend oft, und hier weiß der Psychologe: Menschen, die oft um sich selbst kreisen, neigen zu verstärkten Ängsten. Sie fragen sich, wie sich die Aktionen der Welt sich auf ihre körperliche und geistige Unversehrtheit auswirken könnten und gewinnen dabei zunehmend an Rotationsgeschwindigkeit.

Hier hilft ausschließlich Vertrauen: Vertrauen in den Partner, Vertrauen in sich selbst, Vertrauen in die Tatsache, dass die Situation nach einer Nacht des Darüber-Schlafens ganz anders aussieht.

Vertrauen ist eine Sache des Herzens, Misstrauen dagegen kommt aus dem Kopf, aus genau der Ecke, in der auch mangelndes Selbstwertgefühl und verletzte Gefühle herumlungern und Unruhe stiften. Vielleicht ist Kontrolle manchmal tatsächlich besser. Aber sie bindet schon heute Energie, wäh-

Je näher wir uns kommen,
desto weiter können wir gehen.
Anke Maggauer-Kirsche

rend das Vertrauen vielleicht erst morgen gebrochen wird - verdummte Zeit. Möglicherweise schaffen wir auch erst die Dissonanz, indem wir so unglaublich viel nachfragen und uns sorgen. Selbsterfüllende Prophezeiungen kommen häufiger vor, als uns lieb sein kann. Kurzum: Kontrolle strengt an. Vertrauen entspannt.

Dem Vertrauen polar gegenüber steht eine geballte Front von Angst, Befürchtungen, vielleicht sogar Erfahrung. Warum soll dieser Partner anders sein als die anderen vorher? Keine Ahnung! Vielleicht anerkennt das Universum Ihre Bemühungen. Vielleicht haben Sie etwas gelernt und sich diesmal die Richtige rausgesucht. Vielleicht ist sie es auch nicht - aber sie wird es nie sein können, wenn Sie ihr nicht vertrauen. Probleme kommen so oder anders. Diese als Ausrede für nicht gewährtes Vertrauen zu benutzen, ist eine Frechheit der Liebe gegenüber. Wie gesagt, wir sprechen über das Verhältnis zu dem Menschen, der uns am nächsten steht. Wenn wir ihr nicht trauen können - wem dann?

➜ LASSEN

Vertrauen bedeutet an erster Stelle *lassen*: *zu* und *los*, *vor* und *frei*. Ich liefere mich aus, sichere mich nicht ab, gebe mich hin. Ich erwarte nicht und befürchte nicht. Und das ist enorm schwer.

Vertrauen ist am Anfang eher Gottvertrauen. Oder das Selbstvertrauen, sich auf den richtigen Partner eingelassen zu haben. Dieses Selbstvertrauen ist ein Schwert gegen Zweifel, allerdings ein zweiseitiges: Auch Aussagen á là *Ich verliebe mich immer in den Falschen* entsprechen diesem Selbstvertrauen und sind stets zutreffend: Wir bekommen, was wir erwarten. Vertrauen ist ein Vorschuss ohne Erwartung der Rückzahlung. Risikokapital. Vertrauen ist aber auch eine Entscheidung. Und eine gute Übung.

Vertrauen ist auch die effektivste Theatervermeidungsstrategie. Leidet die Beziehung beispielsweise einen mittelschweren Weltbildstreit, erweicht Vertrauen die starren Fronten: Auf ihre Art wird sie schon wissen, was sie tut, sie muss nicht zwangsläufig all meine Vorlieben und Werte teilen. Auch die üblichen Mann-Frau-Dominanz-Rüpeleien können entfallen: Wer sagt denn, dass auf der Motorradtour der Mann immer vorausfährt oder sie im Auto immer auf dem Beifahrersitz sitzt? Wir rennen einem alten Weltbild hinterher, wenn wir immer die dominante Rolle spielen wollen. Im Vertrauen taucht die Frage nach der Macht in der Beziehung nicht mehr auf. Jeder hat seine starken und weniger starken Punkte. Über Vertrauen verteilt man die einen optimal und akzeptiert die anderen.

Liebe wird aus Mut gemacht
Nena

→ UNENDLICHES VERTRAUEN

Vertrauen in normalen Beziehungen hat eine Grenze - es wird nicht verschenkt, sondern gewährt, solange sich der Vertragspartner an die Regeln hält. Das ist genauso vernünftig, wie es die Beziehung begrenzt. Denn in unserem Kontext geht es darum, bestehendes Glück beim Schopf zu packen und auch dann zu halten, wenn der Horizont schwarz wird. Unmögliches speisen wir dabei aus den beiden Quellen Entscheidung und Verantwortung. Vertrauen ist die dritte.

In seiner extremen Form hat es nichts mehr mit dem Partner zu tun, sondern fließt aus uns selbst, um uns selbst, durch uns selbst, kurz: wir vertrauen dem Leben. Alles darf passieren, denn alles ist in Ordnung und im mindesten Fall eine Erfahrung. Knietief stehen wir hier im Zen, aber wir stehen ungemein sicher und gestützt. Wo nichts zu verlieren ist, muss nichts gefürchtet werden.

Ein solches Vertrauen hat etwas Magisches, denn es zeigt uns noch deutlicher die Differenzierung zwischen dem geliebten Wesen und seinen Handlungen: Sie darf uns anscheißen, wenn sie einen schlechten Tag hat. Sie darf auch anderen Männern auf den Hintern starren, ohne dass wir uns herabgesetzt fühlen - und das nicht nur aus Fairnessgründen. Sie darf vieles, weil sie - genau wie wir auch - in vielen Situationen steckt. Dahinter aber kennen wir ihr Wesen, und auch wenn wir sie in einigen Manifestationen an die Wand klatschen könnten, ihr tiefstes Inneres verdient unser Vertrauen.

Mental gesehen machen wir völlig auf, verzichten auf gewohnten Schutz und geistige Fassadenklettereien. Wir geben uns hin, wohl wissend, dass wir jederzeit verletzt werden können. Hier könnte jetzt das Bild vom Vertrauen als Gabe auf dem Altar der Liebe kommen, aber das wäre kitschig. Außerdem kann ich hier Bilder ohne Ende malen, spirituell gesehen kommen wir ums

SICHERES ALTER

Während in naturwissenschaftlichen Fächern die großen Entdeckungen oft von unter 30-jährigen gemacht werden, stammen sie in den Sozialwissenschaften von 40 bis 50-jährigen: Offensichtlich wächst unsere soziale Kompetenz mit dem Alter. Im Bereich der sozialen Kompetenz lernen wir stetig dazu, Probleme im Zwischenmenschlichen Bereich lösen wir ruhiger und weiser.
Entgegen der verbreiteten Meinung werden auch Beziehungen im Alter zwar vielleicht weniger feurig, aber auch deutlich tiefer. Wir verfügen über mehr Erfahrung, aus der wir schöpfen können und lassen unsere Probleme lockerer angehen. *In der Ruhe liegt die Kraft* ist ein Lernprozess

But then this bird just flew away / While I looked the other way
To keep her caged would just prevent the spring
Travis

Machen nicht herum. Und das ist - völlig überraschend - mit etwas Selbstvertrauen viel einfacher getan als gedacht.

Zwei Dinge gilt es zu bedenken: Wenn wir nur ihr innerstes Wesen verehren, geraten wir in Gefahr, ihre anderen Aspekte nicht ernst zu nehmen. Es gefällt ihr natürlich nicht, wenn sie sich jetzt streiten will und nur ein *Schatz, ich spüre deine Erregtheit, bestimmt hast du allen Grund, lass uns darüber reden, wenn du wieder gelandet bist ...* zu hören bekommt. Mit einem hobbypsychologischen Frauenversteher zu leben, ist anstrengend. Selbst wenn wir nicht überheblich meinen, was wir sagen - für sie ist es ätzend.

Dem polar gegenüber stehen die Möglichkeiten, die jeder hat, dem solches Vertrauen geschenkt wird: Indem wir ihr vertrauen, kann sie sich viele Schutzmaßnahmen sparen. Sie muss nicht mühsam begründen, warum sie eine Stunde später von der Arbeit kommt. Das gibt ihr viel Raum und die Möglichkeit, eigenes Vertrauen aufzubauen.

→ ANZIEHEND

Es gibt eine psychologisch-spirituelle Grundrichtung mit der Aussage, dass wir alles, was uns im Leben widerfährt, selbst anziehen oder kreieren. Das ist auf den ersten Blick gewöhnungsbedürftig, lässt sich aber innerhalb einer jeden Beziehung mit etwas wissenschaftlichem Ehrgeiz durchaus verifizieren. Als Beispiel: *Ich bin nicht attraktiv genug - hoffentlich geht sie nicht fremd - hat sie den da drüben nicht angelächelt? - jetzt ist sie weg ...*

Indem wir Ärgernisse zu vermeiden suchen, verstärken wir sie. Denn wir denken an sie und strahlen diese Gedanken aus. Damit erhöhen wir die Wahrscheinlichkeit ihres Eintretens, und sei es nur dadurch, dass wir jeden kleinsten Schatten durch unsere Befürchtungen zu einem Monster aufblasen. Das ist fies und paradox, aber so steht's in den Spielregeln. In diesem Sinn ist Vertrauen pure Selbstverteidigung.

→ IN BEZIEHUNG - UND AUSSERHALB

Obwohl wir unsere Zukunft gerne am Südhang sehen, ist die Gegenwart oft eine andere. Doch es hilft nicht, sich über seine Situationen zu beschweren - bei wem auch. Es hilft allerdings, sie anzunehmen, zu akzeptieren. Noch sinnvoller ist es, dem Universum ein bestimmtes, wenn auch unbekanntes Ziel zu unterstellen und davon auszugehen, dass es wohl wissen wird, was es tut. Die Grundannahme mag völlig falsch sein - herausfinden werden wir

Es gibt nur einen Weg zum Glück und der bedeutet,
aufzuhören mit der Sorge um Dinge, die jenseits unseres Einflussvermögens liegen.
Epiktet

es erst nach unserem Ableben. Bis dahin bescheinigen jede Menge Studien dem spirituellen Menschen die höhere Lebensqualität. Die Dinge sind, wie sie sind, und wenn ich sie ändern will, dann werde ich das tun. Ich erspare mir das große Lamenti über unnützen Kram, wenn ich die Situation annehme und mir dann einen entsprechenden Plan mache. Das ist Vertrauen.

Es folgen zwangsläufig Dämpfer, denn das Leben ist oft sinnlos chaotisch. So erscheint es uns zumindest in den Phasen, in denen wir das Vertrauen verlieren. Und wir haben Recht - der Witz ist tatsächlich der, dass nur der Vertrauensvorschuss ein vertrauenswürdiges Leben schafft. Genau das lässt sich in der Beziehung ganz wunderbar trainieren und wirkt von dort weiter.

Wer dem Meer vertraut, kennt es nicht.
Griechisches Sprichwort

DAS ZEN DES FÜSSEKRAULENS

Am Anfang hat Liebe alle Zähigkeit, die eine durchschnittliche Evolution zu entwickeln in der Lage ist. Sie ist wind- und wetterfest und ausgestattet mit einem erstaunlich guten Immunsystem, das die Betreffenden auch freiwillig über den eigenen Schatten zu einer Entschuldigung springen lässt. Dass wir in dieser Zeit tatsächlich meinen, was wir sagen, ist eines der ganz großen Wunder der Liebe. Eine weiteres großes Wunder ist, dass wir uns meist nicht aus der Angst entschuldigen, den anderen zu verlieren, sondern aus Wertschätzung für ihn - wir erkennen mit fast schon erweitertem Bewusstsein, dass die Geliebte diesen Ton nicht verdient hat.

Gingen Achtung und Achtsamkeit genau so weiter, müssten Sie sich nicht so viel ärgern und ich dieses Buch nicht schreiben. Doch Konjunktive sind nutzlos - irgendwann schauen wir nicht mehr hin und besagtes Bewusstsein geht flöten. Der Grund dieser Tragik liegt in der Sicherheit des eheähnlichen Hafens, aus dem heraus wir tagsüber in Feindesland segeln. Zum Tanken

S-FACTOR

Wenn wir heute über Intelligenz sprechen, weiß jeder genau, was gemeint ist. Außer der Wissenschaft. Sie ist schlau genug zu erkennen, dass die allgemeine Intelligenz, die in entsprechenden Fernsehshows gezeigt und via Fragebogen ermittelt wird, in dieser Form nicht existiert. Die Forschung geht inzwischen von multiplen Intelligenzen aus, die entsprechend der Anforderung eingesetzt werden müssen. Der EQ - zuständig für Empathie und den Umgang mit eigenen Emotionen - ist dafür nur ein Beispiel.
Die für mich bisher beste Sicht auf Intelligenz fand ich bei dem Neurologen Elkhonon Goldberg, der den sogenannten *s-factor* propagiert. Das *s* steht für smart - schlau. Und der Begriff ist durchaus positiv gemeint. Einen hohen s-factor haben Menschen, die sich auf den Gegenüber einlassen können. Sie erzählen ihnen nicht von Tante Gretchens Beinbruch, sondern hören zu und denken mit. Mit ihnen lässt sich schnell ein Thema finden, denn sie finden Schnittmengen. Das Ergebnis ist echte Kommunikation. So gesehen verdummen viele Beziehungen an der Zeit.

Die Liebe lebt von liebenswürdigen Kleinigkeiten.
Theodor Fontane

kommen wir ans heimatliche Dock, aber wir kontrollieren nicht mehr täglich die Taue. Das ist nicht schlau.

Denn Beziehungen wollen gepflegt werden. Ihr Partner, Ihre Beziehung und Ihr Unbewusstes wollen gerne und häufig wissen, warum das Leben so ist, wie es ist. Und ob es gut so ist. Ist einer der Genannten nicht auf dem neuesten Stand, kommt es zu einem Phänomen, das viele von uns schon erlebt haben: Wir gehen geistig nur mal kurz nach draußen, und schon ist die Beziehung am Ende.

➜ READER'S DIGEST EMPFIEHLT

Als Kind lag zu Hause immer Reader's Digest auf dem Klo, woraus ich neben ein/zwei guten Witze auch so manche Weisheit zog. Eine Aussage, deren Bedeutung ich erst deutlich später begriff, ist diese: *Ich sage meiner Frau einmal in der Woche, warum ich sie liebe. Seit fünfzig Jahren.*

Die Quelle jetzt mal hin oder her: vorausschauend ist, wer solches tut. Seiner Frau immer wieder zu erklären, dass er sie liebt, rettet ihr garantiert so manchen verregneten Tag. In dem Moment, da er ihr rückmeldet, was er an ihr bemerkt, bemerkt sie es auch. Günstiger sind Selbstbewusstsein und Zufriedenheit wirklich nicht zu haben, und davon profitiert der Gatte dreifach.

Erstens ganz allgemein: Die zufriedene Frau droht selten mit dem Nudelholz. Dann vergrößert er mit Aussagen wie *Ich liebe deinen Sauerbraten* die Wahrscheinlichkeit, genau diesen regelmäßig serviert zu bekommen. Das ist bereits höhere Pädagogik (bzw. klassische Konditionierung) und sollte nur ehrlich gemeint sein und nie instrumentalisiert werden.

Aber bisher ist er nur höflich. Fast noch wichtiger ist die Tatsache, dass er sich selbst immer wieder neue Gründe liefert, die Frau seines Herzens zu eben dieser zu machen. Indem er ihr immer wieder erklärt, warum er sie liebt, erklärt er es auch sich selbst. Und liebt sie dadurch weiter. Liebe ist eine Frage der richtigen Brille.

SICHER IST SICHER

Wann immer die Partnerin ihre fruchtbaren Tage hat, werden Männer zu Kavalieren. Sagt die Wissenschaft. Und sie kennt auch den Grund: Eifersucht ist es, nicht Liebe. Wir wollen verhindern, dass unser Weibchen sich anderweitig paart und zeigen uns von unserer besten Seite.

Durch diese Brille ist die Aufzucht und Pflege von Liebe entgegen aller Vorurteile und Erfahrungen nicht so schwer: Liebe ist hinschauen, da sein und Präsenz zeigen. Der andere als Verlängerung meiner selbst - zumindest mal in guten Tagen - verdient es auch, so behandelt zu werden, wie ich selbst gerne behandelt werde. Womit sich auch alle anderen Methoden der Aufmerksamkeit relativieren. Beziehungen á là *Er liebt mich nicht mehr, aber immerhin schlägt er mich noch* sind völlig aus dem Rennen. Liebevolle Aufmerksamkeit ist genauso wichtig wie aufmerksame Liebe.

➜ DA SEIN

Wie stark die Liebe ist, zeigt sich nicht in hingemurmelten Abschiedssätzen oder begeisterten Lustschreien, sondern wenn es eng wird. Wenn der spannende Film kommt, sie mich aber trotzdem am Bahnhof abholt. Wenn sie dringend einen Text benötigt und ich an meinem schreiben möchte. Wann immer sie etwas braucht, wozu ich die Möglichkeit, aber weder Zeit noch Lust habe, kann ich mir selbst beweisen, dass ich sie liebe. Auch das Gegenteil ist wahr: Ich kann auf eine Abholung verzichten, weil ich weiß, dass sie am Morgen aufsteht, um die Kinder in die Schule zu jagen - ich dagegen bleibe im Bett.

Liebe passiert in den kleinsten Momenten, in denen sie einfach da ist und zuhört, wenn ich am Fluchen bin. Wenn sie sich Zeit nimmt, von der sie nicht viel hat. Mich in den Arm nimmt und mir so klar macht, dass ich nicht allein bin. Liebe ist auch, abends zu fragen, wie der Tag war. Und sich wirklich dafür zu interessieren. Und dem anderen damit zu zeigen, dass er nicht allein ist. Das Englische beschreibt das mit *I care* sehr schön.

GENIESSEN

Gekrault zu werden ist wundervoll, daher muss es entsprechend gewürdigt werden. Anfängern bietet sich hier der Tierversuch: Man nehme Katze oder Hund und beginne zu kraulen. Je nach Verhältnis zum Versuchstier wird dieses nach gewisser Zeit zu brummen/schnurren beginnen - die natürliche Reaktion. Dies tut auch der schlaue Mensch, denn Brummen hat zwei gute Gründe: Der meditative führt dazu, dass sich der Gekraulte über die Lautäußerung noch stärker mit dem Gekraultwerden beschäftigt. Er hält die Konzentration mithilfe dieses Mantras völlig im Körper. Der strategische Grund ist die Feedbackfunktion: Indem sich der Gekraulte im Genuss brummend suhlt, teilt er nicht nur mit, dass es ihm gut geht, er macht es dem Krauler auch schwer, diesen Zustand zu beenden. Daher soll nur der gekrault werden, der brummt. Jawoll!

Aufmerksamkeit und Liebe bedingen einander wechselseitig.
Hugo von Hofmannsthal

Unser Alltag schleust uns durch eine Art Routine-Trance voller Selbstverständlichkeiten. Wenn sie morgens den O-Saft macht und es für mich ganz normal ist, weil morgen ich es ja wieder mache. Kein Bitte, kein Danke, meine Gedanken sind schon im Büro. In der Verliebtheitsphase gab es das nicht.

Es mag mehr Aufwand sein, aber grundsätzlich ist Aufmerksamkeit das Mittel gegen die Faulheit, die Beziehungen killt. Denn Aufmerksamkeit ist Achtsamkeit, sie drückt unsere Achtung vor dem anderen aus - eine Wertschätzung jenseits von geben und nehmen. Und sie beginnt ganz banal:

→ KRAULEN & KRAULEN LASSEN

Es gibt Arten von Aufmerksamkeit, von denen bekommt der vernünftige Mensch nie genug. Kraulen und Massieren gehören garantiert dazu. Auch dies ein Aspekt, der in der Verliebtheit purem Eigennutz entspringt, wenn es keine größere Lust gibt, als den anderen zum Brummen zu bringen.

Später kann Kraulen zum Streitpunkt werden, denn niemand wird jemals genug gekrault. Oder massiert an Kopf und Füßen. Sinnvoller Egoismus besteht an diese Stelle darin, freiwillig loszukraulen. Das zwingt den anderen quasi zur Revanche und ist eine wundervolle Liebeserklärung: *Ich liebe, also kraul´ ich.*

An dieser Stelle muss auf die entspannende Wirkung solchen Tuns hingewiesen werden: Über die Verwöhnung des Körpers fließen viele Probleme aus dem Geist und sorgen so für eine ruhige und erholsame Nacht. Stresshormone werden reduziert, was in der Gesamtheit zu einer Reihe von Prozessen führt, an deren Ende ein längeres Leben steht. Kraulen ist die schönste Form des anti aging.

Jenseits der Couch sind es die kleinen Momente, die eine Beziehung retten. Der kurze Kuss ihres Nackens beim Vorbeigehen, um die Verbundenheit nicht verschrumpeln zu lassen. Indem wir uns so der eigenen Körperlichkeit immer

ACHTUNG VOR DEM FEIND

Aufmerksamkeit ist eine Lupe, die das Betrachtete vergrößert. Betrachten wir ihre Fehler, ist unsere Beziehung zum Scheitern verurteilt. Beachten wir ihr Lächeln, ist es die beste Beziehung der Welt.
Aufmerksamkeit ist ein zweischneidiges Schwert. Achtet der Raucher beispielweise darauf, möglichst wenig zu rauchen, bekommt das Thema in seinem Geist ein zusätzliches Gewicht. Achtet die Feministin auf die Unterdrückung der Frau, wird sie kaum noch anderes wahrnehmen. Psychologisch und mental zeigt sich, dass wir den Feind stärken, indem wir ihn bekämpfen - Energie arbeitet nur für, nie gegen.

Den Kopf in den Rachen des Löwen zu stecken, ist auch nicht gefährlicher, als ihn von einer Frau streicheln zu lassen.
David Herbert Lawrence

wieder bewusst werden, verschieben wir den Erotikverlust von einem Jahr zum nächsten. Wir werden nie verhindern können, dass uns andere Menschen erregen - warum auch. Aber wir stärken damit das Band, das uns mit ihr verbindet. Und das gibt uns die Kraft, auch weitere Strecken zu gehen, wie sie nach fünf Jahren ganz einfach auftreten müssen. Amen.

➜ NICHT WEGDENKEN

Kleine Aufmerksamkeiten dieser Art sind einfach nur kleine Aufmerksamkeiten und so bei aller Effektivität die banalsten Liebesunterstützer. Sie sind ein Anfang. Interessanter wird es, wenn wir unsere Aufmerksamkeit nicht auf den anderen, sondern auf die Inhalte unseres Kopfes richten. Dieser ist immer voll von der Jugend süßer Träume. Das klingt nicht nur erfahren und wahr, sondern auch wehleidig und enttäuscht. Dennoch: Wenn wir nicht auf uns aufpassen, wachen wir eines Morgens auf und sehen nur Scherbenhaufen. Wir fragen uns, wann wir das letzte Mal richtig geilen Sex hatten. Wir fragen uns, warum die Kinder so nervig sind. Wir fragen uns, wer von uns beiden fetter geworden ist. Und die Antworten gefallen uns nicht.

Glücklicherweise hat in der Buchhaltung diese neue Kollegin angefangen: knackig frisch und zart. In Gedanken beschäftigen wir uns mit diesem neuen Menschen in unserer Welt, wir denken weiter, denken mehr. Passen sie vor dem Fahrstuhl ab und treffen sie nachts in unseren Träumen. Mit einem Schlag macht das Leben wieder Sinn, denn wir haben jemanden, für den zu begeistern sich lohnt.

Das ist sehr schön und bereichert das Leben. Vielleicht zeigen uns unsere Träume, wo wir falsch abgebogen sind und wir sollten die Kollegin besser kennenlernen. Aber vielleicht sind die Träume auch nur kleine Alltagsfluchten, die uns von einem Chaos ins nächste stürzen. Wir sitzen hier fest,

DANKBARKEIT

Wer genauer hinsieht, wird einige Punkte entdecken, die er am Anderen schätzt. Und er wird dankbar dafür sein. Dankbarkeit ist die maximale Form der Aufmerksamkeit, denn sie schafft beim Anderen Dankbarkeit für die Anerkennung. Selbst wenn dem nicht so wäre, hält sie uns in einem steten Gefühl des Beschenktseins, und besseres kann es kaum geben.
Dankbarkeit funktioniert im Übrigen auch bei Dissonanzen: Sind wir dankbar für den Konflikt, geben wir uns die Möglichkeit, daraus zu lernen. Wir verurteilen nicht nach hinten sondern sehen die Erfahrung in der Zukunft. Das zu sehen braucht allerdings etwas zeitliche Distanz.

Es gibt schreckliche Versuchungen, und es erfordert Kraft und Mut, ihnen nachzugeben.
Oscar Wilde

wären aber gerne dort. Obwohl dort mindestens zwei Universen weiter links zu suchen ist, saugt es uns jede Menge Energie ab. Denn wir verbringen dort viel Zeit.

Die ersten Einbrüche treffen unser Sexualleben - wir haben Alternativen im Geiste, warum also sollten wir uns mit dieser alten Schabracke auseinandersetzen, die zufällig unser Weib ist. Indem wir uns geistig davonmachen, können wir schon mit dem Countdown beginnen - nur ein u-turn rettet die Liebe.

Denn der Geist ist ein wundervolles Ding mit der eingebauten Fähigkeit, Träume wahr werden zu lassen. Setzt sich der Mensch etwas richtig tief in den Kopf - bewusst oder unbewusst - schiebt der Geist ihn in die entsprechende Richtung. Dazu braucht er Energie, die er aus dem Willen und dem Glauben des Menschen zieht, weg von der bestehenden Beziehung.

Anfang und Ende einer Liebe beginnen mit einer Idee. Oder einer Offenbarung, je nach Aufschlagsgeschwindigkeit. Wer also träumt, sollte dies mit dem entsprechenden Respekt beginnen oder möglicherweise beenden. Ein Geist auf Reisen ist ein gefährlich Ding.

→ LEHRREICH

Aber die Möglichkeiten von Aufmerksamkeit gehen weiter, was jeder weiß, der einmal mit einem Kind gespielt hat: Sind wir bei der Sache und haben Spaß, geht es dem Kind genauso. Sind wir geistig woanders und hoffen heimlich auf Ablösung, bekommen wir dicken Stress: Unser Spielgefährte quengelt und greint.

Wahre Aufmerksamkeit beginnt da, wo wir ganz bei dem sind, was wir tun. Üblicherweise läuft das eher umgekehrt, wir tun gerne das, bei dem wir ganz sind. In diesen Momenten vergessen wir uns selbst und finden uns genau deshalb. Diese Erlebnisse sind selten, aber kostbar: alles andere ist nur Alltag.

WER SIND WIR?

Der professionell-spirituellen Aufmerksamkeit stellt sich eine interessanten Frage: Bin ich der, der wütend ist? Bin ich der, der glücklich ist? Wer bin ich hinter all meinen Gefühlen und Gedanken? Diese Fragen helfen, aus einer unerwünschten Emotion herauszufinden. Sie finden aber keine Antwort, denn dieses Ich ist nur bedingt zu finden. Spirituelle Menschen mit viel Erfahrung sagen daher, dass hinter der Emotion, hinter dem Gedanken und hinter allem anderen nur eine Leere aus Verbundenheit zu finden ist.

Aufmerksamkeit ist das Leben.
Johann Wolfgang von Goethe

Beziehungen bestehen - besonders in der Rückschau - aus Momenten, unvergesslichen Augenblicken, die sich in ihrer Schönheit in den Cortex brennen. Erst das schafft die *groovy kind of love*. Interessanterweise ist das ganze Leben voller unbemerkter Augenblicke, und das ist das Geheimnis hinter all dem Gerede vom Hier und Jetzt: Wer genau hinsieht, lebt im perfekten Augenblick. Selbst dann, wenn er einen Plan für morgen macht. Das ist die Erkenntnis.

Die spirituelle Theorie dahinter besteht im Wissen um jetzt und hier. Die Existenz aus der Erkenntnis, dass gestern und morgen nicht existieren - nur der Moment. Sehnen wir uns nach dem Gestern oder vergeistigen ein Morgen, das vielleicht nie kommen wird, sind wir nicht hier.

Im Prinzip ist das egal, denn wann sind wir schon hier? Unser Geist jagt permanent durch die Gegend und es gibt nur drei Möglichkeiten, ihn im Jetzt zu fesseln. Die erste ist ein Biss auf den Daumen - schnell und effektiv. Die zweite ist Meditation, in Form von Flow durchaus auch als Arbeit verkleidet: schreiben, programmieren, Körperliches aller Art. Das dritte ist Liebe am Anfang oder auch im weiteren Verlauf - mit einem entsprechenden Tritt in die richtige Richtung.

Zen-Meister erklären, dass all diese Techniken der Transformation nur einen einzigen Kern haben: Aufmerksamkeit, Aufmerksamkeit, Aufmerksamkeit. Halten wir diese täglich einige Minuten durch, sind wir näher am Zen als jeder Volkshochschulkurs. Das ist die gute Nachricht. Die schlechte ist: Wann immer wir denken, wir hätten es - das Leben, das Universum und das ganze Drumherum - wirklich begriffen, haut es uns aus der Kurve ...

Wer ungestraft dem Tiger auf den Schwanz treten will,
muß atemlose Wachheit walten lassen.
I Ging

DER NIEDERGANG DER STREITKULTUR

Wer liebt, ist bereit zu verzichten. Die eigenen kleinen Bedürfnisse erscheinen lapidar im Licht der neugefundenen Wahrheit. Schokolade wird geteilt, das Auto verliehen, sogar mein Notebook habe ich der Dame meines Herzens schon anvertraut. Diese Hingabe erhebt uns über unsere eigene kleine Welt - wir sind jederzeit bereit, uns selbst wegzuwerfen, um dem Partner das zu geben, von dem wir denken, dass er es braucht.

➜ WAHRE GRÖSSE

Hingabe = wahre Größe - welch ein Pathos. *What's in it for me*, funkt dagegen das Unbewusste gerade auf der Störfrequenz. Denn außer etwas mehr Selbstwertgefühl scheint hier wenig zu holen. Deshalb endet die Hingabe der Verliebtheit oft mit dem Übergang zur Liebe. Natürlich geben wir noch, aber nicht mehr so freimütig wie zu Anfangszeiten. Die Illusion ist vorüber, meine Schokolade esse ich selbst.

Indem wir uns hingeben, steigen wir ab. Von Meinungen, Handlungen und so manchem hohen Ross. Absteigen ist das Gegenteil von Egoismus. Vielleicht sind wir davon überzeugt, dass wir in der Stadt immer Hand in Hand

DREI MAL

Angeblich hatte Elisabeth Kübler-Ross mit ihrem Partner eine sehr sinnvolle Vereinbarung im Falle depremierter Alleinseinswünsche: Wann immer einer, genervt vom Dasein, sich geistig verfuhr und in seinen privaten Raum einschloss, kam ein Hilfsangebot von der noch vernünftigen Seite. Dieses Angebot kam insgesamt drei Mal, und drei Mal hatte der Genervte die Möglichkeit, nein zu sagen. Nach dem dritten Mal war er für sich selbst verantwortlich und musste sich allein freiwühlen.
Eine schlauere Strategie ist mir selten begegnet, denn wenn wir deprimiert sind, sind wir oft auch zu selbstmitleidig, um nach Hilfe zu fragen. Teil dieses Selbstmitleids ist auch, dass wir uns fünf Minuten nach dem Angebot wünschen, wir hätten es angenommen.

Hingebung ist ... jedesmal Machtgewinn.
Laotse

gehen müssen. Sie dagegen braucht Freiraum. Im Normalfall beginnt hier ein Weltbildkrieg. Er fühlt sich einsam, sie sich mental vergewaltigt. Der Abstieg beginnt, wenn wir ihr die Freiheit lassen. Und er endet formvollendet, wenn wir unserer Erwartung keine Träne nachweinen. An dieser Stelle befreit uns der Abstieg von einer *Vorstellung* und gibt uns die Möglichkeit, die Gegenwart zu akzeptieren.

Oft genug kommt einer von beiden genervt von der Realität nach Hause und verbarrikadiert sich hinter einer Türe. Der Genervte will zwar auch seine Umwelt schützen, primär aber seine eigene Ruhe. Der andere dagegen will helfen. Und so kommt er wieder und wieder, bis der Genervte am guten Willen erstickt. Loslassen und absteigen geben dem anderen hier die Möglichkeit, seinen eigenen Ausweg zu finden, beziehungsweise eben in seinem eigenen Saft zu schmoren, bis er durch ist. Viele der im Bereich Streit besprochenen Mindfucks lassen sich durch Abstieg, Hingabe und Loslassen wunderbar umgehen. Absteigen ist lieben ohne werten.

Abstieg bedeutet auch, im Streit auf brillante Spontanbeleidigungen und Schläge unter die Gürtellinie - Kuscheltier, Lieblingssocken, die Größe bestimmter Körperteile - zu verzichten, seien sie auch noch so passend oder verdient. Komme nun keiner und behaupte, es sei ihm eben so rausgerutscht. Wir wissen immer - irgendwo, irgendwie -, wann wir eine Grenze überschreiten, und der Abstieg besteht ganz einfach im Verzicht. Mag sie sich ihr Karmapunktekonto mit wüsten Beleidigungen versauen, wir bleiben ruhig wie der Grashalm im Wind. So lehrt uns der Abstieg den Umgang mit einem aufgeblähten Ego - auch dem eigenen. Wir stellen fest, dass Stolz manchmal nur eine Ausrede ist. Egal, ob sie nach den gleichen Regeln spielt - durch den Abstieg schaffen wir auch das Verständnis für ihre Position: irgendetwas muss sie sehr ins Eck getrieben haben, sonst würde sie nicht um sich schlagen. Gewinnen und verlieren werden unnötige Begrifflichkeiten.

INDIANERKREIS

Es kursieren mehrere schöne Weisheitsgeschichten der Indianer. Eine davon betrifft den Umgang mit Schuldigen. Hatte ein Mitglied des Stammes tief ins Klo gefaßt, fand er sich in der Mitte eines Kreises von Stammesmitgliedern. Das Vergehen wurde erwähnt, aber dann erzählte jeder im Kreis sein schönstes Erlebnis mit dem Beschuldigten. Alle Beteiligten wurden so daran gehindert, diesen künftig nicht nur an der aktuellen Untat zu messen - auch er selbst. Eine Hauptaussage ist: *Du bist nicht so dumm, also benimm dich entsprechend.* Besser läßt sich mit Fehlern nicht umgehen.

Fordere viel von dir selbst und wenig von den anderen.
So bleibt dir mancher Ärger erspart.
Konfuzius

Eine wirklich große Übung besteht darin, ihre Meinung zu einem strittigen Thema vorbehaltlos als die gültige anzunehmen. Demut ist hier das passende Wort, durchaus im Sinn von *Dein Wille geschehe.*

Bevor wir uns jetzt völlig verlieren: Es gibt eine Grenze zwischen Hingabe und Unterwerfung. Zwar ist letztere als Einstieg für Unkundige zu Anfang wertvoll, aber eben nur für die und auch nur zeitweise.

Absteigen funktioniert natürlich auch außerhalb der Beziehung. Für mich das beeindruckenste Erlebnis war ein Gespräch mit einem Bekannten, dem ich bei einem Spaziergang meine neuesten Fundstücke aus der Gehirnforschung erzählen wollte - worauf hin er mir mein eigenes Thema erklären wollte. Da ich selbst so viel Wichtiges zu sagen habe, nervt es mich eher, wenn andere das tun. Einen guten Kilometer war ich schwer genervt, dann hörte ich auf, zu kämpfen. Statt dessen hörte ich einfach zu und lies ihn sich frei reden. Kurz darauf begann der Dialog.

Absteigen ist eine Kommunikationsübung mit dem eigenen Ego, eine Möglichkeit, sich selbst nicht ganz so wichtig zu nehmen. Denn *Recht haben* ist ein Grundbedürfnis des Ego. Noch im Abstieg huldigt es seiner selbst, preist seine Fähigkeit zur Hingabe und fragt sich auch schon, ob diese einseitige Hingabe auch wirklich gewürdigt wird, ob es nicht doch um Arschkriecherei und Verlierertum geht - Experten nennen das Scheinheiligkeit[2]. Die dunkle Seite der Macht beginnt dort, wo wir Schlaumeiererkenntnisse dieses Buchteils als Waffe gegen andere benutzen. Denn Absteigen ist oft auch einfach nur die Akzeptanz dessen, was getan werden muss.

Doch das Ego hat natürlich auch irgendwie Recht - schmal ist das Brett, auf dem wir hier balancieren. Absteigen ist eine Übung, und wer sie zu lange macht, verliert den Kontakt zu sich selbst. Wer sie zu kurz macht, denkt gerne, er sei schon viel weiter. Es gelten die üblichen Gegenteilsvermutungen.

→ HINGABE

Wenn wir die Beziehung benutzen, uns selbst weiter zu entwickeln, funktioniert das am Besten, wenn wir uns benutzen lassen. Tatsächlich ist dies ein zentrales Standbein der glücklichen Beziehung: Benutzen und benutzen lassen. Ich benutze deine Spielzeuge und lasse dich an meine.

Das zugänglichste Beispiel praktizierter Hingabe ist die Eltern-Kind-Beziehung: Erwachsene Menschen lassen sich den Tagesablauf diktieren von sieben Kilo permanentem Gebrüll. Der Begriff Nachtschlaf wird zum Mythos, und Wochenenden bedeuten nur schlechter bezahlten Stress. Darüber denken

Eltern zwar nach, aber nicht lange. Seufzend gehen sie in die nächste Runde, aber der Lohn ist fürstlich: 1000 kleine Facetten, vom Lächeln bis zum ersten Schritt, Resonanz, Kommunikation, sogar das erste Nein ist drollig. Jahre später werden es diese Erlebnisse sein, die sie zuerst erzählen. Natürlich fragen sie sich in der Rückschau, wie das denn bitte durchzuhalten war.

Unsere Liebste hat es im Vergleich deutlich schwerer. Vielleicht wird sie irgendwann die anderen 50 Prozent der Gene liefern, aber immer ist sie weiter von uns weg als das eigene Kind. Das ist kein Grund, nicht jetzt schon mit ihr zu üben.

Der Trick ist relativ einfach und die Erkenntnis buddhistisch: Je mehr wir haben und horten, um so mehr hängt unser Glück von kleinen Faktoren ab. Indem wir uns verschenken und verströmen, loslassen und hingeben, entkommen wir dem was die Buddhisten *Anhaftung* nennen.

→ UNVERWUNDBAR

Nur einen kleinen Schritt weiter wartet ein noch größeres Wunder: das der Verletzbarkeit. Viel Energie verbraten wir damit, uns zu schützen. Vor Ausnutzung, Überrumpelung, Entdeckung. Es ist enorm, was wir alles in Bewegung setzen, um all dies zu vermeiden und unser Ego weiter groß und stark zu erhalten. Schütteln Sie jetzt nicht den Kopf - unser erster Impuls auf einen Vorwurf ist immer die Verteidigung. Ausreden rasen uns durchs Hirn und werden auf Standfestigkeit geprüft, während der Blutdruck steigt und die Laune sinkt.

Indem wir uns hingeben, entfallen auch diese Mindfucks. Das gilt für Projekte im Team genauso wie für die Liebesbeziehung: Es geht nicht um uns, sondern um das bestmögliche Ergebnis. Dabei hilft jeder Impuls, jede Idee. Lassen wir also die Hosen runter und erlauben die Möglichkeit, dass auch Vorwürfe und Attacken einen Hauch von Wahrheit in sich tragen und vielleicht ganz simples Feedback sind. Verletzbarkeit macht unverletzlich.

Suche die Schuld bei dir. Wenn du keine Zweige und Blätter hast,
wirf nicht der Sonne Ungerechtigkeit vor.
Chinesisches Sprichwort

ICH BIN SO FREI

In einem früheren Leben voller Dummheit in Liebesdingen plagten mich viele Fragen. So zum Beispiel, ob die Partnerin denn auch standesgemäß sei, ob sie mich wirklich verdient hätte? Ob ich tatsächlich mit ihr und keiner anderen meine Zeit verbringen wollte? Und ob Freiheit nicht viel besser sei?

All diese Fragen waren berechtigt, denn in frühen Lieben ist die Seele wenig erfahren, das Herz leicht zu beeindrucken und die Hormone fordern Trophäen an der Wand. Welche Gründe im Vordergrund stehen, welche Gedanken wir auch wälzen, im Hintergrund steht meist die Frage nach der Freiheit, des Sich-Einlassens, Verpflichtens, Verzichtens. Denn das Leben ist voller Möglichkeiten, und warum all diese verstreichen lassen ...

So eierte ich durch mehrere Beziehungen voller Furcht und Fragezeichen. Immer kam ich mir irgendwann eingesperrt vor, bis mir mein ehemaliger Zivi-Chef eines klarmachte: dass ich permanent frei sei, auch in einer Beziehung. Denn ich könne mich jeden Tag aufs neue dafür entscheiden. Sollte ich mich eines Tages dagegen entscheiden, könne ich jederzeit gehen.

Das fühlte sich anders an.

PFLICHTPOLE

Pflicht ist ein sterbendes Wort, genauso wie Tugend. Aber beide schwingen durch das ganze Buch: Die Pflicht sich selbst gegenüber, die Commitments anderen gegenüber. Tugend ergibt sich aus der entsprechenden Umsetzung. Und so stehen wir einmal mehr auf dem ganz schmalen Brett: Auf der einen Seite fließt die Freiheit grenzenlos, alle Menschen lieben einander und haben Sex auf der Straße. Sie genießen das Leben, und die Eifersucht des eigenen Partners zeigt nur dessen Borniertheit. Sein Pech, wenn sein Herz bricht.

Auf der anderen Seite liegt ein trübes und dunkles Dasein, eingesperrt in eine Beziehung ohne Perspektive, in der der Betroffene von morgens bis abends den Haushalt macht - egal ob Mann oder Frau. Beide Fälle sind Extreme. Wir können unsere Pflichten nicht nur ernst nehmen. Aber wir haben sie. Auf der Erde findet ein Großteil des Lebens zwischen den Polen statt, aber selten an genau diesen.

Der größte Lohn der Selbstgenügsamkeit ist die Freiheit.
Epikur von Samos

→ PERSPEKTIVENWECHSEL

Wer in sich rund läuft, macht sich keine Gedanken über Freiheit oder nicht. Wer sich dagegen eingesperrt fühlt, ist nicht zufrieden mit der aktuellen Situation. Das Gefühl als solches ist ein ernstzunehmendes Ausrufezeichen. Ein Spaziergang über die Frage nach dem warum ist dringend anzuraten. Ist der Partner tatsächlich weder der richtige, noch der Unschuldige? Oder ist mein Unwohlsein eine Mücke, die ich elefantiere? Liegen die Gründe in mir selbst? Und wenn ja, wo?

Die Antwort vorab: Wie die meisten Fragezeichen wird auch das hinter der Freiheit vom Kopf gesetzt. Daher der Spaziergang. Frische Luft und Bewegung erlauben dessen Durchlüftung. Mit einem tiefen Blick in die Seele lassen sich möglicherweise Dinge finden, die wir gar nicht finden wollten. Deshalb lautet der zweite Ansatz: Es kann, wer seine Freiheit vermisst, sich diese selbst zugestehen - indem er ganz einfach nichts in seinem Leben ausschließt. Der Standpunkt dann lautet: Wenn ich ein wundervolles weibliches Wesen sehe, das mich dergestalt umhauen kann, dass meine Beziehung nicht mehr auf die Füße kommt, muss irgendwas mit der Beziehung nicht gestimmt haben. Indem ich sie beende - gleichgültig ob für eine neue Beziehung oder wegen dem Gefühl der Unstimmigkeit - entscheide ich mich gegen eine schiefliegende Beziehung.

Aber oft und besonders bei uns Jungens ist das Schieflagenbild zu einfach und neigt zu faulen Ausreden. Lesen Sie hierzu bitte das Kapitel über Verantwortung. Gehen Sie nicht über Los, während ich mit der Argumentation nochmal von vorne beginne: Freiheit ist keine Frage des Außen, sondern des Innen. Wenn ich mich frei fühle, kann mich niemand einsperren, ich habe zwei Beine und kann jederzeit gehen. Dass dies nicht immer einfach ist - keine Frage. Aber wo ein Wille ist, ist auch ein Gebüsch.

Um nun den Standpunkt zur Beziehung in der Beziehung zu finden, lohnt sich der Perspektivwechsel vom *ich darf nicht* zum *ich kann, wenn ich wirklich will.* Eine Stufe weiter auf der Abstraktionsleiter müssten wir nun den Willen definieren, aber wir wollen es bei einer Frage belassen: *Muss ich mir wirklich etwas beweisen?* Auch diese Frage hat mit Freiheit zu tun: Freiheit vor sich selbst.

WAS IST BUDDHA-NATUR?

Das fragt ein Mönch den Meister. Dieser fragt ihn: Hast Du heute schon gegessen? Ja, antwortet der Mönch. Dann geh und wasch Deine Schale.

Das Geheimnis der Freiheit ist der Mut.
Perikles

➜ OHNE NETZ

Ich, ich, ich - es ist typisch, dass die Frage nach der Freiheit um uns selbst kreist. Wer sagt mir denn, dass meine Süße nicht von den gleichen Gedanken gequält wird? Von der Frage, ob ich wirklich das beste genetische Material, den schlausten Kopf, den knackigsten Hintern zu bieten habe? Ich habe daran keinen Zweifel - sie womöglich schon. Aber verlassen werden ja nur die anderen. Um so mehr muss mir klar sein - Freiheit ist immer auch die Freiheit des anderen.

Ebenso wie ich erwarte, dass sie morgen noch da ist, hat auch sie berechtigte Erwartungen an mich. Im Grunde läuft es darauf hinaus, dass wir uns einig sind und lieben, bis dass der Tod der Beziehung uns scheidet. Uns die Freiheit nehmen, die Zeit miteinander zu verbringen - wenn es sich anbietet, auch länger und tiefer. Eine Vereinbarung sollten wir treffen, ein Commitment - eine Aussage der Verbindlichkeit vor uns selbst. Dies geschieht zur Absicherung unserer Gefühle gegenüber dem eigenen Intellekt.

Und doch kann jederzeit die oberallergrößte Liebe meines Lebens ums Eck biegen, die Zwillingsseele aus 1000 Reinkarnationen, die nur in diesem Leben etwas länger gebraucht hat, um mich aufzuspüren. Wenn uns Amor dermaßen eins mit dem Vorschlaghammer verbrät, können und dürfen auch Commitments nicht im Weg stehen. Für mich als Nichtkatholiken ist dies ganz klar. Für Sie als Promiskuitiven sollte es trotzdem keine Ausrede sein.

➜ FAZIT

Freiheit hat gewisse äußere Rahmen, größtenteils definiert durch Gesellschaftsform und Steuerpolitik. Darüber hinaus variiert sie mit den Lebensumständen des Einzelnen. Manchmal schreien diese lautstark - und zu Recht - nach der Aufgabe der eigenen Freiheit - siehe Eltern.

Doch die Freiheit verlieren erst, wenn wir uns dem Leben mit seinen Notwendigkeiten in den Weg stellen. Wir bewerten Facetten als *schlecht* oder *unnötig* und sind uns sicher, ohne sie besser dran zu sein. Indem wir zwischen Ist und Soll hängen, hängen wir fest. In diesem Fall ist der Mangel an Freiheit oft eine Angst vor Konsequenzen. Aber letztendlich ist Freiheit Freiheit von Bewertungen.

SEX

Sex ist die wohl intensivste Form der Begegnung, und Sex mit dem Menschen, den man liebt, wohl mit das Größte, was der Mensch erleben kann. *Heilig, offenbarend* und *erdbebenartig* beschreiben nicht ansatzweise das emotionale Ausmaß von Verliebtheitssex.

Dieser Level lässt sich in Beziehungen schwer halten, doch zumindest die Richtung suchen wir in diesem Kapitel: Sex jenseits von Benutzen und Selbstbildpolitur, eher geben als nehmen. Besonders für Singles ist das oft kompliziert, denn das nötige Vertrauen schüttelt sich nicht aus dem Ärmel.

Vielleicht wird das Buch an dieser Stelle doch eher zum Paarbuch. Denn wie ich es auch drehe und wende: Sex wird wichtiger. Ohne Liebe fühlt er sich leer an, besonders danach. Vertrauen hilft, aber sobald wir uns wirklich fallen lassen, erhöht sich die Gefahr des Verliebens - was bei Singlesex nicht immer angesagt ist. Diese Sicht transzendiert sich im letzten Sexkapitel, aber bis dahin hängen wir zwischen zwei Trieben - dem nach Tiefe und dem nach Sex.

→ PRAXISPROBLEME

Weitaus alltäglicher und in der Beziehung betrachtet kämpft Sex auch in diesem Kapitel noch mit alten Klischees - dass er mit der Zeit schal werde. Kleine Fluchten machen auf Dauer nicht glücklich, wir entfernen uns von ihr, wenn wir währenddessen alte Erinnerungen oder aktuelle Phantasien im Kopf laufen lassen. Phantasien sind zwar manchmal geil, gehen aber an den Möglichkeiten völlig vorbei.

Wir wissen, dass wenig Sex für wenig Sex sorgt, aber mehr Sex will entsprechend orchestriert werden. Neben den üblichen potenziellen Fixierungen - erfolgreiche Macher lassen es sich lieber machen, Schüchterne werden im Bett zu Furien -, in denen sich der Ausgleich zum Alltag niederschlägt, kenne ich Paare, die angeblich nur eine Form von Sex kennen: Sex sei Sex und im-

Was uns Männer betrifft, glaube ich sagen zu können:
Liebe können wir heucheln, aber in der Erotik sind wir aufrichtig.
Unbekannt

mer das Gleiche. Andere erklären, Sex sei nicht mehr so wichtig. Bei genauerem Nachfragen zeigt sich dann, dass die reduzierte Wichtigkeit doch nur Resignation ist und oft einfach die Ideen fehlen. Hier daher einige Vorschläge, wie sie auch jede durchschnittliche deutsche Beziehungskomödie liefert. Sie ist keineswegs vollständig.

➜ SPONTAN

Spontaner Sex entsteht aus sich selbst heraus. Es britzelt und passiert. Sehr schön an dieser Variante ist die völlige Ignoranz der Umwelt. Ob Spielplatz oder Partykeller, mögliche Zuschauer oder keine - der Kopf schaltet ab, die Instinkte übernehmen das Ruder.

Spontaner Sex ist der beste, denn er reißt den Verstand in den Abgrund.

➜ DRAMATISCH

Das Gegenteil des spontanen Sex ist der inszenierte. Dazu braucht es nicht zwangsläufig entsprechende Musik, ein Bett voller Rosenblätter und 200 Kerzen um den Altar der Begierde, aber all das kommt immer wieder gut.

Dramaturgischer Sex läuft anhand eines Drehbuches, das sich im Verlauf der Darbietung selbst schreibt. Die Hauptdarsteller sind der Spannungsbogen und das Vergnügen: die Lust an der Lust des anderen. Die Motivation kann durchaus eine narzisstische sein: *Mein Gott, bin ich gut.* Sie kann aber auch betont dienend sein mit dem Ziel, ihr alles zu geben, eine wundervolle Zeit zu bereiten. Es macht keinen Unterschied. Dramatischer Sex ist eine Symphonie: Das Thema ist bekannt, aber es zieht sich in mehreren Variationen über mindestens vier Sätze und endet in einem furiosen Finale.

Dramatischer Sex ist der beste, denn er nutzt alle Möglichkeiten und ist schlicht grandios.

➜ ZÄRTLICH

Im liebenden Sex verschmelzen zwei Seelen. Die Krönung ist, wenn die Körper folgen. Der Körper will sofort und mehr, aber dem Geist fällt es überhaupt nicht schwer, jede einzelne Sekunde in einen religiösen Ritus zu verwandeln und auch in der kleinsten Aktion noch Gott zu finden.

Zärtlicher Sex ist auf längere Zeit schwer durchzuhalten, oftmals ist er nur ein Satz in obiger Symphonie. Während er aber dauert, ist er tatsächlich heilig, da ungeheuer innig.

Zärtlicher Sex ist der beste, er ist gemeinsames Verglühen und nicht zu toppen.

➜ SPIELERISCH

Aus der Distanz der Jahre vermutet der Mensch diese Form gerne bei den jungen Leuten, die sich frei von Erwartungsdruck und Erfahrungsgrenzen ganz einfach und natürlich, beinahe kindlich naiv mit sich selbst und dem Partner beschäftigen. Lachen ist ausdrücklich erlaubt, Ernst hat hier überhaupt nichts zu suchen. Entertainment ist ein wichtiger Punkt, weshalb auch Spielzeuge gerne gesehen sind.

Spielerischer Sex kommt und geht, er kann Pausen machen und auch kulinarische Aspekte direkt einbinden. Gleichwohl ist er liebevoll, freundschaftlich und steigert sich gegen Ende in erstaunliche Höhen.

Spielerischer Sex ist der beste, denn er ist frei von Planung und Erwartung. Außerdem hat er Humor.

➜ DOMINANT

Sex ist archaisch und stellt auch immer den Kampf der Geschlechter dar: Hier wird erobert und sich hingegeben. Diesen Aspekt zu betonen ist mehr als naheliegend. Vielleicht beginnt die Dominanz bereits bei der Frage, wer oben ist. Das lässt sich auch drehen und schafft interessante Erfahrungen.

Dominanter Sex spielt auch mit Gefahr und Vertrauen, und schon das bringt ihn zum Glühen, macht die Erfahrung intensiver. Die leise Befürchtung, ob sie mich je wieder losbinden wird, kämpft mit dem Drang, die Hände frei zu haben und sie überall zu berühren.

Dominanter Sex ist der beste, denn er bringt uns an Grenzen und macht uns gleichzeitig unsere Verantwortung bewusst.

Das ist eine Auswahl, die beliebig erweitert werden kann und soll - Geschwindigkeit und Intensität sind noch nicht einmal erwähnt. Außerdem sind die Grenzen fliessend - das liegt in der Natur der Sache. Junge Beziehungen werden die Liste aus dem Stand beliebig verlängern, während ältere Beziehungen manchmal keine Möglichkeit anspricht.

Schlussendlich hilft bei der Erotik auch keine Liste, sie muss aus sich selbst heraus leben und immer wieder erschaffen werden. Obwohl am Ende jeder für seinen eigenen Orgasmus verantwortlich ist, empfiehlt sich in manchen

Whenever blue tear drops are falling / And my emotional stability is leaving me ...
The love you give to me will free me / If you don't know the things you're dealing
... Sexual Healing - *Marvin Gaye*

Fällen ein Tangokurs - wer sich hier verlieren kann, findet seine Libido ziemlich schnell bei den abendlichen Hausaufgaben.

Doch all das ist immer noch zu theoretisch, denn Sex kann weitaus mehr. Ist die Beziehung jung genug, werden beide schnell die therapeutischen Möglichkeiten im Koitus finden. Sex hilft gegen Kopfschmerz und Regelschmerz, Nervosität, Depression und Schlaflosigkeit sowieso. Einige Heilpraktiker betonen die Wichtigkeit des Orgasmus gegen Krebs und erwiesenermaßen reduziert männliche Onanie das Risiko von Prostatakrebs.

Kurzum: Sex ist der wirkliche Ausgleich zum Alltag, denn er produziert einen sofortigen Reset im Gehirn, befriedigt nicht nur, sondern befriedet vor allem.

FAZIT I WANT MORE

Wenn wir die Ohren stellen, hören wir überall, was das Leben uns mitzuteilen hat. Wir merken an der Art, in der Menschen mit uns umgehen, wie wir mit ihnen umgehen. Wir sehen es im Skifahren, wenn wir unsere Angst überwinden müssen. Wir sehen es im Tango, wenn wir führen oder folgen. Wir sehen es im Yoga, wenn wir möglichst nah an den Schmerz gehen, der sich auflöst, sobald wir uns entspannen. Wir sehen es in der Diskussion von Politikern und wir sehen es besonders bei verpartnerschaftlichten Freunden. Wir sehen es im Lächeln jedes einzelnen Kindes, das uns ansteckt. Überall stehen Schilder mit riesigen Pfeilen und alle zeigen in die richtige Richtung.

Die größten Schilder stehen in der Beziehung, und sie machen uns das Leben nicht leichter. Denn hier sind sie besonders grell und lautstark und sagen uns, dass wir nicht perfekt sind. Aber wir wollen doch so gerne perfekt sein ...

Der Anfang des Weges ist voller Paradoxien: Bei sich selbst zu bleiben und den anderen trotzdem zu hören. Völlig abzusteigen und gleichzeitig ganz für sich einzustehen. Nichts zu erwarten, alles hinzunehmen und trotzdem genau zu wissen, wo's lang gehen soll. All das erreichen wir nur, wenn wir dreidimensional denken und uns nicht in Dualismen von gut/schlecht oder richtig/falsch verfahren. Und auch akzeptieren, dass wir jetzt und hier eine Pause von all diesem Gedankengut verdient haben, uns auch mal kräftig anschreien und auf Karmapunkte pfeifen können. Denn der Moment ist zwar wichtig, aber Fehler sind erlaubt. Wichtig ist allein unsere Entscheidung, es an dieser Stelle zu ändern, anders zu machen und weiter zu wachsen. Amen.

Je mehr du von deinem Selbst aufgibst, desto größer und wahrer ist deine Liebe.
Ludwig Feuerbach

… wenn wir die Ohren stellen, hören wir überall, was das Leben uns mitzuteilen hat. Es passiert jederzeit. Manches davon fange ich auf und packe es zu den Updates auf der Website zum Buch.

www.wenndieliebekopfsteht.de

TEIL 3 - LIEBE IST ... GANZ ANDERS

Sind Sie noch da? Das spricht für Ihr Durchhaltevermögen. Wenn Sie Themen wie Entscheidungen, Vertrauen und Absteigen verdauen konnten, wird Ihnen dieser Teil keine Schwierigkeiten bereiten. Auch wenn er etwas merkwürdig beginnt.

Vom Anfang der Liebe betrachtet - ausgehend vom mentalen Orkan des Verliebtseins und dem überwältigenden Frieden der anfänglichen Liebe - sind die letzten beiden Teile einfach nur Quatsch. Denn sie haben mit Liebe - also LIEBE - nichts zu tun. Im Gegenteil, wir streicheln unser Ego, drehen uns um uns selbst, benutzen quasi die Beziehung, um psychologische Verspannungen zu lockern und neue emotional-geistige Level zu erobern. Wir kämpfen mit der Welt, der Geliebten, und vor allem mit uns selbst.

Doch im Kern ist Liebe kein Kampf. Nicht um Anerkennung und Aufmerksamkeit, nicht gegen Mitbewerber und Eifersucht, nicht für geistige Klarheit. Eine Rose ist eine Rose ist eine Rose. Und Liebe ist ein Bewusstseinszustand.

➜ DER UNTERSCHIED

ist in der Theorie völlig einleuchtend. Wir haben ihn das ein oder andere Mal erlebt und vor allem 1000fach von diversen Kanzeln gepredigt bekommen. Wir lieben einfach alle, auch unsere Feinde. Bis hierher erwarte ich einsichtiges Nicken. Sobald es aber an die Umsetzung geht, erwarte ich ernsthaftes Stirnrunzeln. Lassen wir also mal die Feinde weg und nehmen nur unsere Liebste. Das ist immer noch schwierig genug und noch schwieriger zu übersetzen. Das einfachste Beispiel ist ein ganz praktisches - Sex: Diese Variante allerdings hat mit Sex im handelsüblichen Sinn nur noch insofern zu tun, dass Genitalien dabei eine Rolle spielen. Der Ansatz ist ein meditativer:

Wenn es möglich wäre, darüber zu sprechen,
hätte es jeder seinem Bruder erzählt.
Chuang-tzu

SEX

Meditativer Sex ist nicht so exotisch, wie es sich anhört. Denn sexuelle Betätigung mündet meist im Orgasmus, und der legt für kurze Zeit das Hirn flach - eine Grundvoraussetzung für jede Meditation. Auf dem Weg dorthin bewegen wir uns wie in Trance und die veränderte Atmung allein sorgt schon für einen komplett veränderten Bewusstseinszustand. All das kennen wir schon und finden es gut. Daher ist der Einstieg primär eines:

→ LOCKER

Die Basis legt eine lockere, pumpende Bewegung aus der Hüfte heraus: Hintern vor, Hintern zurück. Der Rest des Körpers ist ruhig, er schwingt kaum mit. Die Geschwindigkeit sollte nicht zu langsam sein, die Bewegung nicht zu kraftvoll oder intensiv - es geht nicht darum, möglichst große Distanzen entlang der Erektion zurückzulegen, im Gegenteil. Auch vor zu viel Nähe - erkennbar am klatschenden Geräusch - wird gewarnt. Bei richtiger Dosierung können Sie jetzt beim Lesen einfach aus dem Becken wippen, ohne dass Ihnen das Buch vom Schoss fällt.

Die Herausforderung liegt in der Versuchung des Verkrampfens. Wann immer wir uns anspannen, wird Sex intensiv und das ist ganz wunderbar - nur nicht in diesem Fall. Im Gegenteil. Die Spannung drängt uns in Richtung Orgasmus, wir aber spielen auf Zeit. Wir bleiben also locker und dabei.

→ DER TAKT

Dann wäre da die Betonung - normalerweise liegt die Eins im sexuellen Rhythmus auf dem Stoßen. Hier jedoch legen wir sie auf das Zurückziehen. Das ist gewöhnungsbedürftig, aber interessant. Die Tantriker erklären, dass der Mann beim Sex Energie an die Frau verliert. Der Sinn in der Taktumkehr liegt aus dieser Sicht darin, möglichst viel Energie zu behalten - was für Durchhaltevermögen sorgt und gleichzeitig die Erregung auf kontrollierba-

Der Mensch besteht aus zwei Teilen - seinem Gehirn und seinem Körper.
Aber der Körper hat mehr Spaß.
Woody Allen

rem Niveau hält. Die Eins auf dem Rückzug erleichtert den Ausweg aus der Anspannung. Das gelingt mal mehr, mal weniger, während wir uns tapfer an unserem Atem festhalten - der durchaus deutlich ruhiger sein kann - und damit jeden unkontrollierbaren Lustschub abfedern.

Der wirklich gewöhnungsbedürftige Aspekt dieser Variante liegt in der Dramatik - wir unterbrechen nur, wenn Muskeln oder Erregungshemmschwelle nicht mehr mitmachen. Oder sie es will. Was eher selten vorkommt. Ansonsten pumpen wir tapfer und gleichmäßig weiter. Je mehr wir schwitzen, um so besser, aber Schweiß ist nicht ausschlaggebend. So bewegen wir uns auf einer stetig steigenden Welle Richtung Offenbarung.

➜ ZURÜCKHALTUNG

Nun drehen wir noch unser Verständnis des Orgasmus. Üblicherweise sind wir an diesem Punkt Opfer der Biologie: Wir kommen, wenn wir kommen müssen. Aber wir Jungs sind nicht so hilflos wie wir denken. Denn tatsächlich kommt vor der Ejakulation ein zeitlich mikroskopischer Punkt, an dem wir uns entscheiden, an dem wir aufgeben. Wir können noch zurück, wir können immer noch zurück, und immer noch, und - ach, wir lassen uns fallen. Genau wie beim Streit auch, haben wir es mit einer halb-bewussten Entscheidung zu tun. Indem wir uns nicht für das Loslassen entscheiden, können wir eigentlich tun, was wir wollen. Und so lange wir wollen.

Dann ist da die Atmung. Wer zu scharf atmet, verliert sich und die Kontrolle. Aber ein ruhiger Atem hilft, die Aufmerksamkeit von den optischen Leckerbissen abzuziehen und auf die Empfindung im relevanten Körperteil zu richten. Was durchaus so gedacht ist - die Konzentration auf das stimulierte Gemächt über längere Zeit ist eine der schönsten Meditationen überhaupt.

Entlang dieser Bewegung steigt die Lust und fällt auch wieder ab. Ist die Stimulation zu gleichförmig, härten wir ab und spüren uns selbst nicht mehr. Dann hilft eine kleine Variation des Themas. Mit etwas Übung lassen sich dagegen ungeahnte Höhen erreichen. Mit ihnen steigt die Versuchung der Anspannung, aber wer jetzt locker bleibt, steigt auf immer neue Ebenen. Das ist nicht unerträglich und auch kein Irrsinn. Und ist es doch.

Das war im Prinzip alles. Wobei so mancher Chinese sagt, der Mensch solle nur jedes zehnte Mal kommen. Ich bin schon stolz, wenn ich einmal aussetze, denn die höheren Weihen der transformierten Orgasmen sind mir noch fremd. Allerdings hört sich das Training verlockend an: 89 liebende Stöße

Relax - don't do it - if you wanna go to it
Frankie goes to Hollywood

morgens und abends, keinerlei Orgasmen mehr - das ist bestimmt sehr interessant. Aber schon das zweite Mal lässt einige Sicherungen mehr ausfallen.

Wenn wir nicht kommen - was mit etwas Entschlusskraft erstaunlich leicht fällt - zeigen sich gänzlich andere Bereiche. Ohne die geliebte Orgasmusfixierung lässt sich mit der entsprechenden Partnerin und Liebe ein Grad von Verschmelzung erreichen, der die Zeiten orgiastischer Anfangsvögelei locker erreicht. Über die meditativen Erlebnisse will ich überhaupt nicht zu schwärmen beginnen, aber ganz offensichtlich ist der Unterschied am Ende der Zeremonie: Der Mann entspringt voller Energie dem Bette und ist mitnichten unbefriedigt.

Aber wir können auch ganz konventionell kommen. Schon im Anflug stellen wir fest, dass sich die vorherige Lockerung auszahlt, auch nach der Entscheidung des Fallenlassens: Der Impuls kommt aus ungeahnten Tiefen. Das gilt - wie das meiste - auch für die Damen. Und auch das: Wer im Moment des Orgasmus die Augen schließt und auf das sechste Chakra - zwischen den Augenbrauen - schielt, kann sich jetzt schon anschnallen.

Meditativer Sex ist der beste. Mit Abstand.

Die Parallelen zwischen dieser Form von Sex und der eigentlichen Liebe sind offensichtlich: Wir sind entspannt, atmen ruhig und dienen im Grunde nur der Dame unseres Herzens. Vor allem aber sind wir frei von jeder Bedürfnisbefriedung, also dem Orgasmus im Bett und den üblichen Forderungen nach Sicherheit und Aufmerksamkeit und Anerkennung und Willenlosigkeit im Alltag. Beide leben von Liebe und Neugier. Dazu kommt eine sehr erlesene Art von Bewusstseinszustand ohne Vergangenheit und Zukunft, aber ausgesprochen friedlich und frei.

LIEBE MIT VORSATZ

Liebe, wie wir sie kennen, ist immer zwischen - zwischen Mensch und Gott, Mensch und Mensch, Mensch und Tier, Mensch und Maschine. Liebe ist naturgemäß ein verbindendes Element. Wird sie tatsächlich allein auf freier Wildbahn angetroffen, handelt es sich um die Unterform des Narzissmus. Ansonsten braucht Liebe ein Trägerobjekt. Aber das ist nur die halbe Wahrheit.

Wir Westler sind an dieser Stelle etwas betriebsblind. Spirituellere Kulturen sehen Liebe als Bewusstseinszustand, der unabhängig von Frau und Fußball erlebt werden kann. Die Wurzel steckt bereits in den Religionen dieser Welt, in der Forderung, Gott zu lieben. Jenseits aller Religionskritik und unabhängig von der subjektiven Vorstellung eines möglichen Gottes ist dies einer der schlausten Vorschläge, die eine Religion so machen kann. Denn nach außen liebt sich leichter, und indem der Mensch sich auf die Liebe zu Gott konzentriert, fällt auch ein ganzes Stück für ihn selbst ab; ein wichtiger Punkt.

Der Westen ist vom Christentum geprägt; wir befreien uns nicht selbst, Gott stellt irgendwann fest, ob wir das mit dem Leben richtig gemacht oder verdummt haben. Der Osten kennt Ansätze, die in eine Gesamtheit zurückführen und davon ausgehen, dass die Dualität von *ich* und *du* auf einem sehr hohen spirituellen Niveau nicht relevant ist. Gleichwohl anerkennt er das Gefühl des Getrenntseins. Auch dies definiert den Erleuchteten: Er hat die Illusion der Dualität überwunden. So gesehen ist Verliebtheit der Knochen, den uns das Universum vor die Nase hält: Das ist der Zustand, so kann das Leben dauerhaft sein.

Verliebtheit mündet üblicherweise in eine Beziehung, in der einer den anderen haben will und sei es auch nur stückweise. Das ist völlig natürlich. Es zieht mich zu ihr, denn ohne sie fühle ich mich nicht komplett. Dieses Hamsterrad wird im weiteren Verlauf tückisch und spaßfrei, produziert Erwartung und Enttäuschung. Aber es kann jederzeit herausspringen, wer sich abkop-

Liebe verausgabt sich nicht. Je mehr du gibst, um so mehr bleibt dir.
Antoine de Saint-Exupéry

pelt vom Objekt der Begierde, und sich einfach nur auf das Lieben konzentriert. Ohne Objekt, ohne Ziel, aber umgeben von diesem einen Gefühl. Das Ergebnis ist eine Art Dauerverliebtheit, ein Bereich zwischen stiller Freude und nur mühsam unterdrückbaren Freudenjauchzern. Objektunabhängige Liebe ist ein direkter Draht nach oben.

Und tatsächlich, Liebe funktioniert: Schon mehrfach habe ich erlebt, dass ein eher hoffnungsloses Vor-sich-hin-Geliebe auf Resonanz traf, wenn die Erwartungen, das *Haben-Wollen,* erstmal außen vor waren. Nehmen wir den egoistischen Part aus der Liebe und lieben völlig zweckfrei, scheint dies dem anderen einen leichteren Zugang zu seinen eigenen Gefühlen zu bescheren. Das Fehlen von Forderungen schafft den Raum. Dabei verströmt der Verliebte eine ansteckende Aura von Glückseligkeit, die jeden mitnimmt, der nicht wirklich auf sich aufpasst.

→ GANZ PRAKTISCH

Die Umsetzung ist eine rein mentale: Sie besteht darin, sich möglichst oft der Liebe bewusst zu sein. Wie so oft sind Spaziergänge hilfreich. Mit jedem Atemzug konzentriere man sich rein auf das Wort *Liebe* und denke nach Möglichkeit an nichts anderes. Serviert der Geist andere Bilder und Gedanken, sei ihm dies verziehen, wir atmen weiter und denken: *Liebe.* Nach einiger Zeit gewinnt das doch sehr abstrakte Wort an Kontur und möglicherweise lässt es sich schon ins Herz ziehen. Das Ergebnis zeigt sich sofort: Sie werden euphorisch. Wer einmal das Anfangsgefühl von maximaler Dämlichkeit übersprungen hat, wird schnell süchtig.

Es gibt kaum Risiken. Aber jede Menge Nebenwirkungen. Denn Mantren - und ein solches haben wir hier - halten den Geist an der kurzen Leine. Schwere Gedanken, die im Normalfall den Horizont anschwärzen, ersparen sich von selbst. Das ist ein Nebeneffekt.

Der Haupteffekt ist ein anderer - die Wahrnehmung scheint sich zu verändern, die Welt wird intensiver und strahlender. Der liebevolle Bewusstseinszustand verändert den Augenblick. Und es gibt viel zu sehen, denn die Welt sieht irgendwie anders aus. Der Unterschied ist vergleichbar mit dem zwischen zwei- und dreidimensionalem Sehen.

Loslassen bedeutet nicht, klein beizugeben.
Loslassen heißt, einen Seinszustand zu wählen, nicht einen Inhalt.
Karl Geck

→ HINTERGRUNDRAUSCHEN

Ich kenne niemanden, der dauerhaft von allumfassender Liebe beschienen wird. Mich selbst katapultiert es regelmäßig raus, schon fünf Minuten pro Tag sind ein Geschenk. Vermutlich stehe ich noch ganz am Anfang und genauso wie beim sexuellen Beispiel lässt sich das Erleben potenzieren. Nach meiner Vorstellung ist Erleuchtung - wie auch immer Sie diese definieren möchten - kein Erlebnis, sondern ein Prozess. Und auf dem Weg dorthin kenne ich keinen Ansatz, der mich bisher näher an das Zentrum dieses Erlebens bringt. Gleichzeitig wirken diese fünf Minuten wie ein ständiges Hintergrundrauschen und beeinflussen von dort aus den Alltag - es ist schwerer, den Hund anzuschreien, wenn ich gerade aus diesem Zustand komme.

Vielleicht ist Liebe ein Energiefeld, mit dem wir in Verbindung treten können. Das behaupten nicht nur einige merkwürdige indische Gurus, sondern auch so mancher merkwürdige westliche Teilchenphysiker. Wenn das zutrifft, kommt Liebe in ihrer Definition einem möglichen Gott sehr nahe.

Wir verehren Götter, die weniger für uns tun.

Du und ich, wir sind eins.
Ich kann dir nicht weh tun, ohne mich zu verletzen.
Gandhi

DANKE!

Als Schreiber trage ich meine Scheuklappen mit Vorsatz - ich sehe die Welt gefiltert durch die Brille des aktuellen Themas. Im Grunde schaue ich nur zu - bei anderen Beziehungen genauso wie bei den eigenen. Und so muss die Umgebung einiges ertragen, wenn sich das aktuelle Kapitel zum Beispiel um das Thema Streit dreht. Um so wichtiger ist es, ihr ausgiebig zu danken:

Meiner Ma an erster Stelle: Irgendwas hat sie richtig gemacht. Natürlich den Frauen in meinem Leben, besonders Christine, Brigit und Heide! Freunden, Verwandten und Umfeld für Verlieben und Trennen, Probleme und Diskussionen, Tritte und Einsichten. Euch allen herzlichen Dank!

Besonderen Dank schulde ich meinem Lektor *Gerd Geissler*, der das Chaos mit Struktur versah. *Marco von Münchhausen* für den Zufall. *Gottfried Probst* von Junfermann für Begeisterung und Tatendrang.

Als besonders hilfreich erwiesen sich Hunde für das Lachen, Rechner von Apple für die Freude an der Arbeit und jede Art von Berg- oder Meer- oder Waldblick als Freilaufgelände für Gedanken.

Wie immer beim Schreiben hat mich das Universum ausgesprochen gut behandelt - diesmal wollte ich einen Verlag bis Heiligabend, und die Zusage war eine Punktlandung. Dankeschön!

www. wenndieliebekopfsteht.de
Bücher werden nicht fertig, sie werden nur abgegeben. Aus diesem Grund gibt es die Website zum Buch. Hier finden Sie einiges: Probekapitel für Einsteiger, Updates und Links für Leser und hoffentlich viele Geschichten. Denn jeder von uns hat Erfahrungen, die wir zwar für einzigartig daneben halten, die es aber nicht immer sind. Es sind die gleichen Glücksgefühle, die gleichen Ängste, der gleiche Stress. Was Sie erleben, kann anderen Spass machen, oder auch helfen, allein schon durch den Gedanken: *Ich bin nicht allein.* Und ich habe garantiert einiges übersehen. Wenn es Sie in der Schreibhand juckt (und die Partnerbeschimpfungen anonym erfolgen:). Lassen Sie doch mal sehen ... ich bin schon sehr gespannt.

Nur in Deinem Kopf
Der Erstling von Arvid Leyh.

“Nun denn: Herzlich Willkommen zu Lach- und Sachgeschichten für Erwachsene rund ums Gehirn und seinen Inhalt und allem Drumherum. Sehr unterhaltsam wie Arvid Leyh hier die Biologie des Gehirns erklärt, es aber nicht dabei belässt. Letzten Endes hat das Verstehen des Gehirns auch mit dem Verstehen von uns selbst zu tun ... Nicht zuletzt, weil es dem Autor immer wieder gelingt, auf den Boden der alltäglichen Tatsachen zurückzukehren, ohne sich in Hochtrabendem zu verlieren. Danke.” - *Smudo* im Vorwort

“Der Douglas Adams des Gehirns ...” - *Esotera*

Weiße Flecken zwischen grauen Zellen
Die gesammelte Kolumne von Arvid Leyh in der Kommunikationszeitschrift *Multimind* über Neuigkeiten aus der Gehirnforschung - das soziale und spirituelle Gehirn, das Gedächtnis, über Lernen, Liebe, den freien Willen und den neurologischen Materialismus ...
Als e-Book unter *http://www.active-books.de*